手の届く距離で

椎崎夕

幻冬舎ルチル文庫

CONTENTS ✦目次✦

手の届く距離で

✦イラスト・サマミヤアカザ

✦カバーデザイン＝高津深春（CoCo.Design）
✦ブックデザイン＝まるか工房

手の届く距離で

0

「家出だよね。三か月は過ぎたけど半年は経《た》ってない……ってとこかな」

初めて言葉を交わしたわずか数分後に断言されて、声を失った。

1

読み終えた本を手元でそっと閉じて、長月八尋《ながつきやひろ》は顔を上げた。ずっと俯《うつむ》いていたせいで凝った肩をぐるりと動かし、時計を探して視線を巡らせる。

白い壁に設置された時計は、午後四時半をさしている。どうやら六時間近く、夢中で本を読んでいたらしい。

平日午後の市立図書館内はしんとして静かだ。利用者は少なくないにもかかわらず、ごくたまに子どもが声を上げる程度しか声は聞こえない。

八尋が座る閲覧席は、窓に向かって横一列に作られている。その約三分の二が試験中らしき学生で埋まっているのに、八尋の両隣はずっと空いたままだ。今さらにその理由に思い当たって、そそくさと席を立つ。

デスクの下に押し込んだ椅子が、隣席との仕切りに当たって鈍い音を立てる。とたんにちらちらと向けられた視線で、自分が浮いていたことを確信した。

できるだけ清潔を心がけているとはいえ、少ない中で着回した衣類は見た目にもわかりやすくたびれているのだ。下手をすると、浮浪者予備軍に見えているかもしれない。

いい加減、新しい服を買いに行くべきだろうか。読み終えた本を所定の棚に戻しながら財布の中身を思い返していると、子ども特有の高い声が耳に入った。

「かえして」と訴える声の、今にも泣き出しそうな響きについ足が止まった。やだよ、とりにくればいいだろ、のろま。続く複数の声も子どものもので、こちらは露骨に相手をからかっている。

何となく気になって声の方角へと歩き出した時、書棚の陰から後ろ向きに跳ねてきた少年とぶつかった。

「え、わあっ」

「えーおまえなにやってんの」

「うわーださー」

大きくよろけてたたらを踏んだ小学校低学年ほどの少年が、傍《そば》の書棚に摑《つか》まって友達らしいふたりの少年のからかいに唇《くちびる》を尖《とが》らせる。文句でも言おうとしたのか、ぱくりと大きく開けた口をそのままに八尋を見上げて不自然に固まった。

「——館内では走るな、あと騒ぐな。注意書きにあったろ」

落とした声で素っ気なく言うと、ようやく口を閉じた少年がむっとした顔で睨《にら》みつけてきた。それを無視して、八尋はたった今自分の足元に転がったものを拾い上げる。

淡いピンク色に可愛らしいキャラクターがプリントされた筆入れだ。すみには持ち主の名前が、濃いピンク色で刺繍《ししゅう》されていた。

「にいちゃん、それわたして。オレらのだから」

「そうそう」

「はやく。いそいでるんだよっ」

「や、だ……かえして、ひなの、ふでいれっ……」

口々に言う少年たちの声に紛れるように姿を見せたのは、くせのない髪を耳の下でふたつに結んだ女の子だ。八尋たちを見るなりはっとしたように足を止めた彼女の手には、筆入れとお揃《そろ》いの布バッグが握られていた。

「なあ、それかえせってば」

「にいちゃん、どろぼーするきかよっ」

騒ぎ出した少年たちとは対照的に、女の子は泣きそうな顔で八尋の手の筆入れを見つめている。その表情に、懐かしさと既視感を覚えた。

「……どう見ても、おまえらのじゃないよな？」

わざとじろりと見下ろしてやると、少年たちは気圧《けお》されたように小さくなった。

どうやら、今の八尋はこういう乱雑な物言いをしても違和感なく見えるらしい。長期的につきあう相手はもちろん、バイト以外で話す相手も滅多になかったから気づかなかったが、かなり荒《すさ》んでいたようだ。他人事《ひとごと》のように感心しながら、八尋は意図的に声を低めてやる。

「意地悪する男とルールを守れない男。どっちも女の子に嫌われるぞ」

ぐっと言葉に詰まった少年たちは、気まずそうにお互いを肘《ひじ》でつつきあって散っていった。

それを見届けてから、八尋はおもむろに女の子に向き直る。

一歩近づくなり、小さな肩が怯《おび》えて後じさる。後追いする気はなかったので、すぐ傍の、女の子でも届く高さの書棚に筆入れを置いて背を向けた。

「ありがと、ございました……」

遠慮がちな小さな声が追ってきたけれど、振り返ることはしなかった。代わりに肩の高さで手を振って、八尋は大股《おおまた》に図書館を出た。

この図書館は独立したものではなく、地域コミュニティセンターの一角に併設されているのだ。天井の高いロビーを数メートル歩いた先、ガラスの自動ドアの向こうの風景を目にしてついため息をつく。

知らないうちに雨が降ってきていたのだ。見た限り霧雨のようだけれど勢いはそこそこあって、駐車場のアスファルトはとうに湿った色に変わっている。

そういえば、今朝は制限時刻十分前に目が覚めたせいで天気予報を見るのを忘れていた。憂鬱な気分で、八尋はガラスの向こうで降り続く雨を眺める。

ろくでもないことが起きる日は必ず雨が降っている、というのが八尋のジンクスだ。父親が亡くなった日も葬儀も雨だったし、母親の交通事故の知らせを受けた時にも強い雨が叩きつけるように降っていた。

「……傘、持ってくるんだったな」

駅まで歩いて二十分の距離では、走って行くのは論外だ。バスを使うか傘を買うかの二択となると、当然後者に軍配が上がる。ここを出て五分のビルにある百円均一の店を使えば、バス代よりいくらか安い。

あっさり判断したあとは、雨を避けて庇《ひさし》がある場所を選んで歩いた。無事に辿《たど》りついたビルの二階で傘を購入して歩道に戻ると、霧雨はさらさらと音を立てる雨に変わっている。

真新しい傘を開きながら間近の交差点に目をやった八尋は、一軒隣のコンビニエンスストアの軒先に先ほどの筆入れの女の子を見つけて目を瞠《みは》った。暗くなった空と落ちてくる雨、そして目の前の横断歩道を見比べる横顔は眉《まゆ》を下げた困り顔で、どうやら傘を持っていないのだと知れる。

声をかけようかと迷って、先ほど図書館で怯えられたのを思い出す。通りすがりの知らない男に傘に入れてやると言われても、小さい女の子には怖いに決まっている。

後ろ髪を引かれる気分で、開いた傘を手に横断歩道前に立った。背後にいる女の子の気配を気にしている自分に、つい苦笑をこぼしてしまう。

人見知りで怖がりなくせに、何かに夢中になると向こう見ずになってしまう。そこが危なっかしくて放っておけなかった。もっと周りを見ろと小言を言うたび拗《す》ねたように八尋を見上げてきた——夏前から一度も会っていない妹を、思い出した。

（だったら、おにいちゃんも一緒に来てくれたらいいじゃない）

顔立ちはまるで違うし、年齢も大きく違う。なのにあの女の子に妹を重ねて見てしまうのは、ふたつに分けた髪型と知らない相手を怖がる素振りと、持ち物に記された「ひな」という名前のせいだ。

歩行者信号が青に変わったのを確かめて、八尋はゆっくりと歩き出す。あとを追って駆けてきた足音が、かすかな鈴の音とともにすぐ傍を追い越していった。

見るとはなしに眺めた懐かしいような風景の中で、横断歩道の真横を直進すると見えた車が唐突に進路を変える。スピードを落とすことなく横断歩道を横切ろうとする、その進路には驚いたように立ち竦《すく》む小さな影があった。

危ない、と思った時には傘を放って駆け出していた。

女の子を腕の中にさらった時、もう車は目の前にいた。フロントガラス越し、運転席にいた人物が今気づいたふうに目を見開くのが、どうしてかはっきりわかった。

がつん、という鈍い音を、やけに近くで聞いた。頭のてっぺんから背骨に伝わる重い衝撃に、ぐらりと大きく目の前がブレる。こめかみと頬《ほお》に当たるざらりと濡《ぬ》れた感触を、ひどく不快だと思った。

誰かが、泣いている声がした。必死で嚙《か》んだ嗚咽《おえつ》の合間にこぼれて落ちる、細くて高い声。しゃくりあげながら八尋を呼ぶ、妹の――。

「……ひ、な」

どうにか瞼《まぶた》を押し上げると、今にも泣き出しそうな幼い顔がこちらを覗《のぞ》き込んでいた。おにいちゃん、と呼ぶ声を聞いて、ふわりと気持ちが緩んでいく。

「どっか、痛くない、か。だいじょう、ぶ……？」

問いに、幼い顔が横に振られる。そのたび、左右の髪を束ねたリボンが小さく揺れた。

「そ、か。よか、……った」

口にした瞬間、どっと安堵《あんど》した。それを待っていたように、八尋の意識はずぶりと闇《やみ》に呑《の》まれた。

2

覚醒《かくせい》して、まず覚えたのは違和感だった。

のっぺりとした白い天井はやけに高く、ここ半月定宿にしているカプセルホテルとはまるで違う。寝ころんでちょうどの位置にあるはずのテレビ画面もなく、周囲を取り巻くのも壁ではない生成のカーテンだ。

「お、にいちゃん。おきた……？」

すぐ傍で、気遣うような声がする。何気なく顔を向けたとたんに、目眩《めまい》に似た頭痛が走った。頭の中が渦巻くような不快感が収まるのを待たず辛うじて目を凝らして、八尋はほっと息を吐く。

「……ひな？」

「うん。ごめ、んね、ひなの、せいで。たすけてくれて、ありがとう」

たどたどしく言う幼い顔に、ふと違和感を覚える。何か、どこか違う気がする――もどかしいようなその感覚は、押し寄せてきた頭痛にあっという間に押しつぶされてしまった。

「ひなが無事なら、いいよ」

いつもの癖でぽんと頭に手を乗せると、幼い顔が少し怯んだように見えた。怪訝《けげん》に思いながらそっと撫《な》でてみると、緊張気味だった顔がふわりと笑う。

「あのね、おにいちゃんおきたでしょ。だからひな、しろーくんよんでくるね」

「うん……？」

「すぐもどるから、まっててね？」

念押しのように言って、小さな影は生成のカーテンの向こうに消えてしまった。

忘れ物をしたような気分で、八尋は改めて周囲に目を走らせる。

白い天井とのっぺりした壁と、飾り気のない天井の明かり。シンプルなベッドと、周囲に巡らされた生成のカーテン。

体裁は多少違っていても、何となくわかる。おそらくここは病院だ。わからないのは、どうして自分がここにいるかということだ。顔を顰《しか》め記憶を辿ってみて、八尋はいきなり先ほどの引っかかりの正体に気づく。

「今の、子……ひなじゃなかった、よな」

顔を云々《うんぬん》する前に、今の子は明らかに小学生だ。そして、八尋の妹は今年の春に高校生になっている。

どれだけ惚《ほう》けているのかと頭を振ってみたら、かえって頭痛がひどくなった。文字通り頭を抱えて少しずつ記憶を辿ってみる。交通事故に巻き込まれた、もとい自分から真《ま》っ直中《ただなか》に突っ込んで行ったと思い出す頃には全身に汗をかいていた。

「何だそれ……最悪」

やったことを後悔する気はないけれど、これから起きるだろう事態を思えばその一言に尽きる。これはとっとと逃げるしかあるまい。よしとばかりに身を起こしかけた時、ノックの音がした。

ベッドを囲むカーテンを見るに、ここは個室ではあり得ない。返事をすべきか迷っている間に、ひょいと足元のカーテンの隙間から例の女の子が顔を出した。

そんな場合じゃないと知りつつ、つい頬が緩んでいた。八尋のその表情に気づいてか、ほっとしたように笑うのが微笑《ほほえ》ましい。

もっとも、その気分は長くは続かなかった。

「気がつきましたか。気分はどうです？　痛みとか、吐き気はありませんか」

続いてカーテンを割って入ってきた医師から、診察を受ける羽目になったからだ。起き上がろうとしたのを制されたのでベッドに横になったまま、八尋は慎重に答えを探す。

「頭痛と目眩はありますけど、痛みは外側だけです。吐き気は、少しだけ」

「そうですか。どういう状況だったかは覚えてるかな？」

「はあ。全部ではないですけど」

枕元に座った医師とその傍らに立つ看護師に訥々《とつとつ》と説明しながら、ふと気になったのはベッドの足元に立つ三十そこそことおぼしき見知らぬ男だ。例の女の子が傍から離れない様子からすると保護者なのかと思うが、それにしてはまるで似ていない。

フレームレスの眼鏡が似合う優しげな顔に浮かんでいるのは、わかりやすい気遣いだ。なのに、どういうわけか品定めされているような居心地の悪さを感じた。

「ただ、車にぶつかったかどうかまでは覚えてないんですけど」

その一言で説明を締めくくった八尋に、医師は短く頷《うなず》いた。

「事故を見ていた人の話では、車はあなたをぎりぎりで避《よ》けて中央分離帯にぶつかったそうですよ。怪我《けが》は擦り傷と打撲が数か所程度なんですが、頭を強くぶつけてしまったようでね」

現場で意識を失ったため、救急車でこの病院に担ぎ込まれたのだそうだ。

念のため頭部のCTとMRIを撮ったが、現時点では異状は認められない。その言葉に胸を撫で下ろした八尋は、直後に検査費用に思い至って心臓が一気に冷えた。

「念のため、今夜は入院して様子を見ましょう。ご家族への連絡はこちらで引き受けますので」

「大丈夫です。帰れます」

急いで答えた拍子に、頭のてっぺんから痛みが走る。表情を歪《ゆが》めた八尋を呆《あき》れたように眺めて、医師は言う。

「頭痛もあるようだし、無理に帰らない方がよろしいでしょう。ご家族へはきちんと説明しますし、退院後の注意事項もありますから」

「結構です。自分で気をつけます」

そのあとは、帰る帰せないの押し問答になった。

医師や看護師の言い分は理解できるけれど、八尋には八尋の都合がある。絶対退いてなるものかと身構え応戦する間に医師は電話で呼び出され、年配の看護師との一騎打ちになった。

「まず、連絡先を教えてもらえませんか？　ご家族も心配されてるでしょうし、ね？」

八尋の母親と同世代だろう看護師が、わざとのように言う。それを聞いてかえって気が引き締まったのだから、皮肉な話だ。

ベッド上で無理に身を起こし、我慢比べに近い言い合いを始めてどのくらい経った頃だろうか。看護師の表情がうんざりしてきたタイミングで、横合いから低い声が割って入った。

「話し中に失礼。ひとまずきみの名前を教えてもらっていいかな？」

声の主は、今の今までカーテンと同化していた眼鏡の男だ。やたらにこやかで人好きのする笑みは現状にはひどくミスマッチで、暢気《のんき》なのか暇なのかと呆れ半分に思う。

「違う」と直感したのは、その直後だった。

「言いたくない？　それとも言えないか。どっち？」

穏やかで優しげな問いの響きの底に、得体の知れない色を感じた。黙っているのはまずいと直感して、八尋はぶっきらぼうに言う。

「……柏本《かしわもと》。柏本清司《せいじ》」

「柏本くんね。――看護師さん、僕が話してみますから、この場は任せてもらっていいでしょうか」

どうしてそうなる、と唖然《あぜん》とした八尋をよそに、眼鏡男は看護師と話し出す。あれよあれよという間に家族への連絡や説明はもちろん、入院手続きまでも眼鏡男が引き受けることに決まっていた。

見事に丸め込まれた看護師が病室を出ていくのをぽかんと見送って、八尋はおもむろに眼鏡男を見た。

「何なんですか。あんた、どういうつもりで」

「いや、あのままだと果てしなく堂々巡りになりそうだし。僕も、きみに話があるからまとめた方が早いかな、と。――それとも、看護師さんの前で本名追及されたかったのかな？」

飄々《ひょうひょう》としていた声音が、後半でふと低くなる。奇妙に鋭いものを含んだ響きに、ざあっと全身に鳥肌が立った。

「ひな、悪いけどおつかい頼んでいい？　飲み物を三人分、僕とひなと、そこのお兄さんの。僕は無糖コーヒーでよろしく」

「うん。しろーくんはおさとうぬきのコーヒーで、……えっと、おにいちゃんはなにがいいですか？」

唐突に声をかけられた女の子が、男を見上げて素直に頷く。気づいたように八尋を見上げ、返事を待つ風情でじいっと見上げてきた。戸惑いながら「じゃあお茶を」と口にすると、嬉しそうに頷いてカーテンの外に出て行く。

小さな後ろ姿を見送りながら、目を覚ましてすぐに話した時にあの子が「しろーくん」という名前を口にしたのを思い出す。それがつまり、この人物だったわけだ。

頬に当たる視線に目を向けると、ずっとこちらを見ていたらしい「しろーくん」とまともに目が合う。

優しげな表情や雰囲気とは裏腹な、眼鏡の奥に浮かぶ検分するような光に本能的に身構えていた。そのあとで、自分がひどく攻撃的になっていることに気づく。

「遅くなったけど、お礼を言っておくよ。ひなを助けてくれてありがとう。怪我をさせてしまって申し訳なかった。で、こちらとしてはぜひきみにお礼をしたいんだけど？」

にこやかに告げられた内容に、肩すかしを食らった気分で眉根を寄せた。

「礼ならさっき、あの子が言ってくれただけで十分です。とにかく、おれはこのまま帰りたいだけなんで」

「けどまだ痛いよね。顔色もよくないし」

「……さっきぶつけたんだから痛くて当たり前でしょう。だからって大袈裟《おおげさ》にするのは真っ平ですんで！」

譲るもんかとばかりに言い切ったら、眼鏡男は目を丸くする。まじまじと八尋を見下ろすと、漫画のような勢いで吹き出した。

「お医者さんが言うことは、少々大袈裟でも聞いておいた方がいいんじゃないかな。あと、お礼はいらないと言われても困るんだよね。僕はひなの両親の代理も兼ねて、そのためにここにいるわけだし。この際だから遠慮はなしで、してほしいことでもほしいものでも言ってみたらどうかな」
「――じゃあ、ひとつ確認させてください。あの子は怪我をしなかったんですよね？」
ずっと気になっていたことを口にすると、男は軽く首を傾《かし》げた。
「膝《ひざ》小僧と肘に軽い擦り傷と、あとはちょっとぶつけた程度かな。きみが守ってくれたから
どこも痛くなかったたって言ってたし」
「そうですか。だったらいいです」
安堵して、八尋はそろりとベッドから脚を下ろす。動くたびぶり返す頭痛を堪《こら》えてベッド
の下を覗き込み、自分の靴を見つけてほっとした。
その靴を、眼鏡男に摑まれた。ぎょっとして目をやると、男は持ち上げた靴をやけにしげ
しげと眺めている。
「返してください。見ての通りボロですし、あんたにはサイズが合わないでしょう」
標準身長の八尋だけれど、残念なことに体格は薄い方だ。引き替え、一見ひょろりとした
眼鏡男は身長はもちろん、肩幅も脚の長さも明らかに八尋を上回っている。つまり、靴のサ
イズも大きいはずだ。
穴が空いていないのが不思議なほど、履きつぶした靴なのだ。今さら恥ずかしいとは思わ
ないが、そんなふうに眺められて楽しいはずもない。
「ずいぶん使い込んでるね。もともと履き潰《つぶ》す主義？　それとも、ここ最近の事情かな」

靴を眺める男の台詞《せりふ》に、全身がすうっと冷えた。無言のまま見返していると、柔らかい口調で続ける。

「家出だよね？　半年は経ってないみたいだけど。高校生っぽい雰囲気があるから、今年大学進学して間もなく出てきた……ってとこかな。計画的に出てきたわけじゃなさそうだけど、今どうやって生活してるの」

にこやかに笑っているようでいて、眼鏡男の目はまったくひどく冷静だ。有無を言わさない視線で、八尋を射貫いてくる。

「余計なお世話だろうけど、いい加減帰った方がいいんじゃないかな。家族は心配してるだろうし、大学は……前期試験受けてないんだったら留年確定だろうけど。独立する気があるならまずけじめをつけておかないと、今回みたいな緊急時にどうしようもなくなるよ」

どうにもこうにも、これは見事にバレている。言い訳は無駄だと観念して、八尋はため息をつく。

「あいにくですが、家も家族もありませんので」

「でも妹はいるんじゃないかな。ひなと混同するような」

「いません。父親は小学生の時に、母親は高校生の時に死にました。そもそも一人っ子ですし」

事実を淡々と羅列していくと、眼鏡男は「おや」と眉を上げた。

「だったらどうしてひなを庇《かば》ったかなあ。こういう面倒が起きると思わなかった?」

「……そういう問題じゃないでしょう。目の前であんなことがあったら、誰だって同じことをするはずです」

「そう? 少なくとも僕は、自分の立場が面倒になるとわかってることには首を突っ込みたくないけどね」

不思議そうに言って、眼鏡男は首を傾げる。それを、呆れたような気分で眺めた。

「あんたはそうでもおれはこうなんです。……いい加減、その靴返してくれませんかね」

八尋の靴は、眼鏡男が持っている一足きりなのだ。来る冬に備えて防寒具の購入が必須になる今、靴まで新調するのは懐が痛い。こちらを家出人と知っているならそのくらい察しろと、八つ当たり気味に思った。

「その前に質問。今、どこに住んで何の仕事をしてるのかな。今回の治療費は自分で払える? 偽名を使うあたり保険証を持ってないか、持ってても使う気はなさそうだけど、全額自費だととんでもない金額になるよ?」

ピンポイントで痛いところを突かれて、露骨に顔を歪めてしまっていた。

「——あれって、交通事故扱いにはならないんですか」

「車には接触してないからね。警察か弁護士にでも相談してみる? きみ、未成年だよね? そうなると身元確認の上、保護者に連絡が行くと思うけど」

説明する声が笑って聞こえるのは、きっとわざとだ。ちらりと視線を向けると、眼鏡越しの目が実に楽しそうにこちらを眺めている。

作ったような、沈黙が落ちた。

自己負担での治療費は、保険証を使った時の約三倍に膨れ上がる。そしてＣＴやＭＲＩはそれなりの金額になるはずだ。有り金をはたいて宿代がなくなり野宿になるのはまだマシで、下手をすると手持ちでは足りないかもしれない。

まずいことをしたと、今さらながら思う。家族とは明日以降でないと連絡が取れないとでも濁して、目立たないようおとなしくしておくべきだったのだ。それなら、夜中にこっそり逃げるのも簡単だっただろう。

「で、ひなの件のお礼だけど、希望がないならこっちで決めていいかな」

「……は？」

またしても吹っ飛んだ話題に、素で耳を疑った。それに構う様子もなく、男はけろりと続ける。

「治療費と入院費はこっちが出すから、今夜は泊まるといい。明日の午前中に迎えを寄越すから、そいつについて来て。様子見の一週間限定で、きみに住む場所と食事を提供するから」

「——何ですか、それ」

我ながら、猜疑心《さいぎしん》の固まりのような声が出た。それに気づいたはずの男は、にこにこと人懐こい笑みを浮かべたままだ。

「だから、ひなの恩人へのお礼。もちろんきみの身元や事情はいっさい詮索《せんさく》しない。それなら問題ないよね？」

「……お礼にしては過分だと思いますが」

ほとんど睨むように見据えた八尋に、男は妙に楽しげに笑った。

「ひどい言いぐさだなあ。そんなに僕って信用できない？」

「――信用を云々する以前に、あんたとおれは初対面ですよね」

「そこは一目でぴんと来てくれないと悲しいんだけどなあ。まあ、断るならそれでもいいけど、治療費は自分で払える？」

足元を見る言葉にぐっと奥歯を噛んで、八尋はまっすぐに眼鏡男を見る。

「……目的は何ですか。おれを構ったところで何の得もないと思いますけど」

百歩譲って、治療費を出すまでならわからなくはない。けれど、身元不明の家出人を一週間面倒見ようとまで言い出すとなると、普通とは思えない。

眼鏡の奥の目を細めて、男は「目的ねえ」と笑った。

「特にはないよ。あるとしたら利害の一致くらい？」

「どういう利害ですか」

「ひなの面倒を見るのはうちの仕事だから、今回の事故はこっちの監督不行き届きだ。きみのおかげでひなが無事だったんだから、うちとしては誠意を尽くしたい。まずそれが一点」

いったん言葉を切ってから、男はゆっくり続ける。

「あとは、ひなの両親がきみに直接お礼を言いたいと希望してるんだけど、いろいろ事情があってすぐにというわけにはいかなくてね。だからってここで別れたら、次に連絡した時に確実にきみが捕まえられるとは限らない。さらに、きみは医者から一週間の様子見を指示されている。それで放置した日には、ひなの両親から間違いなくクレームが来そうでねえ」

「……クレームって」

大袈裟な、と言い掛けたのを制するように、眼鏡男は眉を下げた。

「そういうわけで、様子見の一週間、きみの身柄を確保させてもらうのが一番なんだ。休暇のつもりで過ごしてもらうのがお礼ってことにすれば一石二鳥かなと。あとは、個人的な好奇心だね」

「好奇心？」

「そう。一週間、様子観察するのも楽しそうだと思ってね。ああ、心配はいらないよ。きみの言動が楽しいだけで、個人的事情や身元はどうでもいいから」

満面の笑みで珍獣扱いされて、むっとした。間違いなく顔に出たはずなのに、男は八尋を見たままで平然と笑う。

「僕は正義の味方じゃないし、仕事外の面倒を抱え込む趣味もない。未成年と言っても、大学生なら家出するも帰るも自己責任だしね」

続く言葉の都合のよさに八尋が瞬《しばた》いた時、ドアをノックする音がした。

眼鏡男がすぐさま「どうぞー」と声をかける。間を置かずカーテンの隙間から顔を覗かせた女の子は、真っ先にベッドの上の八尋に近づいてきた。

「えっとね、いろいろあってどれがいいかわかんなかったから、みっつかってきたの。おにいちゃんがすきなの、ありますか？」

差し出されたペットボトルは、それぞれ緑茶に麦茶にウーロン茶だ。一生懸命に見上げてくる様子はやはり妹に重なって、八尋は思わず笑みを浮かべる。

「ありがとう。いくらだった？」

「ぜんぶあげる。ひなのおこづかいでかったの、だから」

「いいや、払うよ。お小遣いは大事に取っておいた方がいい」

「いいの！　あのね、ひなもありがとう、したいの。としょかんで、ふでいれとりかえしてくれた、でしょ？」

むうっと唇を尖らせる様子に、知らず八尋は表情を緩ませていた。

「あのときも、ありがとうございました。ちゃんとおれいいわなくて、ごめんなさい」

しょぼんと俯く様子の微笑ましさに、つい頭を撫でてしまう。今回はびくつく素振りもなく、ほっとしたように見上げてきた。その様子に張りつめていた感覚が緩むのを知って、そんなにも尖っていた自分を改めて思い知る。

「謝らなくていいよ。知らない奴にいきなり声かけられたりしたら驚いて当たり前だ。女の子なんだから、むしろそのくらいの方がいい」

「だって」

「いいんだ。ひなちゃんは何も間違ってない」

繰り返す八尋に何か感じたのか、女の子は小さく頷く。そこで、するりと別の声が割って入った。

「ひな、佐原《さわら》から電話。談話室で話しておいで」

「はーい」

眼鏡男が差し出したスマートフォンを受け取って、女の子は踵《きびす》を返す。思い出したように振り返って八尋を見上げてきた。

「おにいちゃん、またあとでね」

手を振ってカーテンの外に消えた背中を興味深げに眺めていた男は、ずれてもいない眼鏡を指先で押し上げるようにして八尋を見た。

「すごい仲良しに見えるけど、本当に今日の図書館が初対面？」

「……そうですけど、何か？」

カーテンから傍らの男に視線を戻しながら、緩んでいた顔が瞬時に緊張した。あからさまな変化が目についたのか、眼鏡男はふうんと意味ありげな声を上げる。

「幼女趣味かどうか気になるんだったら、おれとあの子の接点は作らない方がいいですよ」

「そうじゃなくて、今日の今日であそこまで懐かれたのが意外でね。あの子は結構な人見知りだし、大人の男は特に苦手なはずなんだ」

「図書館で会った時は怖がられましたよ。今は、あんたが傍にいるから平気なんじゃないですか？」

「両親と一緒にいても顔見知りの男に怯えることがあるのに？」

からかうような声音で言って、男は肩を竦める。

「ひなはひななりに、きみの怪我への責任を感じてるみたいでねえ。そうなると、なおさらきみを放り出すわけにはいかないんだよね」

「…………」

「ここできみを逃がしたはいいけど、後日に身元不明死体発見のニュースを見たりするととっても寝覚めが悪いしねえ。もちろん、きみが家族の元で過ごすんだったら、こっちとしても別の形でのお礼を考えるけど？」

遠回しながら、明らかな脅しだ。相手の申し出を受けるか、警察に保護されるか。どちらかを選べと迫られている。

「……――さっき言ってた条件ですけど。本当に、守ってくれますか」

おそらく八尋には捜索願いが出ているはずだ。そうなると、選ぶ余地などあるはずもない。

八尋の視線を受け止めて、眼鏡男は人畜無害そのものの笑みを浮かべた。

「もちろん。仕事外の面倒は嫌いなんだ。他人の事情を詮索する暇があったら寝て過ごした方がずっとマシだな」

「わかりました。ですけど条件を追加させてください。何か仕事がしたいのと、治療費はお礼とは別に借金扱いで。分割で、長期かかってしまうと思いますけど」

八尋の言い分に、男は初めて笑みを消した。目を丸くして言う。

「それはお礼のうちだって言ったよね？　あと、様子見中に仕事っていうのは」

「それなら保険を使った時の支払い分だけお願いします。仕事は雑用でも内職でも構いません。何もしないのは落ち着かないですし、そもそも安静にとは言われてないですよね？　ついでに本音を言いますけど、過剰な親切は信用できかねますんで」

言い切って、まっすぐに眼鏡男を見返した。

真顔で見ていた男は数秒の間合いのあとで首を竦め、口の端で笑った。

「――わかった、それならバイトも用意するよ。ところで仕事内容に希望はある？」

「教えてもらえれば何でもしますよ。仕事も早く覚えるよう努力します」

「ちなみに家事はどの程度やれる？　料理とかもできるんだ？」

「一通りはこなせます。料理も、それなりでよければ」

「へぇえ、大したもんだ」

やたら感心したような声に被《かぶ》さって、またしてもノックの音がした。

カーテンの隙間から顔を出した女の子が、眼鏡男にスマートフォンを差し出す。小声で何か話していたかと思うと、頷いて八尋を見た。

「明日は佐原って男を代理で迎えに寄越すから。そいつについてきて」

「佐原さんですね。わかりました」

「あと、保険はかけておくからね。どうせ病院の中じゃいらないはずだし」

さくさくと言って、眼鏡男は女の子を促しカーテンの向こうに消えた。笑顔で手を振る女の子に応じていた八尋が気がついた時には、すでに姿が見えなくなっている。

「……何なんだ、アレ。本気にしていいのか？」

ぼやいたあとで、結局眼鏡男と女の子の名前を聞かなかったことに気付く。そういえばあの男は、八尋の名乗りを偽名と断定しておきながら本名を訊《き》くこともしなかった。

やはり夜中を待って逃げるべきかと迷った八尋は、けれどその約一時間後に眼鏡男の最後の一言の意味を思い知った。

手洗いに行くため降りかけたベッドの足元から、愛用の靴が消えていたのだ。

「保険って、そういう意味……？」

何もかも、見透かされているような気がした。何とも落ち着かない気分で、八尋はベッドの上で小さく身震いをした。

3

結論から言えば、夜逃げしそびれた。

手洗いに立って知ったことだが、八尋の病室はナースステーションのど真ん前で、廊下に出るなり看護師から声がかかったのだ。消灯時刻以降の見回りも妙に念入りだったところからすると、どうも要注意人物扱いされていたようだ。

内心で焦ったものの、自分のベッドがある四人部屋のネームプレートに「柏本清司」の名前があり入院手続きも終わったと聞かされたので、ひとまずおとなしく寝た。ぶりかえした頭痛で明け方に目を覚まし、迎えが来なかった場合はどうやって逃げるか思案しながら朝食と回診を乗り切って、呆気《あっけ》なく退院許可が出る。その直後に、ドアをノックする音がした。

現在、この四人部屋にいるのは八尋だけだ。おそらく看護師だろうと待ってみたものの声がかかることはなく、怪訝に思ってベッド周りに引いたままのカーテンをかき分けてみた。目と鼻の先にいた人物と危うくぶつかりそうになって、辛うじて後じさる。そんな八尋を興味深そうに眺めたのは、見知らぬ大柄な男性だった。

「失礼。——東上《とうじょう》の指示で迎えに来た。佐原と言う者だが」

「はあ……あ、佐原、さん？」

訥々とした声を聞き流しかけて、それが昨日聞いた「迎え」の名前だと気がついた。

改めて見上げてみた佐原は眼鏡男と同世代で、おそらく身長も同じくらいだ。あちらがひょろ長い印象だったのとは対照的に、肩や胸板のしっかりした鍛え上げられた体躯《たいく》をしているのが着衣の上からでもわかる。

八尋を見下ろす顔は、一見して「厳《いか》つくて怖そう」だ。表情の薄さと淡々とした話し方が、そこに拍車をかけている。けれど、よく見れば目元の表情は穏やかで柔らかい。じっと八尋を見ていたかと思うと、急に頭を下げてきた。

「昨日は姪《めい》を助けてくれてありがとう。本来なら昨日のうちに礼を言うべきだったんだが、遅くなってしまって申し訳ない」

「姪、って……じゃあ、佐原さん、ひなちゃんの？」

「父方の叔父《おじ》に当たる。ひなの母親は入院していて、父親が海外出張中だから俺が保護者代理なんだ。――退院許可が出たと聞いたが、帰り支度はできたのか？」

「はあ……すぐ出られます、けど」

言い淀《よど》んだのが気になったのか、佐原がかすかに眉を寄せる。

「……もしかして、迎えが来るとは聞いてなかったのか？」

「佐原さんて方が迎えに来てくれるとは聞いてます。――東上って、昨日小さい女の子とここに来てた、眼鏡かけた得体の知れない人のことで間違いないですか？」

確認のつもりで言ってから、たとえがまずかったと気がついた。慌てて自分の口に手で蓋《ふた》をした八尋を眺めて、佐原は短く息を吐く。

「……あいつ、名乗らなかったのか」

「ひなちゃんに、しろーくんと呼ばれてるのを聞いただけですね。考えてみたら、ひなちゃんの名前も正確には聞いてないですし」

八尋の返事に、佐原の厳つい顔が呆れ果てたように歪む。それを目にして、つい本音がこぼれて落ちた。

「なので、本当は迎えになんか来ないんじゃないかとちょっと思ってました」

「それはない。鬱陶しいほど有言実行の男だからな」

そうは言っても、そもそも東上の申し出そのものが常識外なのだ。女の子の親族として異論はないのかと、ふとそんな疑問が湧《わ》いた。

「だけど、一週間も面倒を見てもらうのってちょっと違いませんか。おれ、身元不明の家出人ですよ？」

「きみは姪の恩人だ。無事が確認できるまで様子を見るのは当然だ」

即答されて、八尋は認識を修正する。あの眼鏡男――東上よりはまともに見えた佐原だが、どうやら姪関係となるとでろでろに甘くなるらしい。あるいは、東上に押し負けているだけかもしれないが。

「ああ、そうだ。これを」

こっそりため息をついた足元に、昨日持ち去られた靴が揃えて置かれる。身ひとつで来たのだから、借りていた病院スリッパから履き替えれば支度は終わりだ。

すでに退院手続きは終えているとかで、ナースステーションに挨拶したのみで受付の類《たぐい》はすべて素通りした。人で溢《あふ》れる待合室を突っ切って正面玄関を出るなり、見事な秋晴れの空が目に入る。たった一晩いただけなのに、久しぶりに戸外に出たような錯覚に襲われた。

銀杏《いちょう》が黄金色の葉を落とす中、大股に歩く佐原に急ぎ足でついて行く。辿りついた駐車場で振り返って初めて、一晩入院した病院の正式名称を知った。

「あの、今日はひなちゃんは……？」

「小学校」

「あー、そういえば平日でしたっけ」

促されるまま、大きなワンボックスカーの助手席に乗り込む。運転席に座った佐原は慣れた様子でエンジンをかけると、思い出したように八尋を見た。

「きみの荷物を取って来るよう言われたんだが、どこに向かえばいい？」

「ええと、図書館の最寄り駅近くにある、ショッピングモールに」

「ショッピングモール？　コインロッカーか」

「はい。抱えていくのもどうかと思ったんで」

そろそろ場所換えをするつもりで、連泊していたカプセルホテルをチェックアウトしたばかりだったのだ。図書館に荷物を抱えていく気はなかったから、ショッピングモール内にある買い物客用のロッカーを使った。あそこなら利用当日に荷物を引き取ればお金は戻ってくるから、それと合わせて夕飯でも買って移動しようと思っていたのだ。

四車線道路に合流した車は、迷うことなく目的地に向かった。十数分ほどで到着したショッピングモール内までついてきた佐原は、当然のように八尋の荷物を持ってくれた。

再び車に乗り込んで、向かう先は八尋には未知の地域だ。窓からの風景をじっくり眺めていると、今さらのようにずいぶんな都会にいることが身に染みてくる。

四か月前まで八尋が暮らしていた町は、中心部から車で十五分も走れば田圃《たんぼ》や畑が当たり前にあるような土地だった。父親が亡くなり母親が再婚し、それに伴って何度か引っ越したけれど、それも同じ市内でのことだ。

母親が眠るあの町は、新幹線を使っても半日近くかかるほど遠い。衝動的に出てきた八尋は着のみ着のままで、荷物どころか携帯電話も持っていなかった。上着のポケットにキャッシュカード入りの財布が入っていたのが、唯一の幸運だったのだ。

寝場所と仕事を確保するのに精一杯で、こんなふうに景色を見るような余裕を失っていた。昨日のように図書館に出向いても、楽しむのではなく仕事がない不安を宥《なだ》めるために逃避していただけのような気がする——。

四車線道路から二車線道路に乗り入れてしばらくすると、風景は繁華街から住宅街に変わった。じきに車は高層マンション横の、立体駐車場に乗り入れる。

立体駐車場の階段を降りてエントランスに向かい、開錠された正面玄関の奥でエレベーターを待ちながら、八尋は正直当惑した。

共用部分を見た限り、ここは分譲マンションに間違いない。つまり、八尋はここで眼鏡男に引き渡され、再び移動することになるようだ。

二度手間だろうにと呆れながら、佐原について十一階でエレベーターを降りる。廊下の突き当たりのドアの前で、佐原はおもむろに鍵を取り出した。ちなみにドア横の表札にあったのは「東上史朗《しろう》」という名前で、どうやらここが眼鏡男の自宅らしいと認識する。

「どうぞ」

「はあ。……お邪魔します」

ドアを開けた佐原に促されて、玄関に一歩踏み込んだところで絶句する。不自然に固まった八尋を怪訝に思ってか、背後から佐原の声がした。

「どうした。上がって奥に入って構わないぞ」

「や、その……奥と言われても」

これはあり得ないだろう、という言葉を辛うじて飲み込んだ。とはいえあとから入ってドアを閉めた佐原にとっては予想範囲内の反応だったらしく、無表情な顔に何とも微妙な気配が漂っている。

まだ内装も新しい玄関先からまっすぐ伸びるフローリングの廊下はよく言えば満載の倉庫、正直に表現すればゴミ捨て場のような状態だったのだ。積み上げられた本に雑誌に新聞、書類らしい不揃いの紙でできた塔、林立する中身入りの紙袋に、見ただけで中身の混沌《こんとん》具合がわかる段ボール箱の群れ。

この状況で上がれと言われても、正直言ってとても困る。そもそも上がったとして、どこをどう歩けと言うのか。

「もしかして、アレルギーでもあるのか」

「ないです。少なくとも今まで症状は出てません」

「だったら気にするな。ああ、無駄に見えても靴は脱いでくれ。一応土足厳禁だからな」

「そういう問題ですか……?」

さっさと靴を脱いで待つ佐原の様子に、八尋は渋々靴を脱ぐ。その目の前に、揃えたスリッパを置かれた。

「有機ゴミはないはずだが、一応履いておけ」

「え、でも佐原さんは」

答えを待たず廊下の先に向かった佐原は、スリッパなしの靴下だ。一瞬迷ったものの素直に借りることにして、八尋はスリッパに足を入れる。慌てて追いかけた足元で、がさがさと紙袋が音を立てた。

実は自宅ではなく倉庫なんじゃないかとあり得なさそうなことを考えている間に、佐原が突き当たりのドアを開く。あとに続いてドア口に立った八尋は、その場で再びフリーズした。

南に面した窓から日の光がさす広い空間は、おそらくリビングダイニングだ。白い天井に白い壁、そして床に置かれたソファセットを見れば、そう言えないこともない。

――床の上は、玄関から目にした惨状の続きにしか見えないけれども。

フローリングの床はほとんどものに覆われて、ところどころに水たまりのように見えるだけだ。ソファセットの真ん中にあるローテーブルの上は雑誌や本や書類の山と林立するカップやコップで満杯だし、ふたつの肘掛け椅子の背には上着だかシャツだか知らない衣類がこんもりと引っかかっている。極めつけに三人掛けソファには毛布にくるまった固まりが、だらしなくでれんと伸びていた。

あり得ないと、何度めかに思った。

少々掃除をサボった程度で、ここまでになるはずがない。壁際にある綿埃《わたぼこり》ひとつをとっても、そこまで立派に育つにはそれなりの期間が必要だ。

「東上、起きろ。連れてきたぞ」

声に目をやると、ソファ横に立った佐原がその上に伸びる毛布をめくっていた。

靴下の足で諸々《もろもろ》のものを踏んでいるのはいいのかと内心で突っ込みながら、それ以上に毛布の中からうにゃうにゃと響いた意味不明の声の方が気になった。

「……おまえが言うか。だいたい昨夜いきなり――……ああ、そうか」

顔を顰めて毛布を見下ろして佐原が、急に顔を上げる。ドア口にいた八尋を見るなり苦笑してみせた。

「そういえば、きみの名前は何て言うんだ？」

「長月です。長月、八尋……」

すとんと言ってしまったあとで、ざあっと頭から血の気が引いた。――迎えにきた佐原が、病室のネームプレートを見なかったはずはない。要するに、謀られたわけだ。

「いや違います、柏本です！　長月じゃなくて柏本清司っ……」

「んー、まあどっちでもいいよ。面倒だから八尋くんて呼ぼうかな。ちなみにどういう字？　漢数字のハチに尋問のジン？　それとも広いの方かな」

耳に入った声は佐原ではなく、昨日の眼鏡男――東上のものだ。ソファの上で身を起こしたひょろ長い男の頭は、盛大な寝癖で跳ね返っている。こしこしと瞼をこする目元に眼鏡はなく、そのせいか妙に幼く見えた。声はまったく同じなのに、実は別人じゃないかと一瞬疑ったほどだ。

「違います！　おれは」

「じゃあ清司くんて呼んでもいいけど、ちゃんと返事できる？」

欠伸《あくび》混じりの暢気な問いに、太い釘を刺された気がした。

柏本清司は、今は亡き実父の名前だ。四か月前から自分の名前として使っているけれど、そもそも母親が再婚するまでは八尋自身も「柏本」だった。

苗字で呼ばれる分には、間違いなくすぐに反応できる。けれど、清司という名は署名に使っただけで、呼ばれたことは一度もない。

間違いなく、ボロが出る。というより、現時点ですでに出まくりだ。諦《あきら》め半分に歯噛みしながら、八尋は短く「八尋で結構です」とだけ答えた。

「ところでおれの仕事は何になりますか。できれば早めにかかりたいんですけど」

「……仕事？　って、何だそれ」

胡乱《うろん》そうに口を挟んだ佐原が、一瞬だけ八尋を眺めてすぐに東上に視線を移す。東上はといえば何度めかの大欠伸中で、瞼をこすりながら眠そうな声で言った。

「佐原、昼メシ作って。八尋くんのも含めて三人分ね。あっさりめの和食、味噌汁《みそしる》の具はワカメと揚げでよろしく」

「は？　メシって、おまえが食うのか？」

「当たり前だろ。あ、レトルトは使うなよ。早くしないとこのまま二度寝するよ？」

「……わかった」

東上を見ていた佐原は憮然《ぶぜん》とした様子を隠すことなく、リビングの一角でカウンターに仕切られたキッチンへと入っていった。

東上と佐原の力関係は、不等記号で表示できそうだ。胡乱な気分で納得した時、東上から「八尋くん」と呼ばれた。あちこち痒《かゆ》い気分で目を向けると、犬の子でも呼ぶように手招きされる。

本音を言えば回れ右して帰りたいが、そういうわけにはいかないようだ。諦めて中に入り歩み寄ると、先ほどよりはっきりした声で「具合はどう？　頭痛治まった？」と訊かれた。

「……明け方ちょっと痛みましたけど、今は何ともないです。別の意味でなら、さっきから痛いですけどね」

「手足に違和感とか痺《しび》れはないかな。あと、気になることとか」

皮肉のつもりで言った台詞は、あっさりと流された。食い下がるのもどうかと思えて、八尋は「ないです」と応じておく。

「了解。じゃあひとまずそこ座ろうか」

示された先にあった肘掛け椅子の、背凭《せもた》れは衣類がかかっているものの、座面には何もない。

お邪魔しますと断って、八尋はその椅子に腰を下ろした。ちなみにもうひとつの肘掛け椅子の座面は、あれこれが作ったこんもりで塞《ふさ》がっている。

ソファの上で座り直した東上が、何かを探すような手つきで自分の額を撫でる。頭の前部分にひとしきり手を当ててからテーブルの上を眺め渡し、ようやく見つけたようにフレームレスの眼鏡を手に取った。その様子に、どうやらこの惨状はここでの日常らしいと確信する。

「んーとね、きみが言ってたバイトだけど、内容は選べないんだよね。それでも平気？」

「構いませんよ。あと、バイト料は病院代の返済に回してください」

「バイト料は働いた本人に渡さないと……とか言っても無駄っぽいねえ。そのへんはまた相談することにしようか」

「相談って、そんなの」

「きみが余剰だと思う部分と、こっちがしたいお礼のすり合わせだよ。食費とか、光熱費とかの」

すらすらと言われた内容に納得して頷くと、東上は面白そうに笑った。

「あとはこっちから、いくつか条件というか注意事項があるから言っておく。まず、体調のことだけど」

続いて聞かされた内容は、今朝医師から聞かされた指示とほぼ同じだ。大袈裟だと思いはしたけれど、ここは素直に頷いておいた。

「それからバイトのことだけど、気がついたことは何でも言ってくれていいから。どうしても注意してほしいのは終了時刻の厳守かな。始めるのは遅れてもいいけど、定刻には必ず終わること。超過はいっさい認めないから、時間になったら作業が途中でも終わりにして」

「……はあ？」

いくら何でもバイトに対して「途中で終わりにしろ」はないだろう。胡乱な顔になった八尋に、東上は眠そうな顔のまま器用に片方の眉を上げてみせた。

「様子見期間中だから無理しなくていい。バイトを早く切り上げるのも、休みを取るのもきみの自由だ」

「——そんな都合のいいバイトって、存在しないんじゃないですか？」

「それが案外、そうでもない」

けろりと返った言葉に思わず顔を顰めながら、やはり荒れているようだと自己分析する。以前の八尋であれば、この程度のことは穏やかにやり過ごせたはずだ。

こっそりため息をついた時、背後から佐原の声がした。

「昼食にするぞ。テーブル空けてくれ」

「りょーかいー。じゃあ八尋くん、そこ片づけてもらっていいかな」

「——はい？」

佐原に返事をした東上が、いきなり八尋に言葉を投げる。ぽかんとした八尋を見返して、東上はだいぶ見慣れてきた胡散臭い笑顔になった。

「何でもやるって言ったよね？　それともやっぱりやめておく？」

「……やります」

「じゃあよろしく。ああ、本とか書類を移動する時はなるべく順番を変えないように頼むね」

言うなり東上はソファに沈んでしまった。もぞもぞと毛布に潜り再びの大欠伸をして、目を閉じてしまう。

とても理不尽な気分を、ため息ひとつで飲み込んだ。こういう手合いにムキになったところで自分が疲れるだけだ。

昼食代だと割り切ることにして、ローテーブルの上や下に散った書類を集めて重ねる。乱雑に崩れかけた本は角を揃えて積み直し、ソファから少し離しておいた。

山のようなカップとグラスを目についたトレイに載せて運んでいくと、キッチンでは出来立ての味噌汁が器によそわれているところだった。

具がリクエストの通りだということについては冷蔵庫の中身を把握していた東上に感心すべきか、言われるままに作った佐原を褒めるべきだろうか。ちなみに味噌汁以外には、ごはんに焼き魚に葉野菜の煮浸しが準備されていた。

「佐原さん、料理する人なんですね」

「放っておくとまずい気がして仕方なく、だな。……ところで、どうしてきみがソレを片づけてるんだ」

「指示されたからです。おれ今日から一週間、東上さんの紹介でバイトに入るんで、その予行演習じゃないですか？　あ、台拭《だいふ》き借りていきますね」

穏便にすませるつもりで笑顔を作ったのに、佐原の無表情は一気に不機嫌に傾いた。ソファの上の毛布にじろりと目をやったかと思うと、お玉を手にしてのしのしとそちらに歩いて行く。

「おい、東上。おまえな」

「……何。メシまで寝かせろよ、眠いんだから」

「できたから片づけろと言ったはずだが？」

「それ、八尋くんに頼んだから。ていうか、もう片づいてるじゃないか。早く持って来なよ」

どうやら恒例らしい言い合いを聞きながら、空いたトレイに盛りつけ済みの皿を載せてローテーブルまで運ぶ。台拭きで天板を拭いて皿を並べていると、気づいた佐原はすぐに言い合いを離脱して手伝ってくれた。

昼食の間にもっとバイトの話が聞けるかと思ったが、どうやら考えが甘かったらしい。会話しているのは佐原と八尋のみで、肝心の東上は寝ながら食べているような有様だ。そのくせ、さくさくと皿の上から料理が消えていくのだから不思議だ。

「ご馳走《ちそう》さまー。……と、八尋くん、食事中悪いけどちょっと来て」

「はあ」

真っ先に食べ終えて席を立った東上に言われて、逆らっても無駄だろうと素直に箸《はし》を置く。

腰を浮かせたところで、渋面になった佐原が声を上げた。

「八尋くんはまだ途中だろ。食べ終わってからにしろよ」

「あいにくだけど僕が限界。佐原はコレ見てあとをよろしく」

佐原の顔に大判の封筒を押しつけると、東上は八尋の背中を押してリビングダイニングを出た。玄関に向かって左手にある引き戸に近づき、無造作に引き開ける。

引き戸時点で予想はついていたけれど、きっとここは和室だ。「きっと」がつく理由はご多分にもれず、この部屋もごちゃごちゃと置かれたモノのせいでほとんど畳が見えていないからだ。

「今日はここ片づけてくれる？　畳が半分見えるようになったら上出来。十七時までにね」

「……はい？　あの、それって」

「うん、バイト。これから十七時までやってもらって、バイト代は、そうだなあ」

提示された金額は日当としては平均で、つまり半日となるとかなりいい部類だ。口振りでは今日だけのようだし、だったら引き受けてもいいだろう。

「了解しましたけど、明日からのバイトは決まってるんですか？」

「手配済みーだから心配は無用ー……」

答える東上はすでに半眼で、立ったままでも眠ってしまいそうだ。壁に凭れて何度目かの欠伸をしながら、こめかみを掻《か》くようにして続ける。

「残すもののリストは佐原が持ってる。家の中の案内と掃除用具置き場も佐原に任せた。どうしてもわからないことがあれば、僕を起こしてくれる？　あと、頭痛が起きたら即片づけ中止して、遠慮なく叩き起こして」

「はあ。……寝るんだったら布団に入った方がいいですよ」

「そうする。悪いね、昨夜ちょっと徹夜だったもんだから」

うんうん、とひとり頷く仕草は寝ぼけた子どもそのもので、こちらの調子が狂いそうだ。「じゃあよろしくー」と言い残して廊下に向かう足取りの危なっかしさに、思わず八尋は手を伸ばしていた。

「ん、……あれ？　八尋くん？」

見下ろしてくる東上の眼鏡が、斜めにずれかけている。昨日や昼食前とは人が違っていないかと訝《いぶか》ったあとで、自分が東上の肩を支えていたことに気がついた。何やってるんだ自分、と狼狽《うろた》えかけた時に「今日のバイトはここ」だと思い出して、八尋はどうにか取り繕う。

「転びそうだし、気になるんで一緒に行きます。部屋、どこですか？」

「そっちの奥。大丈夫なんだけどなあ」

もはや手を動かすのも億劫《おっくう》なのか、東上は顎《あご》で和室とは廊下を挟んで逆方向にあったドアの、リビングダイニングに近い方を指す。

「そうですか。じゃあ足元気をつけて――……ってあの！　何やってんです⁉」

数歩で辿りついた部屋の前で離れようとしたら、頭上にぽすんと重みが落ちてきた。ぐりぐりと捏《こ》ねられる感触にぎょっと語尾をひっくり返し、反射的に頭を振ったとたんにずきりと鈍い痛みが来て、八尋は顔を顰めてしまう。

「ああごめん、つい。頭痛かったんだっけ、今は触っちゃ駄目だったかあ」

そろりと顔を上げたとたん、長身を折り曲げるように近く覗き込んでいる東上と視線が合う。

悲鳴を上げる代わりに、八尋は大きく上半身を仰《の》け反《ぞ》らせた。

「……っ、大丈夫です、大したことないですから！　それより早く寝てくださいっ」

とっとと行けとばかりに、東上の背中を押した。そんな八尋を見下ろして、東上は昨日と同じ食えない顔で笑う。ずれた眼鏡を直すと、自室のドアを開けて振り返った。

「ありがとう。そうだ、僕は寝起きが悪いから起こす時は遠慮しないようにね」

「了解です」

わざわざ起こしたくないとの思いで答えた八尋にひらひらと手を振って、東上はドアを閉める。その背後に垣間《かいま》見《み》えた室内は、やはりというか見事に床が見えないカオスな空間となり果てていた。

何とも言えない気分でリビングダイニングへと引き返すと、キッチンの入り口前に佐原がいた。八尋を見るなり、味噌汁を温め直してくるから待っているように言ってくる。

「え。おれ、少々冷めてても平気ですけど」

「真夏の冷や汁じゃないんだ。すぐすむから座ってろ」

即答に、戸惑いながら肘掛け椅子に戻った。じきに戻ってきた佐原は味噌汁だけでなく全部をレンジにかけてくれたようで、ずいぶん気が回る人だと感心する。

「で、今まではどこに住んでたんだ。カプセルホテルか、ネットカフェ？」

「ネットカフェだと身分証明書がいるんで、カプセルホテルです。保証人なしだとアパートは借りられないし」

温め直した味噌汁を味わいながら答えた八尋を、佐原は先ほどまで東上がいたソファから眺めてきた。

「ってことは、食事はコンビニが主か」

「コンビニって結構割高ですよ？　なので閉店間際のスーパーで値引き済みの総菜とおにぎりってとこですね。あと、レトルトとかカップラーメンとか」

「なるほど。だからレトルトはよせ、なのか」

「はい？」

よくわからない返事に首を傾げた八尋に肩を竦めてみせて、佐原はふと席を立った。じきに淹《い》れたてのお茶を持って戻ってくる。

「ご馳走さまでした。美味《おい》しかったです」

「お粗末さま。……で？　何できみがバイトする話になったんだ。一週間は休暇扱いじゃなかったのか」

不審そうに言う佐原は、休暇云々こそ知っているもののバイトの件は初耳だったようだ。八尋が昨日の経緯を説明すると、呆れ顔で天井を仰いでしまった。

「どこが過分だ。ひなが事故で入院した時のことを思えば、一週間据え膳《ぜん》でホテル暮らしをしてもらってもいいくらいだろうに」

「冗談でしょう。お礼はひなちゃんに言ってもらっただけで十分です。――ところで佐原さん、明日からのおれのバイトが何になるか、実は知ってたりしませんか？」

「知るわけがあるか。というより、内容も知らずにバイトを頼んだのか？　初対面の相手にそこまで丸投げするのは、いくら何でも不用心過ぎないか。もちろん、肝心なことを何一つ言わない東上にも大いに問題があるんだが」

そう言う佐原の視線は、胡乱というより呆れを色濃く含んでいる。

「東上さんは、一応希望を聞いてくれましたよ。特に資格もないからって、おれが言わなかっただけです。一週間、食事と寝床を心配せず過ごせるんだったら、バイトの内容くらい些《さ》少《しょう》かなーと」

さらりと答えた八尋に、佐原は無表情な顔を呆れたように歪めた。

「それで後ろ暗いことをやらされたらどうする。もっと警戒しろよ」

「いやだって、警察に届けるって脅されたらどうしようもないじゃないですか。それに言わせてもらえば、身元不明の家出人に自分ちを片づけさせる時点で東上さんの方がずっと警戒心が足りないと思いますけど」

声音は柔らかく正論をかましてやったら、佐原はあっさり納得したらしい。どうやら、厳つい顔に似合わず素直な人のようだ。

「時間制限があるんでそろそろバイトに入りますね。すみませんけど、リストってどこにあります？　あと、掃除用具の場所と水道の使い方、教えてほしいんですけど」

「わかった」

頷いた佐原は、丸投げされるだけあって東上宅をよく知っていた。掃除機を始めとした器具から始まり、ゴミ袋や雑巾《ぞうきん》、洗剤といった消耗品置き場と洗面所を使う時の注意点を教えてもらう。さらに、和室から出す不要品は廊下を挟んだ向かいの洋室に押し込んでおけとアドバイスしてくれた――のだが。

「……ココに押し込むと、すごい悲惨なことになると思うんですけど」

件《くだん》の洋室内は奥に書棚が林立し、手前は床上三十センチの高さまでもので占領されるという和室以上のカオスと化していた。これは佐原も予想外だったようで、「いつの間に」と呻《うめ》く声が聞こえてきた。

結局、残すものは和室の押し入れに入れ、不要品は玄関の外にある戸別専用の物置に放り込むことで決着した。東上から物言いが入った時は、佐原がフォローするという言質《げんち》も取った。

礼を言って、八尋はすぐさま仕事にかかった。キッチンを片づけるという佐原に礼を言って、目に付いたゴミと不要品を片っ端から分類していく。

「ひとりだとキツくないか。手伝おうか？」

小一時間ほどして、そんな声がかかった。振り返ると、和室の引き戸の前に立った佐原が感心したように八尋と室内を眺めている。

「遠慮します。おれのバイトですし」

「そうか。で、頭痛や吐き気は？」

「ないですね。頭を振ったりぶつければ痛いでしょうけど」

即答した八尋に、佐原はあっさり頷いた。

「だったらいい。俺は帰るからあとは頼むな」

「は、……？」

ぽかんとした八尋をよそに、大柄な体軀が引き戸の傍から消える。慌てて足元をかき分け廊下に出ると、佐原は今しも玄関ドアから出ていくところだった。

「どうした。何かわからないことでもあったか？」

「あの、帰るって本気ですか。ちょっと買い物行ってくるとかじゃなく？」

「これから仕事で事務所に出なきゃならなくてな」

「そうなるとおれ、ここでひとりになるんですけど……東上さん、寝てますし」

慌てているせいか、言いたいことがうまく言葉にならない。そのせいか、佐原は不思議そうな顔になった。

「ひとりでやると今言ったろう。――そうだ、できるだけ音は立てない方がいいぞ。東上はとんでもなく寝起きが悪い。下手な起こし方をするとあとあと面倒になるからな」

「いや、そうじゃなく」

言い掛けた八尋の声を遮るように、電子音が鳴った。ポケットからスマートフォンを取り出した佐原が、画面を一瞥《いちべつ》してふと真顔になる。

「すまないが、呼び出しだ。またあとでな」

「ちょっ……」

こちらの返事も聞かず、目の前でドアが閉まる。突っ立ったまま呆然《ぼうぜん》とすること数秒後、我に返って慌てて靴をひっかけ外廊下に飛び出した。

すでに廊下に人影はなく、エレベーターも三階で止まっていた。目の前の手摺《てす》りに張り付き見下ろしてみても、佐原の姿は見あたらない。青く澄んだ空が、やけに高く見えた。

「……嘘だろ……」

佐原が監視役だと思っていたから、東上が寝ると言っても気にしなかったのだ。というより、この状況で八尋をひとりにするとは思いもしなかった。

落ち着かない気分で、東上宅に引き返す。いったん和室の片づけに戻りかけたもののどうにも手につかず、最終的に東上の私室に向かった。

ノックしても応答はなく、躊躇《ためら》いがちにそっと引いたドアは呆気なく開く。ベッドの上の家主が暢気に眠りこけているのが目に入って、せめて自室くらい施錠しろという的外れな怒りが浮かんだ。

「東上さん？　すみません、ちょっと起きてもらっていいですか」

「……んー？」

意外なことに、東上は最初の一声でもぞりと反応した。枕に頬を押しつけたまま、いかにも眠そうな顔で薄く目を開く。

「佐原さん、帰っちゃったんですけど。いいんでしょうか」

「んー……帰った？……あー、仕事かぁ……そういや、そうだっけ」

もぞもぞ言ったかと思うと、東上は妙にまじまじと八尋を見た。眼鏡なしの視線の予想外な強さに何となく怯んでいると、もそりとベッドの上に座り込む。おもむろに起き出すと、足元に転がるあれこれを器用に除《ど》けたり押しのけたりしながら、ドア口までやってきた。

正気なのか寝ぼけているのか判断がつかずに見上げた八尋の前で、東上はおもむろに足を止める。またしてもじっと眺めてきたかと思うと、いきなりぽんと頭に手を乗せてきた。え、と思った時には寝る前と同じく、ふわふわと髪を撫でられている。

どうしてそうなると、頭の中が真っ白になった。そんな八尋を置き去りに、東上はぺたぺたとリビングダイニングへ向かう。タイミングを逃してその場にとどまった八尋のところに、間を置かず戻ってきた。

「八尋くん、これ」

「はい……？」

ぽいと投げて寄越されたものを、反射的に受け取ったあとで後悔した。——どうしてこの状況で、財布を渡されねばならないのか。

「それで夕飯作って。買い物は夕方、案内す、から……」

「え、あの案内って、何も財布なんか……っ」

八尋の声を聞いているのかどうか、東上はそのまま足元をかき分けてベッドに戻る。くしゃくしゃになっていた毛布をかき寄せて、それきり動かなくなってしまった。

「…………」

あまりのことに、もはや声も出なかった。手の中の財布を二度見三度見し、爆弾を握らされた気分になる。

とりあえず、今は追及しても無駄だ。

長くて重いため息をついて、八尋は財布をドア近くにあった棚の上、今にも溢れそうになっている山の上にそろりと載せた。そのまま、音を立てないようドアを閉める。

とにかく、十七時まではひたすらバイトだ。強引に気持ちを切り替えて、八尋は和室へと引き返した。

4

ビニール紐《ひも》で雑誌を束ねるのは、案外に骨だ。きっちり縛ったはずが終わってみればどこかしら緩んでいるし、適当に縛れば形が崩れて、すぐにばらばらになってしまいかねない。

「こういうの、きっちり締めるヤツってどっかになかったっけ。業務用だったかな」

縛り上げた雑誌の束が、玄関先を占領していく。このままでは出入りが不自由だと、ひとまず外の物置きに押し込んでしまうことにした。

「……ちょっと休憩」

玄関先でゆるく腰を伸ばしてから、八尋はリビングダイニングへと向かった。

南に面した窓がある空間は、四日前に初めてここ東上宅を訪れた時とは比較にならないほどすっきり片づいている。ソファ前のローテーブルの上にどさりと鎮座している書類や雑誌が、いくらか名残になっている程度だ。

期間限定とはいえ八尋の居候が確定した以上、食事やお茶に使える唯一の場所——ローテーブルは共有物だ。食事のたびに上に積み上がったものを上げ下ろしするのは面倒だし、何よりそこに物を積まれたが最後、あっという間に周囲の床に物が散乱し、かつての惨状に逆戻りしてしまう。

そういうわけで積みっ放しはやめてもらいたいと進言した八尋に、家主の東上は「元の木《もく》阿弥《あみ》は厭《いや》だなあ」と思案顔になった。そのくせ毎度のように持ち帰った書類をローテーブルの上に置いてしまうのだから、もはや言っても無駄と諦めた。

家の中で唯一整理整頓《せいとん》されていたキッチンでお茶を貰《もら》いながら、八尋はほっと息を吐く。ちなみにキッチンは家主でなく佐原の管理下にあるのだそうだ。同居しているわけでもないのに何故《なぜ》と思ったのは当初だけで、それだけ東上に手がかかるのだと今は解釈している。

時刻は午後三時を回ったところだ。もう一踏ん張りと気合いを入れ直して、八尋は元いた部屋へと引き返す。

廊下を挟んで和室の真向かいに位置する洋室は、奥に設置された書棚を見れば一目瞭然《りょうぜん》なことに本来は書庫だったらしい。いつの間に床上三十センチまでものが積もったかについては、家主にも心当たりがないそうだ。

(不思議だよねえ。気がついたらそうなってたんだ)

そんなわけがあるか、という突っ込みは佐原に任せて、八尋はあえて静観した。実際に片づけてみれば、どうやら納戸扱いで何もかも放り込んでいたらしいと察しがついた。

押し込まれていたもののほとんどが、未開封の贈答品や未使用の品物だったのだ。福引きで当てたらしい「三等」の札がついた座布団五枚セットや、きんきらの屏風《びょうぶ》に加えてビニールがかかったままの一輪車等々が出てきて、そうしたもののすべてが東上曰《いわ》く「いらないもの」だと言うのには唖然とした。

ちなみにいらないものは処分一択だったため、今の洋室は書庫らしく、書棚と本の山が残るだけだ。

束ねた雑誌を部屋の隅に積んで、今度はリストを片手に書棚の本をチェックする。リストの八割は処理済みだから、夕方には整理が終わりそうだ。仕上げに掃除機をかければ、ここでのバイトは完了と見ていいだろう。

「……案外、簡単だったよな」

当初は見ただけで目眩がしたカオスも、手をつければ呆気ないほど作業の進みが早かったのだ。何より東上のリストが明確であり、判断を仰いだ時の回答が早かった。ついでに佐原が言っていた通り、処理にうんざりする有機ゴミとの遭遇は一度もなかった。

要するに、家主が面倒がって放置した結果、もので溢れて収拾がつかなくなっただけだったのだ。決断の早さを見る限り、その気になれば自力ですぐに片づいたのでは——と思ったほどだ。

書棚から抜き出した本を片っ端から段ボール箱に収める途中で、インターホンが鳴った。

家主が不在の時は居留守を推奨されているが、ものには例外というものがある。本の山を倒さないよう注意して廊下に出ると、玄関ドアの施錠のひとつが音を立てて外れるところだった。続いてもうひとつが外れたかと思うと、鉄製のドアが細く開かれる。ひょいと顔を覗かせたのは、すっかり見慣れた幼い女の子——佐原の姪の比奈《ひな》だ。

「こんにちは、おにいちゃん。きゅうけいして、おちゃでもいかがですかー？」

八尋を認めて花が開くように笑う女の子は、秋らしく柔らかい色合いのニットアンサンブルにふんわりしたフレアースカートを合わせ、同じ色味のリボンで髪を飾っている。その様子に、小さくても女の子だと微笑ましい気分になった。

「お帰り。今日は習い事はいいの？」

「なんにもないひなのー。だから、おにいちゃんのおてつだいしにきたの」

笑顔で言う比奈と再会したのは、ここ東上のマンションに初めて来た日の夕方だ。八尋を見るなり突進してきた彼女が恥ずかしそうに口にした台詞が、先ほどの「おちゃでもいかがですか？」だった。以来、連日のようにこうして顔を見せるようになった。

玄関ドアを半開きで固定し、ドアの外にいる比奈と目線が合うようしゃがみ込む。比奈が始めた「今日の報告」を聞きながら待つこと数分、いくら何でも遅いと内心で眉根を寄せた。

「……ところでひなちゃん、今日は叔父さんは？」

「おやくしょにようじがあるからって、ここのしたでおろしてくれたの。さんじゅっぷんくらいできますって」

「そっか」

何だそれはあり得ないだろうと、ここにはいない叔父さん——佐原の襟首《えりくび》を締め上げてやりたくなった。

出会ってたった五日とはいえ、比奈に懐かれている自覚はある。だがしかし、物事には注意あるいは警戒すべき時と場合があるはずだ。内心で呆れながら、八尋は笑顔で比奈のお喋《しゃべ》りに耳を傾ける。

朝夕はそれなりに冷え込むようになってきたものの、十月下旬の晴れた午後はまだ十分に暖かい。北向きの玄関で話し込んでいてもさほど寒くないのが幸いだ。

「……斬新だな。玄関を挟んだ中と外で井戸端会議か」

きっかり三十分後に現れた佐原は、腰を上げる八尋と比奈を交互に眺めて口の端を上げた。

八尋の顰めっ面にも動じる素振りはなく、比奈を連れて玄関の中に入ってくる。片づけ中の洋室を覗き込むと、軽く目を見開いた。

「さすがだな。昨日の今日でここまで片づくか」

「ほとんど不要品でしたからね。今は本の分類と選別中ですけど、点検とか確認が必要ならどうぞ」

「見てもわからんからいい。……煎茶《せんちゃ》と玄米茶、どっちがいい？」

「煎茶で」

八尋の返事に「よし」と答えて、佐原は突き当たりのドアの向こうに消えた。それを追いかけていた比奈が、思い出したように八尋を振り返る。

「おにいちゃんはいかないの？」

「こっちをすませたら行くよ。ひなちゃんは叔父さん手伝ってあげて」

「はあい」

少し不満そうに唇を尖らせたものの、比奈は素直にドアの向こうに消えていった。

作業中の洋室に戻って、八尋は本を詰め込んだ段ボール箱に封をする。邪魔にならないすみに並べて置くと、ようやく仕事は一段落した。

「終わったのか」

声に顔を上げると、佐原が入り口から覗き込んでいた。リビングダイニングに置いてきたのか、比奈の姿はない。

相変わらず無表情な顔を、露骨にじろりと眺め上げてやった。

「終わりました。……あのですね、ひなちゃんだけ来させるのはやめろって、昨日おれ言いましたよね？」

「急用だったんだが、ひなから聞かなかったか？」

「そういう問題じゃないでしょう。東上さんがいない家にひなちゃんだけ寄越して、おれみたいな不審人物とふたりきりにしてどうするんですか」

声を尖らせた八尋を、佐原は珍しいものを見るように眺めてきた。

「邪魔者なしでおにいちゃんと話ができたって、ひなはずいぶん喜んでいたが」

「邪魔者って」

「八尋くんは、ひなの理想の王子様らしいからな」

「……何ですかそれ……」

ぼそぼそと言いながら、既視感を覚えて脱力した。ついで、かすかな苛立《いらだ》ちを覚えて内心で首を傾げてしまう。

思い返すだに恥ずかしいが、高校の時の八尋のあだ名は「王子様」だったのだ。八尋の三つ年下の妹が言い出したのをきっかけに、まずは母校の中学校で広がった。二年三年の面子の中には八尋をよく覚えている者もいて、そこから兄弟がいる者を介して八尋がいた高校にまで知れ渡った。

ある意味幸いだったのは、その顔で優等生なんだから仕方がないと妙に納得する者が多かったことだ。もともと八尋は美人と評判だった母親とよく似た線の細い顔立ちで、「きれい」と評されることが多かったし、小学校からずっと品行方正な優等生で通ってもいた。

平気だとは言わないが、ムキになって否定したところで面白がられるのがオチだ。それだから否定も肯定もせずに、全部を受け流した。

小学校低学年の女の子なら言いそうなことだから、比奈には特に腹は立たない。それは確かなのに、どうしてこうも苛立つのか。

「ここしばらく忙しくて、ひなの思うように遊ばせてやれてないんだ。巻き込んですまないが、バイトの一環だと思ってつきあってやってくれ」

「……別に、いいですよ。ひなちゃんは可愛いですし」

苦笑する佐原の様子に、八尋は棘《とげ》のようなその引っかかりを流すことにした。

促されて向かったリビングダイニングでは、比奈が慎重な手つきで湯飲みや小皿をローテーブルに並べているところだった。

「お茶にしよう」と言うからには当然かもしれないが、比奈と佐原は必ず茶菓子持参でやってくる。今日は、この界隈《かいわい》で知られた和菓子屋の新作なのだそうだ。

「ところで佐原さん、仕事は休みなんですか。まさか、毎日抜け出してここに来てるわけじゃないですよね？」

連日やってくる比奈には、当然のように佐原が同行している。初日から二日目までは連休と解釈しても、今日で四日目となるととても微妙だ。百歩譲って休日だとしても社会人にとっての四連休は貴重なはずで、比奈のためとはいえ今ひとつ解せない。

「いや？　ふつうに仕事だが」

「……は？　仕事中にこんなとこでお茶飲んでていいんですか」

思わず呆れ声になった八尋に、佐原は苦笑した。

「言ってなかったか？　ひなといるのも仕事のうちなんだ。正式に依頼を受けて預かってるからな」

言われた台詞に、ふっと既視感を覚える。そういえば、似たような言葉を東上から聞いた気がする。

「それ、東上さんの事務所の仕事ですよ、ね？」

「同じ職場だ。東上から聞いてないのか？」

「あー、そっか。それで」

だから佐原は東上を放置するわけにはいかないのかと、妙にすんなり納得した。そのあとで、ふと今さらな疑問を覚えてしまう。

「事務所って、託児所ですか」

「本来は調査事務所をやってる。いろいろ縁やら状況やらがあって、特例でひなを預かっているだけだ。まさか、誰もいない家でひとりにするわけにはいかないからな」

比奈の母親は第二子妊娠中の体調不良で入院中で、父親は海外出張中なのだそうだ。間が悪く父方母方とも祖父母を頼れる状況ではなく、だからこそ佐原が保護者代理なのだとはすでに聞いていた。

「だったら学童とか、は」

「もともと入ってなかったし、そもそも希望者が多すぎてあぶれている生徒が多いんだそうだ。そういうわけで、急な受け入れはできないらしい」

当初は小学校を終えた比奈を職場に呼んで待たせることで凌《しの》いでいたものの、佐原にしても仕事関係で外出や出張がある。泊まりの出張が入った日には、預け場所を探して右往左往することになるし、それでは比奈も落ち着かない。

そういう状況を加味して検討した結果、「仕事として事務所全体で」比奈の面倒を見ようと東上が提案したのだそうだ。佐原が不在の際は他のスタッフが夕食や夜も含めて面倒を見る代わり、正式な仕事として時間制できっちり料金を請求する。その話に、比奈の両親はむしろ安堵した様子だったという。

「あれ？　でも、おれが図書館で会った時はひなちゃんひとりでしたけど」

「あの日はスタッフ全員手を離せなくて、外注で人を頼んでたんだ。一緒に図書館まで行ったはよかったが、中ではぐれて探しても見つからなかったらしい。それで事務所に行こうとしていたところだった。……だな？」

佐原の言葉に、両手で湯飲みをくるんでいた比奈はこっくりと頷く。あの時の心細い様子は悪ガキどものせいだけではなかったのかと、納得した。ちなみに外注の人はと言えば、手洗いで貧血を起こして医務室に運ばれていたのだそうだ。

すんなり納得して、八尋は改めて佐原を見た。

「ところで今の話だと、東上さんの方が佐原さんより立場が上に聞こえますけど」

「上司だからな。あれでも事務所所長だ」

「所長……」

正気か、言いそうになって寸前で飲み込んだ。それが顔に出ていたのか、斜向《はすむ》かいの佐原が面白そうに笑う。

「――自分の家もまともに片づけられない人が所長で、いいわけですか」

取り繕うつもりで出た台詞がそれで、言った瞬間に自分に呆れた。

目を丸くした佐原が、分厚い肩を丸めるようにして笑い出す。その隣で膨らんだ頬をもぐもぐさせていた比奈も、やけに急いで口の中のものを飲み込んで言った。

「かってにちらかるんだって、しろーくんいってたよ？」

「おれもそれ聞いたけど、ふつう勝手には散らからないよね。本や新聞紙には手も足もないんだし」

「ないねよえ」

納得したふうにうんうんと頷く比奈は、四日前にやってきた時、あの混沌としたリビングを見ても平然としていた。曰く、ここはいつも「ああ」だから。

「ああいう言い訳はよくないから、ひなちゃんは間違っても見習っちゃ駄目だよ」

「よくないよね。しろーくん、いけないいんだー」

ねー、とばかりに比奈と笑った八尋を見る佐原の目は、少々微妙だ。下手なことを言うなと諫《いさ》められている気分になる。

「ところで、さっき段ボールに詰めていた本は持ち出し分か？」

いつになく早口で、佐原が言う。それへ、八尋は素直に頷いた。

「そうです。リストでの確認は終わってるので、どう処分するかは東上さん次第ですね」

「古本屋に持って行かないのか。好きにしていいと言われてるんだろう？」

「おれのバイトは片づけと整理整頓までです。ついでに、あの量を手運びで売りに行くほどの根性はありませんね」

佐原の声音に含みを感じながら、こちらも婉曲《えんきょく》に意思表示しておいた。

東上から、本に限らずリスト外の品物を好きに処分していいと言われているのは事実だ。曰く、発掘したのは八尋だから八尋の好きに有効利用すればいい。社割のようなものだ、という話だった。

未使用の品にしろ単行本にしろ、しかるべき場に持って行けばそれなりの値で引き取ってくれるだろう。とはいえ、現状の扱いを不可解と感じている身としては喜ぶ前に警戒心が先に立つ。目の前の男にしろ家主にしろ、まるで思惑が読めないのが怖い。

片づけの進行状況を見たがる割に、佐原には何かチェックしたり確かめている様子はない。というより、部屋の入り口から眺めるだけでまず中には入ってこない。

百歩譲って佐原はそれでいいとして、もっと不可解なのは家主の東上だ。八尋を自宅に入れた初日がアレで、昨日一昨日は朝出勤していったきり夜遅くまで帰ってこなかった。通りすがりに掃除中の部屋を覗くことはあっても、自分から片づけ状況を訊いてくることがない。昨夜の定例報告後に気になることはないのかと皮肉ってみたら、胡散臭い笑顔つきで「いつもご苦労さま。無理はしないようにね」と言われてしまった。

「……東上さんて、変な人ですよね」

中身が半分に減った湯飲みを手にしたまま、思わず本音がこぼれて落ちる。後悔する間もなく、呆れたような佐原の声が返った。

「今さらだな。初対面でわかったのかと思ったが」

その言い草はどうなんだと横目に窺《うかが》うと、佐原は平然と比奈のおやつの世話を焼いていた。これが類友というやつだろうか。ため息混じりにお茶を啜《すす》りながら、今さらなことをつくづく思った。

いつも通り、佐原は滞在小一時間ほどで比奈を促し腰を上げた。玄関先まで送りに立った八尋を見て、思いついたように言う。

「今日は買い物するのか？　だったらついでに乗せて行くが」

「でも佐原さん、仕事中でしょう。早く戻らなきゃまずいんじゃないですか？」

比奈の面倒を見るのは仕事でも、八尋については仕事外のはずだ。そう思っての返事に、佐原は広い肩を竦めた。

「スーパーまでだ。帰りの面倒は見ないぞ」

「……そうですか。じゃあ、お言葉に甘えて」

苦笑して、八尋はキッチンの定位置から預かっている財布とマンションの合い鍵を取り出した。和室にある上着を羽織り、佐原と比奈について外に出る。低くなった日差しに夕暮れの気配が漂う中、駐車場に停めてあった車の後部座席に乗り込んだ。助手席にあるジュニアシートには比奈が座っている。

「ところで東上さんですけど、今日の帰りは何時くらいになりますかね」

「状況次第。本人は、定時に上がりたいらしいな」

「定時って、まさか九時とか言いませんよね？」

この四日間の東上の帰宅時刻は早くて午後十時過ぎ、遅い時は午前さまだ。それと承知しているのだろう、運転席でハンドルを握る佐原は横顔で苦笑した。

「規約上は午後六時だな」

「じゃあ定時は無理でしょうね」

納得し、最寄りのスーパーマーケットの前で降ろしてもらう。出入り口に近い駐輪場の前で、去っていく車の窓から手を振る比奈を見送った。

用意していた買い物メモを手に、籠《かご》に品物を入れていく。うまい具合にレジも空《す》いていたため、三十分とかからず会計まで終わった。

スーパーから東上のマンションまでは、歩いて十分ほどだ。住宅街を突っ切る道路沿いに歩いていくと、家並みを突き抜けて伸びる高いシルエットが目につく。

「帰ったら先に掃除機かけて、そのあと下拵《したごしら》えでいいか。帰りは遅いんだろうし」

口に出して算段しながら、ふっと足が止まった。歩道の真ん中で足元から長く伸びる影を見ながら、どうして自分はここにいるんだろうとふいに思う。

期間限定での生活も折り返しを過ぎて、残り日数は明日を含めてもあと三日だ。そう思うと、この四日間が嘘のように思えてくる。

四日前のあの時、あらかじめ指定されていた十七時に東上は起きて来ず、代わりに佐原が比奈を連れ茶菓子持参で顔を出した。

(おにいちゃんにあいたかったのー)

はにかんで言う比奈の笑顔には和んだけれど、片づいた和室を眺めて感心する佐原には暢気すぎないかと呆れ返った。その後、比奈を置いて玄関ドアを出て行った佐原は、一日でわかる布団袋を和室に持ち込むなり言ったのだ。

(今夜から八尋くんの部屋はここだ。布団はこれな)

（……何ですか、それ。っていうか、佐原さんが決めていいことじゃないでしょう）

ありり得なさすぎる言葉に、一拍絶句した。ようやく言い返したら、佐原はあっさりと言ったのだ。

（決めたのは、俺じゃなくて東上だが？）

（遠慮します。毛布一枚貸してくれたら、廊下かリビングのすみで十分です）

言い返したあとで、いやそれも違うだろうと自分で自分に突っ込んだ。そもそも、ここで世話になること自体が想定外過ぎたのだ。そんな八尋を見て、佐原は難しい顔で気の抜ける台詞を口にした。

（それはよせ。踏まれるぞ）

（何それー。余計なこと言うなよ、八尋くんだけは踏まないよ）

何の話だと目を丸くしているところに、いきなり背後で声がした。振り返った先には寝起きそのものに跳ねた髪に寝ぼけ眼《まなこ》の東上がいて、斜めにずれた眼鏡越しに八尋を見ていた。

（八尋くん炊事できるんだよね。じゃあ早速今日の夕飯よろしく。佐原、スーパーまで案内と送迎してあげて。あとこれ、預けとくから好きに使って）

返事をする前に東上の部屋に置いてきたはずの財布を押しつけられ、最寄りのスーパーに連れて行かれた。買い物の間ずっと抱《いだ》いていたどうしてそうなるという疑問を、佐原が見張りだと思うことでどうにか飲み込んでいた。

なのに、折り返し戻ったマンションの前で車から降ろされたのは八尋だけだったのだ。

——東上から預かった財布を、持ったままだというのに。

あとで知ったことだけれど、あの財布はもともと食費用として佐原が管理していたらしい。わけがわからないまますませた夕飯のあと、思い出して突き返したそれを東上は受け取ってくれず、結局八尋が預かっている状態だ。

「……無防備っていうか、無頓着だよな。持ち逃げするとか、考えてない……とも思えないんだけど」

ぼそりと言ってみて、改めて不可解さを実感する。

初日の夕食後に東上から告げられた二日目以降のアルバイトは、東上宅の掃除片づけと整理整頓だった。ついでに買い物と炊事も頼むがこちらもバイトとして換算し、八尋が言う過分として食費並びに水道光熱費と相殺の上で余剰分のみをバイト料とするという。東上の私室以外なら自由に出入りしていいし、家具家電や設備も好きに使って構わないと言われた。

ありがたいのは確かだけれど、好条件すぎて落ち着かないのだ。きっと初日はイレギュラーで、二日目からは見張りがつくに違いないと、自分に言い聞かせてしまったほどだった。

なのに、見張りの「み」の字も感じないまま、とうとう四日目が終わろうとしている。

「まあ、もう終わりだしいいけどさ……」

三日早いとはいえ、指示されたバイトはきれいに終わった。体調は落ち着いているし、頭痛も昨日からまったくない。つまり、様子見の必要はなくなったわけだ。

この四日間は、精神的にも身体的にも楽をさせてもらった。これ以上借りを作って引け目を感じるより、バイト終わりを区切りに引き上げるのが一番だ。そのあたりを、東上が帰ってから話してみよう。

帰りついた部屋で、片づけの続きにかかる。段ボール箱を倉庫に運んだあとは、フローリングの床に散ったゴミを拾って掃除機をかけた。

「本を全部こっちに移すだけでも違うと思うんだけどな……」

ちなみに東上の私室に関しては、八尋はまったく手をつけていない。本人曰く「どこに何があるかはすべて覚えている」とかで、下手に他人の手が入るとかえって混乱すると言われたのだ。

洋室を終えたついでに、埃っぽくなった廊下にも掃除機をかけていく。果たしてこの床が見えているのはいつまでだろうかと、ふと考えてみた。

この四日間の東上を見るに、三日保《も》てばいい方か。それも、日に日に浸食されつつという注釈つきで、だ。

掃除機のスイッチを切ったあとで、周囲がすっかり暗くなっているのに気がついた。明かりのスイッチに手を伸ばした八尋は、二メートルばかり先の玄関ドアに凭れてこちらを見る人影を認めてぎょっとする。

東上だった。すっかり見慣れたにこやかな笑みを浮かべ、「ただいま」と声をかけてきた。

「お、かえりなさい……ていうか、帰ったんだったら声をかけてくださいよ」

「八尋くんが掃除機かけてるの、初めて見たからさ。典型的なA型気質なんだねえ、端から端まで定規で計ったみたいにきっちりだった」

ぽいぽいと靴を脱いで玄関にあがると、東上は八尋の頭を撫でてきた。

むっとして、反射的に一歩退いた。とたんに一歩前に出た東上の手は八尋の頭に乗ったままで、頭撫では楽しげに続行中だ。さらに下がってもすぐ詰められてしまう上、方角に注意しておかないと壁際に追いつめられて東上の気がすむまで撫でられるのは経験済みだ。結果、昨日今日とリビングダイニングまで頭上に重みを感じたままで先導する形になった。

どういうつもりなのだか、東上は何かと言えば八尋の頭を撫でてくるのだ。子ども扱いしないでほしいと反発を込めて訴えたら、余裕の笑みで質問された。

(八尋くん、いくつだっけ。まだ十八？　それとも十九になってる？)

十九ですけど、と渋々答えたら、東上はやけに重々しく頷いた。

(僕と二桁《けた》違うわけだ。子どもっていうか、若いよねえ)

したり顔で見下ろされて、本気でむっとした。それに気づいていなかったはずはないのに、東上は懲りずに今日も言う。

「八尋くん、逃げるの上手になったよね。これは将来が楽しみだな」

「何の将来ですか。っていうか東上さん、おれとひなちゃんと同列に並べるのはやめてください って」

「同列にはしてないよ？　ひなは女の子で八尋くんは男だろ」

「……一度でいいから、客観的に自分の行動を振り返ってみたらどうですか？」

おそらく、東上は生来スキンシップ過多なタイプなのだろう。二桁も年下になれば子ども扱いされても仕方がないし、幼いとはいえ女の子の比奈よりも男の八尋の方が遠慮なくいじれるという理屈も、わからないではない。

けれど、ものには限度というものがあるのだ。高校卒業済みの男にとって、二桁年上の相手とはいえ頭を撫でられるのが嬉しいはずはなかった。

東上の手を振り切って入ったキッチンの時計は、午後七時を回ったところだ。今日はずいぶん帰りが早いと意外に思う間にも、東上はカウンターの向こうから名残惜しげに見つめてくる。

「……先にお風呂すませて来られたらどうです？　上がったらすぐ夕飯にしますから」

「ああ、うん。じゃあそうさせてもらおうかな」

仕方なさげに言う横顔の、目元に明らかな疲労が見える。廊下へのドアの向こうに見えなくなった背中もくたびれているようで、あの状態でも八尋を構ってきたことに呆れた。

そのくせ、東上は律儀に約束を守って八尋の素性も事情もまったく詮索しないのだ。おまけに丸ごと信用しているような行動を見せられるから、変に混乱する羽目になる。

料理を仕上げながらため息をついた時、いきなり「どうしたの」という声がした。顔を上げると、リビング側にせり出したカウンターの上に組んだ腕を置いた東上が、さらにその上に頭を乗せてじっとこちらを見ていた。

「何やってんですか。風呂は？」

「シャワーですませたよ。湯船に浸《つ》かったらそのまま寝そうなんだよね」

「……だったらソファで休んでてください。支度できたら起こします」

「うーん、でもせっかくだから近くで見てようかなあと」

会話の最中にも東上の視線は八尋が手にした包丁と俎《まないた》から離れず、「何を」と訊くのも馬鹿らしくなった。

「別に、珍しくもないでしょう。誰でもできる簡単なものを作ってるだけです」

「そう言われても、八尋くんが料理してるのをまともに見る機会がなかったからねえ」

それはそうだ。東上が帰宅する頃にはとうに準備を終えているし、温めて盛りつける間に先に風呂に行かせてもいた。

「……心配しなくても、一服盛ったりしませんよ」

「知ってる。やるならとっくだよね」

肘を起こし頬杖《ほおづえ》をついて、東上はにっこり笑う。その「にっこり」が初対面の時とはどことなく違って見えてどきりとした。

雑談のような言い合いのような会話をしながら支度をすませ、ローテーブルにふたり分の夕飯を並べた。特に代わり映えしない家庭料理とはいえ、東上と夕飯をともにするのはこれが最後かと思うと何とも言えない気分になる。

「八尋くん、料理上手だよねえ。手慣れてるし」

「お世辞言っても何も出ませんよ。ていうか、栄養補助食品が主食だった人に言われても微妙すぎます」

「そう？　あれはあれで悪くないと思うけど。……あ、これ美味しい」

青梗菜《チンゲンサイ》のクリーム煮を口に運んだ東上が、ふにゃりと口元を緩ませる。続いて温野菜のサラダに箸を伸ばした。

佐原がここのキッチンを預かっていた本当の理由に気づいたのは、ここに来て二日目の夜のことだ。

八尋の入浴中に帰宅していた東上が、ぼーっとしたままリビングで栄養補助食品を齧《かじ》っていたのだ。慌てて「夕飯すぐ支度します」と声をかけたら、「面倒だからこれでいい」と今にも寝そうな顔で言われた。少々強引に黄色いパッケージの箱を東上から取り上げて夕飯にしたけれど、その時八尋が思い出したのが片づけ中に目にしたこの家のゴミ事情だった。

一人住まいで炊事をしない人にありがちの弁当や菓子、それにパンといった手軽な食べ物を食べた殻がまったくない代わり、栄養補助食品の黄色いパッケージが開封未開封とも山のように転がっていたのだ。

出されたものは文句も言わず平らげるあたり、おそらく「食べる」ことへ興味が薄いのだろう。あれば食べるが、ないならないで別に構わない。そのくらいにしか思っていない。

とはいえ、この一週間ここの炊事を預かったのは八尋だ。用意したものはどうあっても食べさせると、勝手に決意させてもらっている。

東上の前の皿がきれいになったタイミングで食後のお茶を淹れる。空いた食器をまとめながら、整理しておいた言葉を口にした。

「玄関横の洋室の片づけと掃除、全部終わりましたよ。リストにあった不要本は段ボール箱に入れて物置にあります。長く置くと湿気そうだから、早めに処分した方がいいんじゃないですか?」

「了解。今度、佐原に言っておく」

「それって佐原さんが気の毒っていうか、……まあいいですけど。不要品と古雑誌で物置がいっぱいになっちゃってるんで、早めに廃品回収とかに出してくださいね。いざって時にスペースがないと困るでしょうし」

「んー。って、あれ? 八尋くん、他人事っぽく言ってるけど、それもバイトじゃなかったっけ?」

予想外の言葉を当然のように言われて、一瞬思考回路が固まった。ややあって、八尋は強引に受け流すことを試みる。

「おれのバイトは掃除片づけ整理整頓であって、不要品処分は管轄外です。あと、バイトは無事終了しましたんで、明日にはここを出ていきますね。頭痛も吐き気もまるっきりないですし、体調も問題ないし。もう十分だと思いますよ」

「却下。十分かどうかを決めるのはきみじゃなくて僕だ」

「……はい？」

間髪を容れずの即答にぽかんとした八尋を前に、東上はのんびりとお茶を啜った。

「お医者さんからの指示は一週間だ。こっちも仕事として八尋くんにいてもらってる以上、半端に出て行かれたら困るよ」

いつになく真面目な顔で言われて気が抜けた。呆れ半分に八尋は言う。

「だったら明日から三日ほど、状況報告の電話をしますよ。それなら問題ないですよね？」

「大ありだよ。八尋くん、バイトは基本単発だし滞在先も決まってないよね？　それでお外に出して消息不明になった日には、ひなの両親からクレームが出そうだ」

「ひなちゃんのご両親には、連絡先さえ教えてもらえたら直接電話でお礼は十分だって話しますよ。ですから病院代がいくらだったのか、いい加減教えてくれませんか」

「厭だよ。教えなーい」

顔を顰めた八尋をじっと見つめて、東上はとても楽しそうに笑う。

「明日の朝はいつも通り出かけるから。八尋くんも間に合うように支度しておいてね」

「何ですか、それ。おれ、ここを出ていくって言ってるんですけど」

「それは困るんだって。次のバイト、もう決まってるんだし」

あっさり言われて、八尋は目を瞠った。

「次って、おれがここにいるのあと三日ですよ？」

「うん、だから三日間のバイト。とにかく一週間は八尋くんはうちの子だから、出ていくのは禁止」

東上のその言葉を聞いた瞬間に、全身がざわっとした。

「……あのですね、うちの子っていったい」

「うちで預かってる子だろ。この際、一週間と言わずずっとうちの子でいてくれてもいいんだけど？」

満面の笑みに、床に座っているというのに腰が引けた。正体不明のざわざわは消えるどころか強くなるばかりで、八尋は必死で反論を探す。

「とりあえず、子っていうのはやめてもらえませんか。何度も言いますけど、ひなちゃんと同列に扱われても困るんで」

「何で？　結構似てると思うんだけどなあ」

平然と言い返されて、また遊ばれたのだとようやく気づく。この状況でそれをやるかと、呆れるのと同時に本当にたちの悪い男だと痛感した。

「悪いけど、決定事項だから。すっぽかしはなしだよ」

「……わかりました。それで、具体的にどういうバイトですか」

「それは行ってのお楽しみ」

にんまりと笑いながら唇に人差し指を当てる仕草は、成人の男には似合わないはずだ。なのに東上がやると違和感がないのは、どういうわけなのか。

「せめて仕事内容くらい教えてくださいよ。おれにだって心の準備があるんですから」

「準備なんかいらないよ。その代わり、楽しみにしてて」

こういう物言いをした時の東上には、何を言っても無駄だ。結局煙《けむ》に巻かれた格好で、八尋はキッチンを片づけ風呂を使ったあとで玄関横の和室――自室に引き上げる。布団を敷き、寝る準備をすませてからまだ湿った頭をタオルで拭《ぬぐ》った。

要するに、あと三日はここにいることに決まったわけだ。

落胆のように思うくせ、実際に胸に落ちるのは安堵だ。相反した感覚は、逆の思いにも同様の矛盾を呼ぶ。ここが自分の居場所でないことは、よくわかっているのに――四か月前に家を出た時のあの喪失感が、ぽかりと空いた隙間を埋めてくれる何かを探している。

(八尋くんはうちの子だから、出ていくのは禁止)

そんな状況で、不用意にあんなことを言われたら。

「……すごく、困るんだけど」

衝動的に家を出たことを、八尋は後悔していない。もしあのまま留《とど》まっていたら、間違いなくもっとろくでもない状況に陥っていたと思うからだ。異分子の自分には、あの場から消える以外の選択肢は存在しなかった。

きっかけが理不尽でも、結果は明白だ。あの場にいた誰ひとりとして、八尋の言い分に耳を傾けてはくれなかった。

それなのに——こちらの事情など何も知らない東上は、どうして八尋が欲しい言葉ばかり口にするのか。

人は、簡単に嘘をつく。自分の都合で、その場の状況や気分で、意図的に、騙《だま》すために偽りを並べていく。それを思えば、会って数日の相手の言うことなど信じるのは間違いだ。

——なのにこうも揺れてしまうのは、東上が言葉でなく行動で示したからだ。まともに名乗りもせず事情説明もしない、会って二日の家出人を自宅内でひとり自由にさせた上、当然のように財布まで預けてきた。

「何考えてるか、わからない人だけどさ」

東上が約束を守ると言うなら、八尋もそうするべきだろう。というより、八尋には他にできることが何もない。

頭を振って、八尋は部屋の明かりを消す。布団に入り、無理にも目を閉じた。

5

翌朝、連れて行かれたビルの前に立った八尋が目にしたのは、「東上調査事務所」とある看板だった。

紺地に白文字の看板はごくシンプルで、他の文字もマークもない。そうなると、「いったい何の調査をする事務所なのか」という疑問が浮かんできた。

ふつうの看板は、見ればおよその仕事内容がわかるようになっているはずだ。たとえば東上なんたら調査事務所と入れるとか、特別なマークをつけるとか。

不親切さに東上らしさを感じながら、改めて自分は東上や佐原が何の仕事をしているのかすら知らないのだと——正確に言えばあえて訊きもしなかったのだと思い知った。

「八尋くん、いつまでも看板見てないでこっちおいで」

「……はあ」

横合いからかかった声に、落ち着かない気分で向き直る。可笑《おか》しそうに笑う東上のシャツとチノパンにジャケットという格好は接客業には砕けすぎに思えたけれど、こうして見ると雰囲気に合っていた。

ビルの階段を登って二階の廊下を進むと、突き当たりのドアに「東上調査事務所」のプレートがかかっているのが目に入った。中に人がいるらしく、上半分に入った磨り硝子《すガラス》の向こうは明るい。

無造作にドアを開いた東上が、いつものにこやかさで先に入るよう促す。おとなしく歩を進めた八尋は、けれど目に入った光景に唖然とした。

「……ちょっ、何なんですかこれ！　ここ職場ですよね、何でこんなゴミ溜《た》めみたいな――東上さん家《ち》とまるで同じじゃないですか！」

「え、僕んちゴミ溜めだったんだ？　まあいいけどさ、原因は不明なんだよね。いつの間にかこうなってるんだよねえ」

不可抗力だと嘯《うそぶ》く男に、八尋は迷わず言い返す。

「あんたの家がゴミ溜めになったのはあんたが散らかしたからです。そろそろ自覚したらどうなんです？　っていうか、職場までこんなにしてどうすんですか。まともな仕事にならないじゃないですか！」

勢いのまま言い放った語尾に重なって、少し離れた場所から拍手が聞こえてきた。ぎょっとして目をやって、八尋は初めて部屋の奥に複数の人影があることに――それが揃って頷きながら拍手しているのに気づく。

やってしまったと、ざっと顔から血の気が引いた。惨状の方に目が行って、他に人がいることに気付かなかったのだ。

「おはよう。朝から元気で何よりだ」

背後からかかった声に振り返った先で、佐原を認めてほっとした。

「おはようございます。昨日はどうも——」

言い掛けてから、ふいに気付く。この人は、八尋がバイトの終わりを気にしていたのも、東上がここでのバイトを用意していたことも知った上で黙っていたわけだ。実は結構な狸《たぬき》だったらしいと認識を新たにした。

「おはよう。今日のひなの予定は？」

「学校が終わったらまっすぐここに来るよう言ってある」

「そ。ならいい」

佐原と話す声を聞きながら、八尋は何となく東上の様子を窺ってしまう。

東上はここの所長のはずだ。佐原や比奈のような身内の間ならまだしも、スタッフの前で恥をかかせたとなると言語道断だろう。首を竦めておとなしく沙汰《さた》を待っていると、こちらを見た佐原が「おや」と瞬いた。

「八尋くん、その格好って」

「あー、出がけに何着ようか迷ってたら、東上さんが貸してくれたんです」

一目でバレるのは承知の上だ。自前のジーンズはともかく、シャツやカーディガンは肩が落ちて袖《そで》を捲《まく》り上げなければならないし、本来は腰までだろう丈も太腿《ふともも》に届いている。

「それ、東上から言い出した？　八尋くんから頼んだんじゃなく？」

「はあ。着るものに悩んでたのはおれなんですけど」

清潔でも、一目でくたびれているとわかる衣類だ。初めてのバイト先に着ていくのは躊躇われて、だったらサイズが合わなくても借りた方がましだと思い借り受けた。もっと早く教えてくれたら安物でも買っておいたのにと、内心でむっとしたのは内緒だ。

「……なるほど。マーキングまでやるか」

「はい？」

八尋を見つめた佐原が、余所事《よそごと》のようにぽつりと言う。どこに何の、と八尋が瞬いた時、背後から東上の声がした。

「八尋くん、こっち来てくれる？　バイト内容説明するから」

佐原に会釈をして、八尋は道なき道をざかざかと歩くひょろ長い背中を追いかけた。

「見ての通りなんだけど、ウチと同じようにお願いしていいかな」

奥の窓際にあるデスクに辿りついた東上の台詞は予想通りのもので、八尋は念のために確認する。

「掃除と片づけと整理整頓、ってことでいいんですよね？」

「ウチが片づいてから持ち帰り仕事の能率が上がったんだよね。だから、是非ともよろしく」

しみじみと言われて、四日間の奮闘もちょっとは報われたらしいと少しばかり誇らしい気分になった。

「ひとまず目に付くゴミだけ拾って行きますから、その間に書類や書籍の選別基準を決めておいてください。あと、捨ててはまずいものの目印とかあればそれは早めに願いします。できるだけ、仕事の邪魔はしたくないんで」

「じゃあこれ、必要な一覧だから参考によろしく。あと、学校が終わったらひなが来るから相手してやってくれる?」

「……はい?」

「佐原はこれから日帰り出張で、帰りはたぶん六時を回るんだ。遊ぶ時は隣を使ってもいいし、図書館やショッピングモールに行ってもいい。そのへんは八尋くんとひなに任せる」

つまり、八尋は子守要員も兼ねているらしい。にこやかな東上と少し離れたデスクで顔を上げた佐原の両方を眺めて、八尋はあえて声に含みを持たせてみた。

「おれは、構いませんけど。……東上さんと佐原さんは、いいんですか?」

「もちろん。でなきゃ頼むわけないよねえ」

「ひなにはもう言ってあるんだ。ずいぶん喜んでたから、よろしく頼む」

本当にいいのかと訊き返したくなったのを、辛うじて飲み込んだ。姑息《こそく》なようだが、他のスタッフがいる前で自分が身元不明の家出人だと喧伝《けんでん》する気はさらさらない。

それにしても、――本当に大丈夫なのかこの事務所。

職種を云々する以前に覚えた不安は、当然ながら口には出せなかった。


事務所内がコレで、来客があった時はどうするのか。改めて事務所内を見回してまず抱いたその疑問の答えは、佐原が教えてくれた。

ビルの隣室も「東上調査事務所」が借りていて、そこは佐原が管理しているのだそうだ。ちなみに、来客時以外は所長の立ち入りを禁じているという。

「なのに八尋くんは初日からフリーパスって、どういうことかな。僕、排斥されてない？」

片づけに入る前にとその隣室に八尋を案内してくれた佐原が出かけていったあと、デスクで書き物をしていた東上がぼやく。じーっと見つめられては放置するわけにもいかず、八尋は手短に言った。

「佐原さんの考えだったら、おれより東上さんの方がわかるんじゃないですか」

「それはない。今日の今日で合い鍵まで貰っちゃった八尋くんの方が、ずっとわかりそうな気がしない？」

「はあ。掃除するのに必要だから、ですかね」

客観的に考えれば、東上を立ち入り禁止にするのは当たり前だ。もっとも、その隣室自体も、八尋から見れば今ひとつ行き届かない部分が多かった。

そんな本音に蓋をして、八尋は散らかりまくった事務所の片づけにかかる。

人の通り道が確保されているだけ、東上の自宅よりこちらの方がずっとマシだ。ゴミ袋を手に事務所内を歩きながら、八尋は書き損じの紙や丸めた書類や皺《しわ》になったパンフレットといった明らかなゴミを拾って放り込んでいく。佐原がブレーキをかけていたらしく、ここでも有機ゴミは見あたらない。

「……これ」

耳に入った声に顔を上げると、八尋がここに来た時に壁際のデスクにいたスタッフふたりがしゃがんで紙ゴミを集めていた。やや小柄で細身の青年はブルドーザーのごとくざかざかと、佐原ほどではないが大柄な部類に入る方はちまちまと細切れの紙を集めて、それぞれ八尋が持つゴミ袋に入れてくる。

興味津々という視線に少々たじろいだあとで、そういえばまともに紹介もされていなかったと気がついた。

「ありがとうございます、助かります。仕事の邪魔をしないよう気をつけますけど、行き届かない部分もあると思います。その時は、遠慮なく仰《おっしゃ》ってください」

「いやいやいや。散らかしたの、所長だけじゃないし」

「オレらも出てることが多くて、後回しにしてたから」

ぽそぽそと言う彼らは、どちらも二十代半ばほどだ。照れたような顔で言われて、八尋もにっこりと笑みを返す。

「気にしないでください。これがおれの仕事ですから」

「あー……うん。けどさ」

「まだちゃんと挨拶《あいさつ》してなかったですよね。八尋と言います。短い期間になりますけど、よろしくお願いします」

東上が電話にかかりきりなのを横目にぺこりと頭を下げると、彼らは慌てたふうに答えてくれた。大柄な方が小山《こやま》、小柄な方が三谷《みたに》と名乗った彼らの肩書きは「調査員」なのだそうだ。

「あの。ここって何を調査する事務所なんですか?」

思いついて訊いてみたら、ふたりは揃って怪訝な顔をした。

「知らないのか?」

「え、うちでバイトするのに?」

「はあ。不勉強ですみません」

新人バイトが言うことじゃないという自覚はあったので、潔く謝った。幸いふたりは顔を見合わせただけで、親切に教えてくれる。

「所長の采配《さいはい》次第で、わりと何でも。けど、突出してるのは人探しかな」

「それ得意技だしな。特に所長の」

「うん、所長が」

頷きあっての言葉を聞いて、心臓の奥がどきりとする。「あの」と言い掛けた時、背後から東上の声が飛んできた。

「三谷くん小山くんすぐ出てくれる？　例のやつ」

「うはい！　行きますっ」

「了解ですー」

とたんに飛び上がったふたりが、あたふたと席に戻って身支度をする。東上から指示を受けると、ばたばたと出入り口へ向かった。その途中、大柄な青年――小山の方と目が合う。

「行ってらっしゃい。気をつけて」

考える前に口からこぼれた言葉に、自分で驚いた。瞬いた青年は意外そうな顔をしたあと、どことなく幼く見える顔に笑みを浮かべる。

「行ってきます」

「え？　あ、オレも！　行ってきますっ」

少し遅れて三谷が手を振ってくる。「行ってらっしゃい」を言いながら振り返すと、何やらその場で飛び跳ねてから出ていった。

予想外の反応に余計なことだったかと悩んだものの、まあいいかと気持ちを切り替えた。

今日中に床を確保するつもりで、八尋はゴミ集めに集中する。

東上は、ちらりと見ただけでわかるほど見事な集中っぷりだった。かかってくる電話の応対をしながら手元でメモを取り、切ったと思えばどこかに電話したりパソコンに何やら入力したりする。電話の音には即反応するくせ、八尋がゴミに埋もれていた何かを踏んで大きな音を立てても無反応なあたり、特定レーダーでも搭載しているようだ。

明らかなゴミを拾ったあとは、隔離しておいた文具類などの備品を集めて大雑把に仕分けておく。事務所の一角でものに埋もれていたソファを救出しているうちに、時刻は午後一時を回ってしまっていた。

東上は相変わらずパソコンの前で作業中だ。その横顔をそれとなく眺めながら、八尋は隣を案内してもらう時に佐原から頼まれたことを思い出す。

(すまないが、昼食は史朗と一緒に食べてやってくれないか)

怪訝な顔をした八尋に、佐原は理由まで説明してくれた。つまり、東上は指摘されない限り食べるのを忘れる上に、見張っていないと例の栄養補助食品を齧ってすませてしまうらしい。

「やっぱりですか」と返したら「どうして知っている?」と訊き返され、経緯を説明したら「それでよくわかったな」と言われた上に「すまないが、くれぐれも」と頭を下げられてしまったのだ。

あまり遅くなるよりはと声をかけようとした時、インターホンが鳴った。

やはり無反応な東上に今までひとりの時はどうしていたんだと訝《いぶか》りながら、八尋は出入り口近くに設置してあるボードに目を向ける。依頼人予約の部分は空欄になっていて、そのせいかと納得した。

とはいえ、インターホンを無視するわけにはゆくまい。手を止めると、八尋は急いで応対に出た。

「あら。きみ、だあれ？」

出入り口のドアを開くなり、唐突にそんな声がかかる。それへ、意識して穏やかな笑みを作った。

「今日からバイトに入った者です。失礼ですが、どちら様でしょうか？　東上以外は留守にしておりますが」

「東上さんいるの？　よかったわ、会わせて頂戴《ちょうだい》」

ウェーブした長い髪を払う彼女は、一言で表せば婀娜《あだ》っぽい美女だ。年齢は東上と同じくらいだろうか、この時季にしては露出が多い姿でまじまじと八尋を眺めている。

おそらく、夜の仕事をしている人だ。支払い請求かと考えた八尋が取り次ぐのを待たず事務所内を覗き込んだ彼女が、親しげな声で東上を呼ぶ。

かかった声を無視する気はないようで、東上はすぐに顔を上げた。

「あー……どうも。何かありましたか」

「相談したくて。昨日も一昨日《おととい》も来たのに、東上さんいなかったでしょ？」

そう言って、彼女は八尋を押しのける。呆気に取られて見ている間に、彼女は東上のデスクに駆け寄り話し込みだした。

散らかりまくった場所をあれだけ高いヒールで走っても転ばなかったことに、他人事ながら感心する。片づかない事務所を見られることについては、幸いにと言っていいのか女性に動じる様子がないので度外視することにした。

話の邪魔をしないよう、八尋はソファ救出の仕事に戻る。そこかしこに転がる摩訶不思議《まかふしぎ》な品々を、確かめながら回収していった。

人探しが得意な調査事務所の床に工具箱がある、まではいい。けれどダンベルやヘルメットやフラフープに赤ちゃん人形の乳母車まで転がっているのは何故なのか。かと思えばいかにも怪しげな黒くて小さい機械の詰め合わせがあったり、その中に万歩計が紛れていたりするのだ。

首を捻《ひね》りながら、見つけたそれらを簡単に分類する。リストによれば不要品ではないはずだから、あとで置き場を考えなければなるまい。

その間、聞くとはなしに耳に入ったところによると、どうやら女性はかつての依頼人のようだ。東上に甘えるのはいいとしても、仕事内容を詮索し事務所の評判を滔々《とうとう》と垂れ流しているのはいかがなものか。おまけに新顔バイトがどこの誰でどうやってバイトに入ったのかを、やけに熱心に訊いていたりする。

ちなみに訊かれた東上はといえば、甘えにはそこそこ優しく返事をし仕事への詮索はきれいに無視し、事務所の評判は面白そうに聞いている。新人バイトに関しては、何を思ってか「秘密」の一言ですませていた。

どうやら、八尋は招かれざる客を招き入れてしまったようだ。明らかに、東上の仕事の邪魔になっている。

「うん、悪いけど遠慮します。僕、今日は先約があるんですよ。――八尋くん、そろそろ時間だから出掛けようか」

「は？」

どうしたものかと悩みつつ用途不明のゴムバンドを丸めてビニール紐《ひも》でまとめていると、急に背後から名前を呼ばれた。振り返るといつの間にか東上が後ろにいて、上着を小脇に手招いている。

「わかりました。じゃあ支度しますね」

嚙み潰したため息を気取られないように、意図的に柔らかい表情を作る。そんな八尋を、東上の後ろにいた女性が拗ねた顔で睨んでいた。

「そういえば、事務所空けてていいんですか？　お客さんが来るとか、誰か帰ってくるかも」

事務所を出たあと、初めて見る町並みを眺めながら聞いてみたら、隣を歩いていた東上はあっさり頷いた。

「依頼人は来ないし、調査員は全員合い鍵持ってるからね。固定電話への着信は携帯に転送するように設定してるし。もちろん、本来なら誰か留守番がいた方がいいんだけど」

そう言う東上の表情は、事務所前で客の女性と別れた時と変わらずにこやかだ。そのままま、商店街入り口前で足を止める。

「この中に飲食店は山ほどあるから、どこでも好きなところで昼食すませて来て。初めての場所だからゆっくりめで、そうだなあ……三時を目安に戻ってきてくれたらいいよ。これ、昼食代と事務所までの地図だから」

コピーの上にマーカーを引いた地図と、昼食代には桁が大きすぎる札を重ねて差し出された。一瞥したそれを受け取ることなく、八尋は東上を見上げる。

「東上さんも、お昼まだですよね。どうするんですか」

「僕はまだ仕事があるからね。買い置きもあるから事務所で適当にやるよ」

「却下です。あいにくですが、おれ佐原さんに頼まれてますもんで」

言うなり、八尋は東上の腕をぐいと掴んだ。背後で「え」と上がった声を無視して、アーケードに突入する。

「ちょ、八尋くんっ？」

「何か食べたいものあります？　和洋中華、おれは何でもいいですよ。行きたい店があるならそこでいいですし」

「いや、あいにく僕は詳しくないから」

「だったら和食にしましょうか。昨夜も今朝も洋食系でしたし」

やはりと言うべきか、これほど近い商店街の飲食店すらろくに知らないようだ。佐原が手を貸す時以外は栄養補助食品ですませていたのだとしたら、真面目に放置できないと思う。

和食の店を選んで東上の背中を押し、案内された壁際の席に強引に押し込んだ。ランチ締め切り寸前だからか客数はそう多くなく、あまり注目を浴びずにすんだことにほっとした。

そのあとで、テーブル向かいの東上とまともに目が合う。

唖然とした様子に、無意味に「勝った」と誇らしくなった。もっともその顔は数秒と経たず見慣れたにこやかさを取り戻してしまい、含んだような笑みを浮かべている。

「驚いた。八尋くん、案外強引なんだね」

「忙しいのにちゃんと食べない人が悪いんです。で、何にします？　早くオーダーしないとランチ終わっちゃいますよ」

意図的に畳みかけながら、東上の前にメニューを広げる。逆位置から写真と価格と眺めて頼むものを決め、やってきた店員に二人分の日替わり定食をオーダーした。

幸いにしてさほど待たされることなく、料理が運ばれてくる。箸を割りながら、外食はずいぶん久しぶりだと改めて思った。

食べながらの話題は事務所内の片づけ状況と、東上が知るこの界隈の地理についてだ。距離が近いこともあって、事務所スタッフがこの商店街で昼食を摂ることも多いという。

「東上さんは、人探しの調査が得意だって聞きました、けど」

はずみのように言ったあとで、後悔した。詮索されたくないから、こちらも詮索しない。そういうスタンスだったはずと手で口元を押さえていると、食後のコーヒーを前に東上は首を竦めた。

「得手不得手で言えば、得手だろうね。僕がっていうよりうちの事務所が、だけど。もちろん、協力者あってのことだよ」

「協力者、ですか?」

「依頼人の情報提供と協力が不可欠なのはもちろんだけど、それだけで行き先不明の人を探すのは難しいよ。理由アリで姿を消した人なんかだとかなり手間がかかるし、場合によっては後味の悪いことも起きたりするしね」

理由アリ云々を耳にして、無意識に全身が固まる。そんな八尋をよそに、東上はコーヒーの湯気で曇った眼鏡を外した。さも重大なことのように、真面目くさった顔でレンズを眺めている。

「時間と手間がかかって面倒。それでもやるのは仕事だからだ。無料奉仕はあり得ないよね」

まだ一部曇ったままの眼鏡をかけて、東上はにっこりと笑う。それを目にして、すとんと全身から力が抜けた。

「それはそうと八尋くん、朝からずっと片づけしてたせいでろくに休憩してないよね。疲れてないかな」

意図的になのか、続いた言葉は脈絡がない。けれど、今の八尋にはその方がありがたかった。

「大丈夫ですよ。片づけと言ってもゴミを拾って大まかに仕分けただけですし、仕分けの間はずっと座ってましたから。結構気楽にやってます」

「そう？　片づけとか捨て作業って、もっと時間がかかるものかと思ったけど。ああ、でもうち片づけるのも早かったからなあ……今だから言うけど、一週間ではまず片づかないと踏んでたからびっくりしたよ」

苦笑混じりに言う東上に、八尋はさっくり反論した。

「おれは、東上さんが作ったリスト通りに仕分けてるだけですから。ああいうのって、作業より仕分ける方に時間がかかるみたいですよ。簡単に捨てられない人って、要はその品物に関する思い入れに引きずられるらしいですし。うちの母親とかその典型で、好きでもない置物を飾ってたり、プレゼントの包装紙が束になって置いてあったり――」

言い掛けた声が、半端に途切れる。自分の口から母親の話題が出たことに動揺していると、東上は「だよねえ」と笑った。

「いつか使うとか言いながら、ずっとそのまま置いてあったりするんだよね。うん、そういう意味では僕と八尋くんは同類かもしれないな」

「……、そこで東上さんと同類にされるのは、とても不本意なんですけど」

流してくれた東上にこっそり感謝しながら、八尋はきっちり反論する。

東上は、眼鏡の奥で心外そうに目を丸くした。

「結構、似てると思うけどなあ。思い切りとか割り切りがいいって意味でさ」

「思い切りと割り切り、ですか。……それだったら、まあ」

頷きながら、だったらどうしてああなるまで放置するのかと思う。判断が早く迷わないのを知っているだけに、どうにも不思議で仕方がない。

……案外、その割り切りのよさが裏目に出たのだろうか。たとえば、面倒だからあとでやると決めて思い切りよく放置した結果、だとか。

「八尋くんて、自分で自分が割り切れるように物事を仕向けてるよね」

「……仕向けて、ます?」

気になって聞き返すと、東上は「うん」と頷いた。

「ここ何日か見た感じ、無理にもけじめをつけて動くたちだと思ったな。基本的に真面目だし、周囲の都合優先で自分の都合をふつうに度外視してたりする」

「褒めすぎです。ていうか、単純に面倒事を避けてるだけです」

「そこが事前準備にも繋《つな》がるんだろうねえ。昨日佐原から言われたよ。僕の部屋だけ泥棒が入ったあとみたいだから、少しは八尋くんを見習って何とかしろってさ」

面白そうに笑われても、東上の私室の惨状を知る身としては反応に困るだけだ。それよりもと、八尋は別方向に話を持っていく。

「片づけはいいとして、今後は維持管理も考えないとまずいですよ。でないと、あっという間にもとの木阿弥です」

「あー……そうだろうなあ」

「事務所の方は明後日《あさって》までに一段落させますけど、今後の維持も考えた方がいいです。ってことで、佐原さん三谷さん小山さんの時間が空いてる時に協力願ってもいいですよね？」

「協力って何するの」

興味を覚えたように、眼鏡の奥の目が色を変える。それへ、慎重に説明した。

「最低限のルールだけ決めて遵守してもらえば、多少散らかってもそれなりに維持できるんじゃないかなーと……詳しいことは相談してからですけど」

「ふーん。で、そこに僕が入ってないのって、要するに戦力外通告？」

言葉こそ不満げでも、声や顔が笑っているあたり完全に面白がっている。おまけに質問もフリだけで、八尋に返事を求めていない。つまり、東上に協力する気はさらさらないわけだ。予想はしていたけれど、どうやら東上宅は三日と経たず元通りになりそうだと確信した。

「明後日までって、いくら何でも無理じゃない？　うちに四日かかったのに、今日を入れてもあと二日半だよ？」

「何とかなります。といいますか、何とかします。途中で投げるのは好きじゃないんですよ」

「そう？　でも無理はしないようにね」

真面目にはっきり断言した八尋にそう答えた東上は、不吉なほどいい笑顔をしていた。

こういう顔をした時の東上に訊いたところでまともな返事があるとは思えなかったから、深くは考えないことにした。和食の店を出たあと、少し街を見てくればいいのにと促す東上に「バイトを甘やかさないでください」と言い返し、まっすぐ事務所へと戻る。

状況を見た限り三日あればそれなりに片づくはずだけれど、できればやっておきたいことも多々あるのだ。のんびり遊んでいる暇はなかった。

戻って小一時間ほどでソファセットを完全に発掘し、三人掛けのそれからくたびれたカバーを引っぺがす。洗濯に回すつもりで適当に丸めていると、外廊下を駆けてきた軽い足音が事務所出入り口前でぴたりと止まった。

細く開いたドアの隙間から遠慮がちに顔を覗かせた比奈と、まともに目が合った。

「おかえり。えーと、とりあえず中、入っておいで」

「うん。ただいま、です」

八尋を見て笑顔になった比奈が、ほっとした様子で中に入ってくる。「てつだう」と口にして、一人用ソファからカバーを剝《は》がしてくれた。

「ありがとう。お茶淹れるから、ひなちゃんは座ってな。三番目の椅子、きれいにしてあるから」

午前中にきれいにしておいたデスクを指して言うと、比奈は「はあい」と笑った。そのくせそちらへ向き直ったとたんに、かちんと固まって動かなくなる。

「ひなちゃん？」

「うぁー、ごめんたぶん原因オレ……」

三十分ほど前に戻ってからずっとパソコンに向かっていた小山が、ばつが悪そうに手を上げる。とたんにぴくりと動いた比奈は、三歩で引き返して八尋の脚にしがみついてきた。

「えっと、ごめんな？　オレあっち行ってるから、こっち来て座りな」

申し訳なさそうに言った小山は、八尋にもすまなそうな顔を向けてからノートパソコンを抱えて場所を移った。大柄な体軀を縮めるようにして、壁の方を向いて仕事に戻る。

足元の比奈の緊張がわずかに薄れるのを察して、八尋は今さらに納得する。どうやら、特に男を怖がる人見知りというのは間違いなさそうだ。

なぜだかは知らないけれど、八尋は怖くないらしい、ということも。

「ひなちゃん、お茶の前にこれ洗濯するから、一緒に運んでくれる？」

「……うん」

こくんと頷いた比奈の肩からランドセルを下ろして、空いたばかりのソファの上に置く。水場まで行って洗濯機を仕掛けた頃には、比奈の表情も落ち着いていた。

「今日は学校どうだった？」

「んとね、きょうはどくしょのじかんがあったの。それでね、こないだのほんのつづきがよめたのー」

「がちょうが白鳥と旅する話？」

「うん、そうなの。それでね」

話しながら水場を出て、傍に設置されたミニキッチンに立つ。人数分のお茶を淹れ、佐原に教わった場所から取り出した菓子を用意した。比奈には東上に持っていくよう頼み、八尋は小山に渡しに行く。

「ごめん。俺、なんか怖がられてるみたいでさ」

「いえ。いつもあんな感じですか？」

「最初だけかな。しばらくしたら慣れて、そこまで露骨じゃなくなる。まあ、自分からは近寄って来ないけど。三谷相手だとあそこまでじゃないから、たぶん無駄にでかいから怖いんじゃないかって所長がさあ。佐原さんに懐いてるのは、やっぱ親類だからかねえ？」

受け取った湯飲みをふうふうと冷ましながら言う小山は、どことはなし残念そうだ。そのくせ、八尋を見てにんまり笑う。

「けど安心したよ。八尋くんがいればあの子も落ち着くだろ」

結局は比奈を気遣う小山に、微笑ましい気分になる。あっという間にからになった小山の皿に自分の茶菓子を移動させると、「おおおっ」と喜びの声を上げてくれた。それを背に席に戻ると、比奈も東上のところから小走りにやってくる。

妹もそうだったと、またしても思い出す。引き合わされて間もない頃の妹は身体《からだ》つきが小さく警戒心が強くて、挨拶してももじもじと隠れてしまうばかりだった。少しずつ八尋に慣れていった妹に初めて「おにいちゃん」と呼ばれるまでには、一か月近くかかった……。

お茶を飲む比奈を見ながら、八尋はこっそり苦笑する。ここ最近、妹を思い出す機会が増えた。それも、出会って間もない頃からすっかり懐いてくれた頃の、穏やかで優しい記憶ばかりだ。

——あの子は今ごろ、どうしているだろう。

脳裏を掠《かす》めた気がかりを、考えても無意味だと頭を振って追い払った。

昼食帰りでの東上の、意味ありげな笑みの意味に気づいたのは、その日の夕方になってからだった。

子守り中に、片づけをするのは難しい。比奈が手伝いたがるからなおさらだ。

つまり、八尋は比奈の下校時から佐原の仕事が終わるまで、片づけ仕事に専念できないということになる。

……それは確かに、無理だと言いたくはなるだろう。なのに言わずに笑って流すところが東上だと、とても微妙な気分でそう思った。

6

「それ、ひとりだときついぞ。手伝おう。どこに置けばいいんだ？」

「え、……わ！」

横からかかった声とともに、抱えていたコンテナの重みが急に軽くなった。いきなりのことに危うくたたらを踏みかけた背中を支えてもらったあとで、そこにいるのが佐原だと知る。

「――お疲れさまです。おかえりなさい……っていうか、予定より早いですよね」

「東上の戻りが一時間ばかり遅れるらしい。代理を頼むと連絡があった」

今日は午前中から、八尋以外の全員が外出していたのだ。東上の許可つきで来客対策に入り口ドアを施錠して、心おきなく片づけにのめり込んでいたところだった。

「そうなんですか。じゃあ、佐原さんが担当予定だったもうひとりの方は」

「時間までに東上が戻って引き受けるそうだ。ただ、多少帰りが遅れるかもしれない。その時は応援頼んでいいか？」

「了解です。……あ、そのコンテナは二番目の棚にお願いします。結構重いですから、腰とか気をつけてくださいね」

遅れればせに口にすると、佐原はあっさり指示通りの場所に荷物を置いてくれた。見るからに軽々とした動作を目にして、必死でコンテナを抱えていた自分が少々空《むな》しくなる。

「これで一段落か。ずいぶんまともになったもんだ」

目の前にある八尋の身長ほどの高さの棚には、一昨日の段階で本や箱やコンテナや道具が所狭しと無秩序に置かれていた。佐原曰く、「たいていのものはここにあるはずだが、見つけるのにとんでもなく時間がかかる」状況だったらしい。

その状況に甘んじていた原因は、よくも悪くも東上にあったようだ。あの記憶力で、棚のみならず混沌とした事務所のどこに何が置いてあるかを正確に把握していたらしい。片づけろと促せば在処《ありか》はわかるから困らないと言われ、他のスタッフが片づければ東上の記憶があてにならなくなるという理由で、長らく放置されていたという。

「用途別にざっくり分類しただけです。どっちかっていうと維持する方が大変だと思いますよ。一応、東上さんも協力はしてくれるはずですけど」

「一応、な」

つぶやく佐原は、何やら遠い目をしているようだ。ふと八尋を見下ろすと、神妙な顔で言う。

「八尋くんが傍で注意してくれたら、あいつもまともになりそうな気がするんだが」

「難しいですよ、それ。何しろ東上さん本人はまったく困ってないですから」

「……だろうな」

深いため息をつく佐原が事務所の惨状を改善しようとあれこれ頑張っていたことは、小山や三谷から聞いた。東上に諫言《かんげん》しつつ暇を見つけて片づけていたものの、いたちごっこどころか散らかる勢いに完敗し、それでも地道に頑張っていたのだそうだ。

「お客さんが来られる前にコーヒーでも淹れましょうか。ホットとアイス、どっちがいいです？」

「いいな。アイスで」

佐原の厳つい顔が綻《ほころ》んだタイミングで、事務所のインターホンが鳴った。

応対に出ようとした八尋を制して、佐原が出入り口へと向かう。漏れ聞こえた会話から早めに依頼人が着いたと察して、八尋はキーボックスから取った鍵を佐原に届けに行った。

「隣は準備できてます。お茶はすぐ出した方がいいですか？」

「初めての客だからその方がいいだろうな。頼む」

外廊下に出た佐原が依頼人を隣に促すのを聞きながら、八尋は急いでお茶の支度にかかる。昨日の片づけの時に発掘した湯飲みにお茶を注いで蓋をし、トレイの上の茶托《ちゃたく》に置く。用意していた茶菓子も載せて、事務所の出入り口へと向かった。

昨日水拭きも終えた事務所の床に、障害物はない。泥避けのドアマット以外で直置《じかお》きしてあるのはデスクや椅子やソファセットといった家具類と、あとは複数のゴミ箱だけだ。

「失礼します」とひと声かけて隣のドアを開くと、接客スペースにいた年配の女性がびくりとこちらに目を向けてきた。奥で探し物でもしているのか、佐原の姿はない。

「駅から結構遠かったと思いますけど、迷われませんでしたか?」

緊張気味に向けられた視線ににっこりと笑みを返してローテーブルにお茶と菓子を並べていくと、女性は軽く目を見開いて八尋を見た。ややあって苦笑する。

「迷って遅れるよりはと思ってタクシーを使ったので、それはないですね。確かに、あちこち曲がった気はしますけど」

「一方通行が多いから、車ではそうなりやすいみたいですよ。歩きでも道が入り組んでるので、おれもよく迷います。――帰りに歩かれるかもしれませんし、一応地図をお渡ししておきましょうか?」

「ええと……じゃあ、お願いします」

頬を緩めた女性に、接客スペースの棚に常備されたマーカー入りの地図を差し出した。受け取った女性が視線を落としたタイミングで、奥から佐原が戻ってくる。ローテーブル横に身を屈《かが》めた八尋と地図を手にした客を見て、厳つい顔がほっと緩むのがわかった。

「ありがとう。助かった」

佐原のその言葉を合図に、八尋は席を外す。背後で話し出した依頼人の緊張がわかりやすく薄れているのを知ってほっとした。

いったん事務所に戻り、まとめたゴミ袋を捨てに行く。念のため事務所は施錠をし、階段を降りてビルの西側にあるゴミ集積所へと向かった。見上げた空は、秋らしく澄んで高い。

集積所の扉の鍵を開けていると、少し離れたところから「あ、八尋くんだ」と声がした。反射的に目を向けて、八尋は破顔する。

「お疲れさまです。早いですね」

集積所横の駐輪場に、スタッフの三谷が自転車を停めていた。彼の戻りは夕方になると聞いていたが、どうやら早く終わったらしい。

「八尋くんこそお疲れー。これ差し入れっていうかおやつね。あとでコーヒー淹れて一緒に食べよー」

「ありがとうございます……ていうか、昨日からいただいてばかりですみません」

「八尋くんが来てからまともなコーヒー飲めるようになったから、そのお礼。とか言って、実はオレが食べたいもの買ってきてるだけだから気にしなくていいよ」

あっけらかんと笑う三谷は、初めて顔を合わせた三日前から何かと八尋を気にかけてくれている。出かけるたび差し入れの菓子を買ってきたり、事務所の片づけも手伝ってくれたりするのだ。

同じく外出中の小山もそうだけれど、三谷は八尋を事務所の後輩として扱っているようなのだ。もしかしたら、八尋が三日間だけのバイトだと知らないのかもしれない。

「それゴミ？　重いだろ、オレがやろっか？」

「平気ですよ。シュレッダーにかけた書類なんで軽いですし」

笑って返して、集積所の扉の奥にゴミ袋を押し込む。再び扉を施錠する八尋を眺めて、三谷が思い出したように訊いてきた。

「それってトータルで何袋目？」

「さあ。そういえば、数えといてもよかったですね。東上さんに釘刺すのに使えたかも」

個人情報が含まれる書類の中でも、廃棄するものはきちんと別に保管されていた。そうした管理はできているのに、肝心の書類が山のまま放置されているのが問題なのだ。結局のところ、それも東上の面倒くさがりに繋がるような気がしなくはない。

「しょちょーに釘刺すんだ……八尋くんが？」

「何でおれですか。佐原さんと三谷さんと小山さんが、三人がかりで頻繁にちくちく言ってたら、もしかしたら東上さんでも少しはまずいと思う、かもしれないと」

言いながら、おそらく馬耳東風だと予想がつく。その程度で改心するような人なら、佐原があそこまでうなだれずにすむはずだ。

首を捻りながら、視線を感じて顔を上げる。とたん、じいっとこちらを見ていた三谷と目が合った。

「あーのさ、ちょっと訊いていい？　八尋くんて、しょちょーの何。もしかして、恋人だったりする……？」

「――――は？」

未知の言語を聞かされた、気分になった。ぽかんと目を丸くしていると、三谷は焦ったように言う。

「いやだって八尋くん連れてきたのしょちょーだし、八尋くん、しょちょーのとこで寝泊まりしてるっていうし！　やたらしょちょーに構われてるし、昼メシもしょちょーと一緒に行くじゃん？　あと、しょちょーの態度が全然違うんだよ。オレらといる時と比べて別人かってくらいっ」

「違いますって、そんなわけないでしょう！　ちょっと事情があってバイト紹介してもらっただけで、世話になってるのも一時的な措置です！　昼食は放っとくと東上さんがまともに食べないから誘って一緒に食べるように佐原さんに頼まれただけで、態度が違うとかそんなのおれにはわかりませんし！　第一、おれも東上さんも男じゃないですかっ」

我に返って怒濤《どとう》の勢いで言い返しながら、顔に血が上るのが自分でもよくわかった。そんな八尋をまじまじと見つめて、三谷はなぜかうんうんと頷いている。

「そっか、当事者にはわかんねーかもな。けどしょちょーが八尋くんに甘いのは間違いないぞ。真面目な話、しょちょーに釘刺すとか言えるやつって、オレは八尋くんしか知らないし」

「……いや待ってくださいよ。釘刺すったって言ってみただけで、結局ろくに聞いてないんだから、誰が言ったって同じ——」

「同じじゃないって。しょちょー、八尋くんの言うことはちゃんと聞いてんじゃん。初日もだけど、結構なこと言われても笑ってるだけだし。昨日なんか嬉しそうだったし」

「あのですね、三谷さん」

「男同士とかってのは気にすんな、あのしょちょーならたいていのことは自力で吹っ飛ばすから！　もともと女に興味なさそうだし、しょちょーなら男相手でもいけるんじゃね？　元依頼人とかに迫られても全然相手にしてないし、それより八尋くんのこと構ってるじゃん」

三谷が言う「元依頼人」は複数名いて、うちひとりは初日に遭遇したあの妖艶《ようえん》な美女だ。別タイプの可愛い系が東上に差し入れを持ってきたのが昨日で、電話も複数かかってきた。ちなみに電話の件は、事務所にかかってきたのを東上が丸無視し、見咎《みとが》めた佐原が理由を訊いたことで発覚した。

確かに興味はなさそうだと、その点は同意する。何しろ相手が初日の美女でも二日目の可愛い系でも、東上の態度は判で押したように同じだった。にこやかに応じているフリで実はろくに話も聞いておらず、最終的には八尋に声をかけて退けてしまう。

「……アレは構ってるんじゃなく。おれを女性避けにしてるだけだと思いますが」

「違うって。ふつーに八尋くんには態度甘いから！　あとさあ、八尋くんもしょちょー相手になると態度違うじゃん？」

「…………はい？」

最後の一言で、それまで聞いていたはずの三谷の主張が根こそぎ頭から吹っ飛んだ。頭の中が真っ白になったまま、八尋はぽかんと言葉を繋げる。

「態度、ちがいます、か？」

「全然違うよー。って、自覚なかったんだ？」

大真面目な問いに素直に頷いた八尋に、三谷はどういうわけか嬉しそうに笑った。

「八尋くんてさ、オレや小山や佐原さん相手だとおとなしくて控えめなんだよね。穏やかで丁寧で気が利いて、何事も先に気遣いが出てる感じ。けど、しょちょーが相手だと容赦がない？　みたい」

「ようしゃがない……」

「はっきりものを言うっていうか。オレらに言う時はオブラートにくるんでるのに、しょちょー相手だと剝《む》き出し？　初日とか、しょちょーん家のことゴミ溜めって言ってたじゃん」

言われて改めてまずかったと再認識する。同時に、東上には結構なことを言ってきたのを自覚した。

「佐原さんもしょちょーには結構はっきりものを言うけど、八尋くんほどじゃないしさあ。しょちょーが佐原さんに言わせてない感じも時々あるんだよね。けど、八尋くんには言わせてるし、ちゃんと聞いてる」

「………」

そういえば、馴染《なじ》んだ優等生が東上に対しては初対面から剝がれまくりなのだ。喧嘩腰での言い合いで、結構敵愾心《てきがいしん》も剝き出しになっていた気もする。

にこやかなくせに有無を言わせない態度にむっとすることが多くて、つい対抗姿勢になっていた。そのままで今日に至ったということか。

あくまで東上が相手の時、限定で。四か月前までは日常的に被っていたはずの「優等生」の顔を、きれいに忘れて。

「いやあの八尋くんさ、大丈夫だから！」

無言で固まった八尋をどう思ったのか、三谷が焦ったように言う。そろりと顔を上げると、気遣うような笑顔で見下ろされた。

「邪魔するような野暮はやらないよ。佐原さんが知ったらフリーズしそうだからもちろん内緒にしとくし！　八尋くんが来てから事務所がずいぶん和やかになったし、平和が一番だから応援するよ？」

「——いや待ってくださいって、それ誤解ですから！」

いかにも公認するようなことを言われて、慌てて反論した。宥《なだ》めるような目で見てくる三谷に、必死で訴える。

「おれと東上さんは一時的な知り合いであって、同居もバイトも今日で終わりなんです。用立ててもらった金は返す予定ですけど、東上さんと直接会うことはもうないと思いますしっ」

「え、何ソレ、バイトが今日までってオレ初耳……っ」

「——あら、そうなの？　だったら八尋くん、うちでバイトしない？」

三谷の声と重なって、思いがけない方角から声がした。反射的に目を向けた先に顔見知りの女性を認めて、八尋はしまったと思う。傍の三谷が「うあ、響子《きょうこ》さんだ……」と呻くのが聞こえた。

響子さんと事務所内で呼ばれる彼女は、本日二組目の依頼人なのだ。

「こんにちは。すみません、こんなところで失礼したでしょうか」

「何だか早く着いちゃっただけだから気にしないで。それより今の話だけど、どう？　八尋くんだったら正社員でも受け付けるけど」

にっこりと向けられた笑みはかなり年下の八尋にすら「可愛い」と思わせるものだけれど、

言葉の内容とはどうにもちぐはぐだ。苦笑して、八尋は丁寧に返す。

「でも響子さん、おれのことはほとんどご存じないですよね」

依頼人のはずの相手を名前にさん付けで呼ぶのは、事務所メンバーに倣ったのと、響子本人からそうしてくれと言われたからだ。

依頼人になる前から事務所メンバーとは懇意だったらしいこの女性とは、バイト初日つまり三日前に顔を合わせた。比奈の宿題を見ている時に佐原から隣にコーヒーをと頼まれて運んでいったら、彼女の方から「きみが八尋くん？」と声をかけてきたのだ。その時に少し雑談したきり接点はないから、破格の誘いも冗談としか思えない。

それなのに、響子は涼やかな笑みで首を傾げて言う。その仕草で、束ねて下ろした柔らかそうな髪がわずかに揺れた。

「東上事務所に馴染んでるだけで、人となりには問題ないのはわかると思うけど。バイトや就職の面接も、せいぜい三十分なんだし。——いきなり正社員が不安だったら、まずはバイトでどう？　明日から来てみない？」

畳みかけるように言われて戸惑った時、急に背後から声がした。

「うちのスタッフを勝手に勧誘するのはやめてくれませんか」

肩ごと背後に引っ張られて、突然のことにたたらを踏んだ。転ぶ、と思った瞬間に背中が弾力のある何かに凭れて安定し、内心でほっとする。

「あら。東上くん、いたんだ」

「残念でした。ということで、今の話は却下します」

にこやかな声とともに、腰から腹に回っていた腕に力を込められる。その声と腕とが東上のもので、つまり背後から抱き込まれているのだと気づくなり心臓が大きく跳ねた。

わけがわからず混乱する八尋の耳に、成り行きを見ていたらしい三谷のぼやきが届いた。

「うあ。しゅらばだ……」


隣がまだ使用中だったため、響子は事務所に通された。

ソファセットのカバーは昨日の朝の時点できちんとかけ直し、傷だらけになっていたガラステーブルも新しいものに買い換えた。さらに出入り口及び事務所内からの視線を遮る衝立《ついたて》を入れたため、声こそ漏れるものの独立した接客スペースになっている。

八尋がそのスペースに淹れたてのコーヒーを運んだ時、響子は興味津々に周囲を眺めては手に届く範囲のものに触れていた。

「失礼します。——すみません、じき東上も来ますので」

事務所に戻る途中で、東上の携帯電話に仕事の連絡が入ったのだ。先送りできない内容だとかで響子に直接断りを入れ、今は事務所の外で話している。

「こっちが早く来たんだから気にしないで。それにしても見違えるわねえ。全然違う場所みたい。これ、八尋くんひとりでやったの？」

こちらも棚の奥から発掘したカップとソーサーを響子の前に置きながら、八尋はにっこりと笑みを浮かべる。

「とんでもないです。みなさんが協力してくれたおかげですよ」

「それはないでしょ。そのみなさんが揃ってて何年もアレだったんだもの。ああいうのって得手不得手があるものなのよねー。こう、知らないうちに棚がぎっちり一杯になってて、部屋のあちこちに物の吹き溜まりができてるとか」

ため息混じりの物言いに、ふと亡くなった母親を思い出した。

同じ美人というくくりでも、しなやかで凛《りん》とした風情の響子と表情が柔らかくどこか抜けていた母親とでは雰囲気がまるで違うし、顔立ちや表情は似ても似つかない。それなのに、今の物言いは八尋の記憶にある声とぴたりと重なった。

「――どうしても片づかない人って、いますよね。そういう場合は持ち物を厳選して最小限にすればかなり楽になるようには聞いてますけど、女の人にはちょっと難しいみたいですし。うちの母親も、しょっちゅうやりかけては挫折《ざせつ》してましたから」

「そうなのよ。八尋くんのお母さまみたいに、できた息子さんがいたらいいんだけど。……そうそう、さっきの話なんだけど、本気で考えてみる気はない？」

「言ったでしょ。うちにバイトに来てほしいのよ」

終わったはずの話を真正面から蒸し返されて、八尋は少々どころでなく怯む。

「えーと……でもおれ、響子さんがどういう仕事をされているかも知らないですし」

「じゃあ一度見に来る？　七時開店のバーだから、今夜でもいいわよ」

やんわり断りを入れたはずが、見透かしたような笑みを返された。それへ、八尋はぎこちなく訊く。

「バーなんですか。ええと、でもそういうのって響子さんひとりで決めていいんですか？」

「いいも悪いも、私の持ち物だもの。繁華街の外れの小さい店なんだけど、お客さんの質は悪くないはずよ。八尋くんてきれいで真面目だから、バーテンとか向いてそうな気がするのよね」

婉然とした笑みを目にして、八尋は苦笑した。

「でもおれまだ未成年ですし、お酒のことは全然知らないですよ。この事務所でも雑用しかできないくらいですし」

「知らないなら覚えればいいのよ。それ以前に接客がきちんとできるかどうかが大事なの。その点八尋くんは当たりもいいし、女の扱いも上手よね？」

「――――」

「いきなりだから戸惑うのはわかるけど、私としてはせっかくのチャンスだから逃したくないのよ。見学に来てもらっていいと思ったらまずバイトから始めて、そうねえ。何かあった時はここに駆け込ませてもらうってことでどう？　東上くんも八尋くんを気に入ってるみたいだから、放ってはおかないはずよ。この事務所の人たちも月に何度かはうちに来てくれるから、顔を合わせることもあるでしょうしね」

返事を待つように見つめられて、気持ちの奥が大きく揺らいだのがわかった。

……明日からどうなるという不安が、ないわけではないのだ。

約束だから、出ていくことに否やはない。もともとの、当たり前の生活に戻るだけだ。二十歳になって保護者が必要なくなるまで乗り切りさえすれば、そのあとはどうにでもなる。

そう思っているはずなのに、断りが口に出せない。目の前の誘いに乗ってしまえばいいじゃないかという思いが、大きく喉《のど》を塞いでいる。

黙ったままの八尋を見上げて、響子は苦笑した。

「水商売に抵抗がある？　だったら無理を言うつもりはないけど」

「抵抗は、ないです。うちの母も、そういう仕事しておれを育ててくれましたし、苦労しながら頑張ってたのも知ってます。感謝、してますから」

考える前に、そう答えていた。数秒遅れて、たった今の自分の言葉を染み込むように認識する。

八尋にとって、ごく当たり前のことだ。なのに、ずいぶん長く母親を思い出すことすら避けていた気がする。

「そうなの？　それで、お母さまはお元気？」

「去年、事故で亡くなったんです。——七年ほど前に再婚して新しい家族と楽しく暮らしていましたから、幸せだったと思いますよ」

「そう」と笑みを浮かべる響子を見返して、八尋は歪みそうになる笑みを辛うじて堪える。

母親と八尋と、新しい父親と、血の繋がらない妹と。どこかに遠慮や及び腰な部分はあったけれど、だからこそ寄り添っていこうと努力していたはずだ。

突然の事故で母親が逝ってしまったあとも、義父は八尋を長男として扱ってくれた。八尋から切り出した養子離縁に呆れ顔を見せて、そんなことより大学受験を優先しろと言ってくれた。

三人家族として頑張っていく、はずだったのだ。——四か月前の、あの時までは。

「八尋くん？　どうかした？」

「……バイトって、未成年でも問題ないんですか？」

気がついた時には、そう口にしていた。八尋が自分に驚いた時には、響子が嬉しそうな笑みで答えてくれている。

「十九歳なら大丈夫よ。仕事中にお酒を飲ませる気もないしね」

「……住所不定で、今日の宿も決まってません。肉親はいませんし、戸籍上で縁がある人はいてもいっさい頼れません。身元引受人もいませんから、身分証明もしてもらえません。そういうのでもいいんでしょうか」

言葉を切った八尋を黙って見つめた響子は、きれいな笑みで首を傾げた。

「それならまずは住む場所を手配しましょうか。仮住まいだったら、伝手《つて》があるからすぐにでも――」

「……だから、人がいない隙にうちのスタッフを引っかけないでくださいって」

ため息混じりの声が常になく尖って聞こえたのは、後ろめたさの裏返しだろうか。びくりと振り返って、八尋はとてつもなくばつが悪くなった。

にこやかな笑みを浮かべた東上が、けれど眼鏡の奥の目をいつになく険しくしてこちらを見ていたのだ。

「あら、どうして？　八尋くんのここでのバイトって今日で終わりなんでしょ？　だったらちょっとくらいお目こぼししてくれてもいいと思うんだけど」

「駄目です。八尋くん、ここはいいから仕事に戻って」

「はい。……失礼します」

接客スペースを出ながら、失敗したと改めて思った。

事務所のバイトは今日までで、まだ終わっていない。依頼人の響子は事務所でどう振る舞おうが自由でも、バイトの八尋はそうはいかない。

元を正せば事務所でのこのバイトも、八尋が無理を言って入れてもらったようなものだ。その最中に依頼人に対して就活をされた日には、東上が不快になって当然だろう。

小さく息を吐いて、途中だった棚の整理に戻る。声を落としているらしく、接客スペースで話しているのはわかるものの話の内容までは聞き取れない。

虫のいいことを、望みすぎた。

二度の面識しかないとはいえ響子には好感を抱いていたし、声をかけてもらったのも嬉しかった。それ以上に背中を押したのは、響子の誘いが八尋と東上の事務所との繋がりを前提にしていたことだ。要するに、響子の東上たちへの信頼を八尋本人への保証にすり替えようとした。

そうでもしなければ、長期でのバイトは望めないから。事務所との繋がりが前提になるなら、よほどのことがない限り身元の詮索はされずにすむだろうから。

東上との関係を、確実に失わずにすむはずだから――。

「……え？」

思わぬ方角に流れた思考に、ぽつんと声がこぼれて落ちる。コンテナを摑んだ手が、固まったように動かなくなった。

「――八尋くん？　気分でも悪い？」

どのくらい呆然としていたのか、自分でもわからない。背後から聞こえた声は不意打ちそのもので、意図せず全身が大きく跳ねた。慌てて振り返り、八尋は別の意味で声を失う。

東上が、ほんの十数センチの距離に顔を寄せていた。目線を合わせるように前屈みになり、眼鏡越しにも物言いたげな視線を向けてくる。

近すぎる距離に、頭の中で何かが爆発したような気がした。

「あの、……響子、さんは」

「さっき帰ったよ。……ずいぶん長くぼうっとしてたみたいだけど、大丈夫？」

東上の声に混じって、佐原と三谷が話すのが聞こえる。八尋には馴染みのない地名らしい単語が、やけに耳についた。

「――平気、です。すみません、仕事中に……あ、すぐカップとか片づけます」

どうにか視線を逸《そ》らし、そそくさと接客スペースに向かった。カップを下げてテーブルを拭くと、先に隣の片づけをすませることにする。カップはあとでまとめて洗えばいい。

「八尋くん。さっきは助かった、ありがとう」

「いえ。あ、すみません、もしかしてタクシー呼ばなきゃいけなかったんじゃあ」

声をかけてきた佐原に問い返すと、大丈夫だと苦笑された。

「やっぱり俺だと怖かったみたいでな。あのあとはちょっと落ち着いたらしくて、うまく話が通ったよ」

「……慣れればあのお客さんも大丈夫だと思いますよ?」

初回の依頼人が佐原に当たると、余計に緊張する傾向があるのだそうだ。佐原の見た目が大柄で厳つく無表情なせいだろうけれど、中身を知るとちょっと理不尽な気がしないではない。ちなみにそういう理由により、初回の応対は原則東上が引き受けることになっているという。

「隣、片づけてきます」

事務所内にひと声かけて、八尋は隣に向かった。持参のトレイに湯飲みを移し、濡れ布巾《ぶきん》でローテーブルを拭きながら、先ほど自分の思考が行き着いた先を思い出す。

――東上との繋がりを、失わずにすむはずだから。

「それって、変、だろ……」

東上には、もちろん感謝してはいる。考えが読めないのは相変わらずだけれど、経緯を思えば破格によくしてもらったと思うし、本音を言えば今のままでいられたらと願う気持ちもある。

けれどあの思考では、東上の近くにいることを何より願っているようにしか聞こえない。

(もしかして、恋人だったりする……?)

響子が来る前に、三谷が口にした言葉を思い出す。あの時、勝手に頬に上った熱が、条件反射のようによみがえった。

「いや、ないって。だってそんなの」

そんなはずはないし、そもそもありえない。何度も激しく頭を振って、つまり東上に甘えているのだと思い直す。それでは駄目だと、布巾を持つ手のひらに力を入れながら自分を戒めた。

最初から、一過性とわかっていた関係だ。東上がよくしてくれるのは仕事であり礼でもあるからで、それ以上も以下もない。期待するのは無駄だし、間違ってもいる。

簡単に、人を信用しない。自分の面倒は自分で見る。四か月前に家を出た時点でそうあろうと決めたはずだ。なのに、いつのまにこんなふうになっていたのか。

長いため息をついた時、背後でドアが開く音がした。反射的に振り返って、八尋は袋小路に追いつめられた心地になる。

「……お客さんが来る予定、まだありましたっけ」

「今日の分はもう終わったよ」

「だったら事務所に戻らないと、佐原さんに叱《しか》られますよ？　東上さん、来客時以外立ち入り禁止でしょう」

極力いつも通りに言った八尋を眺めて、東上は何やら複雑そうな顔をした。眼鏡の弦を押さえて、妙に長いため息をついている。

「八尋くんもすっかり染まったっていうか……まあいいんだけどね。ちょっと話があるから、そこに座ってくれる?」

「あの、さっきのことでしたら、本当にすみませんでした。予定通り、今日バイトが終わったらここを離れますから」

「うん。その件なんだけど、まあ座って?」

にっこり笑顔に、有無を言わさない色を見た。落ち着きなく手の中の布巾を丸めながら、八尋はそれでもあがいてみる。

「だったら先に湯飲みを片づけてきます。あと、コーヒーでも淹れて」

「片づけはあとでいい。コーヒーは持ってきてるからいらない」

ローテーブルに無造作に置かれた二本の缶コーヒーを目にして、床に膝をついたまま固まった。そんな八尋をよそにソファに腰を下ろした東上が、首を傾げて言う。

「自分で座れない? だったら手伝うけど」

「……いいえ。大丈夫、です」

本格的に、逃げ場を塞がれた。思い知って、八尋はのろりとソファに向かった。

7

「八尋くん、響子さんのところで働く気があるんだ?」

やけに長い沈黙を破る声に、八尋はひどくほっとした。

接客と仮眠に使われる事務所の隣室にはたびたび出入りしていたものの、ソファに座ったのは初めてだ。ほどよく腰が沈むクッションに座り心地のよさを感じたのは最初だけで、あとは向かいに座る東上との無言の睨めっこに気持ちを消耗させられていた。

「……そのつもりは、ないです」

「でもさっき、そういう話になりかけてたよね」

東上の顔がにこやかなのはデフォルトであって、イコール本心ではあり得ない。スタッフを叱責《しっせき》する時も同じ笑顔を崩さないと、昨日三谷から聞かされたばかりだ。

すぐに出ていけと言われても仕方がない。自覚があるだけに言い訳はせず、八尋はその場で頭を下げる。

「お手数をおかけしますけど、響子さんに断りと、謝罪を伝えてもらっていいでしょうか。お店の名前も場所も伺っていませんし、こちらに来ることもまずないと思うので」

「それでいいんだ?」

淡々とした問いに素直に頷きながら、胸の奥に深い穴があいていくような気がした。

今日別れたら、東上とはそれきりだ。病院代を返すには振込先さえ教えてもらえばすむから、会う理由もない。わかりきっていたはずのことをもう一度思って、ひどい喪失感に胸が苦しくなった。

「で、これからどこに行くか決めてる？」

「ひとまず前にいたところに戻ります。明日からどこに行くかは、そのあとで考えます」

定宿にしていたカプセルホテルはそう満室になることはないはずだけれど、万一のこともある。寒くなってきたこの時季に、ホテルを探してうろつくのは避けたい。

「仕事は？　あてはあるのかな」

「何とかなりますよ。実際、今までそうでしたし。……あの、できれば今のうちに病院代がいくらだったかと、返金の振込先を聞いておきたいんですけど」

「本当に返す気なんだ」

呆れ顔で言われて、むっとした。迷わず頷いて、八尋はまっすぐに東上を見る。

「毎月いくらかは必ず返しますよ。分割だし、長くかかるとは思いますけど」

「――……何ていうか、筋金入りだねえ」

真剣に言った八尋を見て、東上が苦笑する。ひょいと腰を上げたかと思うと、「ついてきて」と言って入り口ドアを出ていった。

ぽかんと見送ってから、八尋は慌ててソファから降りる。転がるように入り口ドアを出るなり、そこにいた東上にぶつかりそうになった。そのまま、背中を押されて歩かされる。

「東上さん？　どこに」

「うん、ここ」

東上が立ち止まったのは、たった今出てきた隣室の、そのまた隣のドアの前だ。階段とは逆方向になるため、前を通ったのは初めてだった。

怪訝に首を傾げた八尋をよそに取り出した鍵で施錠を外すと、東上は八尋を中へと促す。

「……あの？　ここって、どういう」

「入ってみてのお楽しみ」

にっこり笑顔の即答は、つまり「いいから入ってみろ」という意味だ。改めてドアに向き直るとすぐに表札が目に入って、自分の目を疑った。

そこにあった苗字は「東上」だったのだ。視界に入る開いたドアの奥を眺めて、最初に思ったのは「またなのか」ということだった。

ドアの中は、魔窟《まくつ》だった。一週間前の東上宅や三日前に訪れた時の東上調査事務所よりも格が上の、見境なく何もかも放り込んだとしか思えない空間。

「……ここ、って」

「うちの倉庫。もろもろ増えてきて置き場がなかったから借りてるんだ」

声とともに背中を押されて、八尋は室内に足を踏み入れる。背後の物音に振り返ると、東上がドアを閉めたところだった。

「少し寒いね」と苦笑した東上が、脱いだ上着を八尋の肩にかぶせる。慌てて固辞しても聞いてくれず、最終的に甘えさせてもらうことになった。

首や背中に残る体温に、ふいに泣きたいような気持ちになる。それを振り払って奥に目をやると、薄暗い中に林立する棚とぎゅうぎゅうに押し込まれた何かがあるのはわかった。いったいいつから、どれだけのものを押し込んでいるのかと戦慄《せんりつ》を覚えた。

「うっわー……久しぶりに見るとクるなあ」

ぼやく声に見上げると、笑顔の東上とまともに目が合う。壮絶に、厭な予感がした。

「ここもうちの事務所なんだよねえ。でもって八尋くん、事務所は全部片づけて行くって言ったよね？」

「……今日の今になってそんなこと言います⁉」

「もっと早く言ってもよかったけど、そうすれば何とかなったんだ？　いくら何でもここまで入れて今日までっていうのは無理だと思うけどなあ」

「だ、からって黙ってなくたっていいじゃないですか。せめて一言教えてくれたら」

事務所とその隣は広さも間取りも同じだ。三つ目のこの部屋もそうだとしたら――ドア口から見ただけで背の高い棚にぎっしりごたごたに何やら押し込んである状態が奥まで続いているのだとしたら、それは確かに三日では無理だったに違いない。

「いくら八尋くんでもコレ見たら逃げるんじゃないかと思ってね。ここに比べたら事務所もウチも可愛いもんだし」

やけにしみじみと言われて、がっくりと気が抜けた。

「そんなことくらいで逃げたりしませんよ……」

「そう？　じゃあバイトは引き続き延長でいいよね」

「……はい？」

満面の笑みで言われてぽかんと見上げたら、ぽすんと頭に重みが乗った。慣れてしまった動きで撫でられて、八尋は思わず首を振って逃げる。

「ど、うしてそうなるんです？　おれのバイトって、一週間の期間限定でしたよね。今日で最後だって、今朝も話しましたよね？」

荷造りは昨夜のうちにすませたから、今朝バイトに行く前に駅のコインロッカーに預けておくつもりだった。そうしたら、東上から提案されたのだ。

（それだとロッカー代もったいなくない？　バイト上がりにうちに取りに寄ったら？　事務所から駅に行くなら通り道でもあるし）

それはそうだと納得し、玄関先に荷物を置いてきた。預かっている合い鍵は、荷物を持って出た足で郵便受けに落としていく。それも東上と相談して決めたのだ。なのに、どうして「引き続き延長」になるのか。

「片づけが終わらないうちにバイトをやめるのは気分が悪いって言ってたよね。だから引き続き延長を提案してるんだけど、何か不都合でも？」

不思議そうに見下ろされて、何を言えばいいのかわからなくなった。俯いた八尋の頭を追いかけるようにぽすぽすと撫でて、東上は続ける。

「響子さんのとこのバイトには前向きだったのに、うちの事務所だと駄目なのかな。理由を訊いていい？」

どうして今、そんなことを言うのかと思った。

膨れ上がって今にも破裂しそうな気持ちを、無理にも収めたばかりなのだ。やっとのことで封をしたそれを、どうして暴こうとするのか。

今にもこぼれそうな気持ちに蓋をして、八尋は睨むように東上を見た。

「掃除と片づけは誰でもできます。整理整頓だって、本来そこを使う人がやるのが一番なんです。おれみたいな身元不明の家出人を居着かせたって、何の得もないでしょう。あとで面倒なことになったらどうするんです？」

「それはうちでは働きたくないってことかな。響子さんのところに行きたいっていうのももう厭だから？」

「そ、ういうわけじゃ」

素直に喜びたいのに、そうしてしまったら駄目だと気持ちのどこかがストップをかけている。曖昧《あいまい》に否定したあとは何も言えなくなって、八尋は下を向いてしまった。

「八尋くんの身元確認くらい、その気になれば簡単なんだけどなあ」

ややあって落ちてきた言葉に、ぎょっと顔を上げていた。それをにこやかに見下ろして、東上は言う。

「うちの事務所が何を得意としてるかは知ってるよね。本名聞いてるし顔写真もあるし、言葉遣いや抑揚でどのあたりに住んでたかもおよそ見当はつくんだ。そこから辿っていけば、どうにでもなったりするんだよね」

「無料奉仕は、しないって言っ……」

知らず、縋《すが》るように東上の袖を摑んでいた。そんな八尋を、東上はいつもの顔で見下ろしている。

「もちろんしないよ。けど、知り合いに頼む手もあるにはあるんだよねえ。それなら、佐原や八尋くんが知らない間に報告も受け取れる」

「………」

ぞっとして、摑んでいた袖からぱっと手を放す。一歩後じさった八尋を追うように伸びた手がまたしても頭の上に乗り、上の方でくすりと笑う声がした。

「そこまでするには、それなりの必然性がいるけどね」

「え、……？」

「当たり前でしょう。調査の依頼って無料じゃないんだよ？　それなりの理由がないと、なかなかそこまではねえ」

顔を上げたとたん、東上と目が合う。くしゃりと髪を撫でられ、軽い調子で言われた。

「そういうわけだから、観念してうちでバイトしなさいって。定期的に休みも取れるし、収入も安定するよ。今まで通りうちに住めばいいんだから、基本的には変わらないしね」

「変わらない、ですか」

「今やってくれてる家事を続けてくれるんだったら、食費水道光熱費家賃、全部いらないよ。部屋もそのまま使ってくれていい。僕の部屋は構わなくていいし、リビングダイニングに本を持ち込むなっていう言い分については善処する」

「え、あの」

「バイト内容は基本今まで通りで、追加して空き時間にここをぼちぼち片づけるくらいかな。期限は切らないから無理のないペースでやってくれたらいいし、人手が必要ならいつでも手を貸すよ。今の時間帯でバイトすれば社会保険にも加入できるから悪い話じゃないはずだ。あと、バイトの時給だけど」

これこれで、と提示された金額は、一般的なアルバイトより高めだ。それだけでも驚いたのに、別に能力給もつけると言われてしまった。

「――ってことで、うちでのバイトを続けてくれないかな。正直、八尋くん以外は採る気はしないんだよね」

信じられない思いで、八尋はまっすぐに東上を見上げた。

「どうして、ですか？　何で、そこまで――」

「ん？　ああ、ここで長話はなかったか。隣、戻るよ？」

そう言って、東上は八尋の頭をぐりぐりと撫でる。その手を払いのけることすら、忘れていた。

倉庫から連れ出され、やんわりと肩を押されて事務所の隣に引き返しながら、自分がやけに従順になっていたことに気づいて何となく悔しくなった。

「さっきの質問だけど、八尋くんのおかげで得することは結構あるよ？　僕だけじゃなく佐原とか、他のスタッフもね」

接客スペースのソファに収まるなり、東上が言う。借りた上着を脱ぎながら、八尋は訝しげに顔を上げた。

「佐原さんやスタッフさんが、ですか」

「事務所が片づいて、ここもきれいになった。見た目すっきりした上に探し物も楽になったから事務作業が捗《はかど》るんだそうだ。事務所の接客スペースが復活するとは、正直僕も思ってなかったしね」

「……それは、別におれじゃなくても」

「八尋くんといるとひなも落ち着くし、よく笑うんだよね。佐原が安心して仕事できるし、気分も楽になったらしいよ。あと八尋くん、今日で三日なのにやたらお客さん受けがいいんだよねえ……緊張してた依頼人が八尋くんと話すとほっとした顔になるって聞いてるし。それに、これが最大の理由だけど、八尋くんがいなくなったらうちもここもあっという間に元の木阿弥になると思うんだよね」

「……あの、おれそんな大層なもんじゃないです、けど」

同意できるのは、せいぜい最後の一言くらいだ。それも、どうしても八尋でないと務まらないような内容でもない。

そんな考えが顔に出ていたのか、東上は向かいに座ったまま首を傾げた。

「正社員志望なら、そのつもりで善処するよ。一週間分を総括しての感想だけど、育て甲斐《がい》がありそうだ。その前に、今後のことをきちんと考えた方がいいとは思うけどね」

「考えて決める、ですか?」

「本来なら大学生だったんだよね? だったらここではバイトってことにして、別の大学への再受験を目指すっていう手もあるんだ。学費や生活費に関しては、情報を集めてどうするか検討すればいい」

大学、という言葉にびくりと肩が揺れた。それを見たはずなのに、東上は声音も表情もまったく変えない。

「八尋くんの目標次第では、投資としての協力も検討するよ。ただし、そうなると逃げ道なしだから覚悟が必要だけどね。——まあ」

貫くように強かった視線が、ふっと柔らかくなる。ほっと息を吐いたあとで、自分が呼吸を止めていたことに気がついた。そんな八尋をにこやかに眺めて、東上は言う。

「急に言われても混乱するだろうし、おいおいでゆっくり考える時間も必要だ。慌ててどうこうってことじゃないとは思うけどね」

「……身元も事情も話してないのに、どうしてそんなふうに簡単に信用できるんですか。家出の理由だって、ろくでもない——人には言えないやましいことがあったからかもしれないじゃないですか」

露悪的に言い募りながら、途中ですとんと何かが抜ける。そんなもの、この人にとってはわざわざ言うまでもないことのはずだ。

初めて会った次の日の、三時間足らず一緒にいたかどうかという状況で、八尋に自宅の片づけを任せて寝てしまった人だ。おまけに無防備にも財布まで預けてきた。

むやみなにこやかさが胡散臭くて、何を考えているかまるで読めないから警戒していた。けれど、結果を見れば東上は早い段階で八尋を許容してくれていたのだ。

「信用って言われても、むやみに信じ込むほどいい人だった覚えは全然ないよ？　最初に言ったように、僕は八尋くん本人に興味があるだけだしね」

「それって、どういう……」

「予想外の反応ばかりするのが面白くて、近くで見ようと思ってうちに呼んだんだよ。一週間の休暇を切り出した時点ではホテルを手配するつもりだったんだけど、それだと断られそうだから計画変更したっていうのもある。休暇中バイトしたいっていう希望がどこまで本気かわからなかったし、今だから言うけど、こっちとしては言うことを言って要望に応えた実績さえ作っておけば、八尋くんが逃げたところで仕方ないですませられたしね」

東上宅の片づけを四日で終わらせてしまうとは、まったく思いもよらなかったのだそうだ。残り三日に拘《こだわ》ったのも東上側に言質を取られている自覚があったからで、事務所での成果は二の次だった。

「それが、まさかってくらいきっちりやってくれたからね。いい意味で誤算だったんだ」

やけに楽しそうに笑われて、八尋は思わず東上を睨みつけてしまう。

「……要するに、面白がって観察してたってことですよね？」

「無理強いはしてないよね。作業状況にも口は出さなかったし」

「それは、そうですけどっ」

「この一週間、予想外の連続だったんだよねえ。財布預けたら毎日収支報告してくるし、炊事はきっちりやって僕の体調まで管理してくれるし、散らかすたび文句言いながら片づけてくれてるし。事務所に来たら来たで、頼まなくてもお茶出しや接客までこなしてくれる。ひなに懐かれてるし、なのに叱る時は叱ってくれてるし。身元不明の家出人だって言われても、そこまでされたら信用するしかなくなるんじゃないかな」

最後の最後に初めて見るような――おそらく全開の笑顔を向けられて、その場で固まったきり動けなくなった。

「こっちから言うことはそれくらいだけど、納得できたかな。バイトは継続ってことにしていいよね？」

強く押されて、引き込まれるように頷いていた。顎が落ちたあとで我に返ったものの、すでに東上は満足げな笑みを浮かべている。

「じゃあそういうことで。——ああそうだ、今日は全員定時に上がって八尋くんの歓迎会するからそのつもりでね」

「……はい？」

惚けたような声を出した八尋の頭をぽふぽふと撫でて、東上は例の企《たくら》んでいるような笑みを浮かべる。

「二次会までは全員強制参加。で、二次会は響子さんの店でやるから、断りは自分で言うこと。了解？」

「え、でもひなちゃんは、どうするんです？　佐原さんは」

「久しぶりにおばあさんに会いに行くってさ。おじいさんへの見舞いも兼ねているらしいよ。五時半には迎えが来るから、それまではよろしく」

「……了解しました」

どうにか答えたら、またしても頭を撫でられた。直後に携帯電話が鳴って、東上はすぐさま通話に出る。二言三言で通話を終えると、八尋に「先に事務所に戻るから」と声をかけてきた。

ひどく複雑な気分で見送っていると、ドアに手をかけた東上がいきなり振り返って言う。

「そうそう、理由ならもうひとつあったな。——僕が八尋くんを気に入ってるから」

「は、あ……？」

ぽかんとしたままの八尋を眺めて面白そうに笑うと、東上は続ける。

「気に入る相手を見つけるのは結構難しいから、できるだけ手元に置いておきたいんだよね。……僕の動機はそういうことで」

「——」

その場で凝固した八尋を眺めてにっこり笑ったかと思うと、今度こそ東上はドアの外に出ていった。

耳の奥で繰り返し響く声を、ソファに沈んだままで他人事のように聞いていた。

（僕が八尋くんを気に入ってるから）

（できるだけ手元に置いておきたいんだよね）

今の今まで音の連なりでしかなかった声が、ふいに言葉となり意味を伝えてくる。それを理解した瞬間に、火でも噴いたように顔が熱くなった。

「な、ななな、何、今の……」

胸の奥で押さえていた何かが、膨れ上がって破裂したような気がした。溢れ出た感情は複雑に幾重にも折り重なっていて、見極めようにもうまくいかない。

顔だけでなく、全身が熱くなる。何だかとんでもないことになっているような気がする。けれど、具体的に何がどうおかしいのかがまるでわからない。

手のひらで無意識に顔を押さえて、八尋はようやくひとつの事実に気付く。

――事務所に戻るのは、この熱が冷めてからにした方がよさそうだ。

8

淹れ終えたコーヒーをトレイに載せたタイミングで、電話が鳴った。

今、事務所内にいるのは八尋だけだ。佐原は数分前に依頼人とともに隣に移動し、先ほどまでパソコンを前に唸《うな》っていた三谷は「ちょっと休憩」と言って出ていった。東上と小山はそれぞれ昼前から出かけている。

慌ててデスクに駆け寄り、受話器を上げる。外線ボタンを押して「はい、東上調査事務所です」と口にしながら、自分のその言葉に何とも面映ゆい気分になった。

正式なバイトになった三日前から、こうした電話番も八尋の仕事になったのだ。スタッフがいる時は任せるよう言われているため機会は少ないせいか、言うたび新鮮な気分になる。

先方の用件と都合を確認し、保留ボタンを押す。コーヒーのトレイを手に事務所を出ようとしたところに、三谷が戻ってきた。

「今入ってる外線、佐原さんにです。これから呼んできますから、あとお願いします」

「了解ー。行ってらっしゃい」

三谷とすれ違いに外に出て、隣のドアをノックする。中に入って目が合っただけで察してくれたらしく、佐原の方から近寄ってきてくれた。電話のことを告げると短く頷いて、ソファに腰掛けた来客を振り返る。

「すみません、少々外します」

「どうぞごゆっくり。でも八尋くんは置いてってね」

にっこり笑顔で答えた来客——響子の言い分に苦笑した佐原は、八尋に「あとはよろしく」と言い残して出ていった。

それを見送ってから、八尋は自分から響子に声をかける。

「こんにちは。この前は、いろいろありがとうございました」

「こっちこそありがとう。あんなに楽しかったのは久しぶりだったわ」

東上の言葉通り、一週間目のあの夜に八尋の歓迎会があったのだ。ダイニングバーで食事をしたあと、二次会として響子のバーへと出向いた。主賓が未成年だからと一次会ではアルコールを控えていた事務所メンバーもバーに入るなり次々とオーダーを飛ばし、ソフトドリンクを嘗《な》める八尋をよそに見事なまでに盛り上がってくれた。

これまで周囲には嗜《たしな》む程度しか飲まない人ばかりだったせいか、あそこまでの酔っ払いを見たのは初めてだ。思わず引いた八尋に気づいたのだろう、途中で響子の手引きですみの席に移ってからは、ずっとふたりで話し込んでいたのだ。

「ところで八尋くん、誕生日っていつ?」

唐突な問いに、八尋はコーヒーカップのひとつを響子の前に置いて言う。

「実は七夕《たなばた》です。あいにく、織り姫に該当する人はいないんですけど」

「その気になれば、織り姫なんてすぐ見つかりそうよね。——だったら来年の七夕はうちに来ない? 成人祝いに奢《おご》ってあげるから、一緒に飲みましょ」

「……ありがとうございます」

思いがけない言葉が染みるように嬉しくて、つい頬が緩む。こちらを見ていた響子の笑みが深くなるのを知って、頬まで熱くなってきた。

「失礼。お待たせしまし——」

戻ってきた佐原が、一歩中に入ったとたんに言葉を切る。八尋を見たあとで響子に視線を移す間に、表情は怪訝そうなものに変わった。

「響子さん。八尋くんに、妙なこと言ったんじゃないでしょうね?」

「え、あ、あの! 別に、困ったことは言われてないですっ。ただその、成人したら一緒に飲もうって誘ってもらっただけで」

「本当に？」

妙に疑ぐり深く、佐原が言う。それを、響子は艶《あで》やかな笑みで見返した。

「本当よ。心配しなくても、東上くんと話はついてるから」

「だったら、いいんですが」

「あ、あの。じゃあ、おれはこれで」

かえって邪魔をしたように思えて、八尋はトレイを抱え急いで腰を上げた。出入り口へと向かいかけた、その背中に響子の声がかかる。

「八尋くん、手紙は出せそう？」

すぐに振り返ると、響子は首を傾げてまっすぐにこちらを見ていた。

嘘をつくつもりはなかったから、八尋は気持ちのままに苦笑する。

「書くのは書いたんですけど、投函《とうかん》は、まだです」

「そっか。早く出せたらいいわね」

「……ありがとうございます」

もう一度礼を言った八尋に、響子はにっこりと笑みを向ける。胡乱そうに見ていた佐原に気づいてか、ついとそちらに視線を向けた。

「佐原くんは聞かなかったことにしてね？　私と八尋くんの秘密だから」

「ひみつ、ですか。それはどういう……」

「佐原くんて、そういうところが朴念仁《ぼくねんじん》よね。野暮なこと言わないの。――じゃあね、八尋くん」

響子の言葉に促されて、八尋は共犯者らしく小さく笑う。会釈をして廊下に出た。

引き返した事務所でアイスコーヒーを淹れ、相変わらずパソコンの前で唸っている三谷の席まで持っていく。頭を抱えていた彼は、八尋を見るなりほっとしたように表情を緩めた。

「ありがとー。ちょっと休憩しよ……八尋くんもコーヒー持ってくれば？」

「えーと、じゃあちょっとだけ」

合間の小休止は各自適切に取っていい、というのがこの事務所の方針だ。このあとの予定を思い返して、八尋は三谷の提案に乗ることにした。

「隣に来てるの、響子さんだっけ。八尋くん、あの人にかなり気に入られてるよね。歓迎会の後半もずっと一緒だったしさ」

「話し相手がいなかったから気にしてくれたんじゃないでしょうか。優しくて面倒見のいい人ですよね」

「……響子さんを優しいって思える時点で十分気に入られてるってば。そういや響子さんて部分的にしょちょーと似てるもんな。趣味も一緒だったりして」

「東上さんに、似てますか？」

思いがけない台詞に、八尋はまじまじと三谷を見た。その視線を受けて、三谷は重々しく頷いて返す。

「こないだの二次会の時、始まった早々にしょちょーと響子さんが話し込んでたじゃん。うっすら寒い会話してたの、聞いてない？」

「話してるのは見ましたけど、内容までは」

顔を合わせたらすぐ響子に謝罪と断りを入れるつもりだった八尋に、自分が先に話すからと東上がストップをかけたのだ。話している間は離れているように指示された上、ご丁寧にその間は佐原によって隔離されていた。

「うあ、そういやそうだったかも……あのふたりが揃うといろいろ強烈なことになるんで、見かけたら待避な。八尋くんもそれは覚えといた方がいい」

「はあ」

よくわからないなりに頷いて、ひとまず休憩を終えた。使ったカップとグラスをまとめて洗い終えると、パソコンの前の三谷に声をかける。

「じゃあ、おれ倉庫にいますんで」

「りょーかい……あ、そうだ八尋くん、携帯持った？」

「あ」

指摘されて、そうだったと思い出す。デスクまで引き返し、充電器に差さっていた携帯電話を手に取った。

　バイト中の連絡用にするから事務所外に出る時には必ず持って歩くようにと、三日前に東上に渡されたものだ。持ち帰っても私用に使っても構わないと言われたけれど、八尋はあくまでバイト用の時のみ持ち歩いている。

「あとさ、八尋くん今夜ひま？　よかったらレイトショーに行かない？」

「レイトショー、ですか」

　携帯電話を手に三谷に目をやると、「そう」と大きく頷かれた。

「めでたく正式バイトになったんだから、そのお祝いと親睦《しんぼく》を兼ねてさ。小山と三人で夕飯食って映画行って、最後はうちにお泊まりとかどうかな」

「お泊まりって、でも三谷さん、今夜は彼女さんとデートだって昨日言っ……」

「昼にメールが来てた。急な仕事で約束キャンセルだってさ」

「そうなんですか？　でも、小山さんの予定とかは」

「八尋くん次第だってさ。なあ、オレの鬱憤晴らしも兼ねてつきあってよ」

　年上の、社会人に対して失礼だとは思うけれど、左右の頬を膨らませて拗ねる三谷は子犬のようだ。「なあなあなあ」と駄々を捏ねられたら、それ以上逆らえなくなった。

「えっと……返事は、東上さんに断ってからでもいいでしょうか」

「えー、そこでしょちょーの許可が……って、ああ、うん、わかりました。しょちょーがいいって言ったらね？」

無邪気な子犬の風情が、一転して古狸に変わる。意味ありげというより下世話な笑みを浮かべた三谷に、八尋は慌てて抗弁した。

「下宿代代わりに炊事引き受けてる関係上、おれの一存では決められないです。あの人、下手に放置するとまともなもの食べないし」

「そうかもねー。しょちょー、八尋くんのごはん美味しいってよく言ってるし」

「おれのが美味しいんじゃなく、デリバリーとか出来合い弁当が好きじゃないだけですよ。外食ではふつーに食べてますし」

「うんうん、そうだよねー。今日だって八尋くんとお昼一緒できないって文句言ってたしねー。ゴチソウサマでしたー」

「――――」

だからそれは違うと、何度言っても無駄なのは昨日一昨日で学習済みだ。言えば言うほど誤解が深まっている気がするくらいだから、ここは流して逃げるのが一番だろう。

そそくさと事務所を出、ふたつ隣の倉庫のドアの施錠を外して中に入った。明かりを灯《とも》して室内を見渡すと、かすかにこもったような臭いがする。

今、八尋がやっているのは倉庫内にある品物のリスト化と整理だ。東上曰く「各々のスタッフが滅多に使わない資料や品物を片っ端から押し込んだ」結果、詳細なリストがなく未整理の状態だという。

昨日一昨日でできる範囲の掃除をし、「明らかなゴミ」は集めて捨てた。今日から大まかな分類に入るものの、混沌とした棚を見ると気が遠くなってくる。とはいえ、目の前に自分の仕事があるという事実にはひどく安心できた。

「映画って、最後に観たのいつだったっけ」

空けた場所に運んできたコンテナの中身を仕分けしながら、ふと考えてみる。大学受験前後はそれどころではなかったし、入学式を終えてからは新生活に慣れるのに精一杯で、そういえば一年以上映画館に近づいていない。考えてみれば、遊びに行くこと自体ずいぶん久しぶりだ。

一昨日、東上から一週間分のバイト代を渡された。いらないと断ったら食費水道光熱費その他もろもろを含めた滞在費とバイト代の内訳を具体的な数字つきで説明されて、結局は強引に押しつけられたのだ。

（入院費は、そうだなあ……毎月バイト代の一割を返してもらうってことでいい？）

おもむろにそう言った東上に、その場で一割を返した。律儀にも領収証を出してくれた東上に負けじと交渉し、下宿代代わりに家事全般は自分がやると申し出た。

真面目な話、炊事と片づけをするだけで部屋代と食費と水道光熱費が無料になるのはあり得ないと思ったからだ。ストレートにそう言ったら、東上は仕方なさそうな顔で、それでも最後には笑っていた。

――夕飯とレイトショーに誘われてすんなり頷けたのは、結局のところ日常生活が落ち着いたからこそだ。その証拠に一昨日から今日にかけての三日間だけで、八尋はこの四か月間思いもしなかったことを考えるようになっている。

たとえば自分の今後についてや、今もあの家で暮らしているだろう「家族」のこと。そして、――四か月前のあの出来事のこと。

もう二度と、帰らない。会うつもりも話すつもりもない。そう決めていたけれど、本当にそれでいいのかと考えることが増えた。自分は本当はどうしたいのか、このままでは後悔するんじゃないのか。思うことは山のようにあるのにはっきりした結論が出ないまま、ぐるぐると同じ場所で迷っている――。

「……――」

上着のポケットの少し厚みのある感触は、一昨日の朝からずっと入ったままの封筒――妹宛《あて》の手紙だ。歓迎会を終えた帰りに寄ったコンビニエンスストアで封筒と便箋《びんせん》と切手を買い、その夜のうちに書き上げた。すぐに投函するつもりで切手も貼ったのに、未だにここに押し込んだままだ。

小さく息を吐いた時、背後でドアが開く音がした。振り返った先、隙間から半身を覗かせた東上を認めて、八尋はどきりとする。

「お疲れさまです。……コーヒーですか？　それならすぐ」

「それもあるけど、もうじきひなが帰ってくるから事務所にいてくれる？」

「あ、はいっ」

携帯電話を見ると、確かにそろそろ頃合いだ。作業を中断しコンテナを片づけながら、戸口に立ってこちらを見ている東上を意識してしまう。

「三谷に誘われたんだって？　夕飯のあとレイトショーに行って泊まりか」

「あー……えーとですね、上映まで時間があるんでいったん帰って夕飯と、明日の朝食の支度をしておこうと思うんです。レンジで温めたり、ドレッシングかけたりするくらいなら面倒ってことはない、んじゃないかと」

だから行ってもいいかと訊こうとして、それではまずいような気がしてきた。

仕事の都合ならともかく、八尋が遊びに行くために東上に不自由させるのは、何だか間違ってはいないだろうか。

語尾を濁して悩んでいる間も、東上は黙ったままだ。沈黙が気になってそろりと顔を上げてみて、八尋は胡乱に眉根を寄せてしまう。

楽しそうな顔で八尋を眺めていた東上は、目が合うなりくすくすと笑い出した。

「いいから行っておいで。食事のことは気にしなくていいよ。こっちで適当にやるから」

「却下します。東上さんの適当は信用できません」

顔を顰めて言い返した八尋を見た東上は、「おや」とでも言いたげに苦笑した。

「仕事絡みで夕飯に誘われてるんだ。夜中までかかりそうだから、たぶん朝までマンションには帰らないと思うよ。状況からいくと、朝も仕事関係で人と一緒になるはずだしね」

「それ、確実ですか?」

「気になるならレシート貰って帰ろうか。……っていうか八尋くんて時々、口うるさい奥さんみたいになるよねえ」

いきなり言われた内容に、かっと顔が火照りそうになった。慌ててむっとした顔を作って、八尋は東上をじろりと見上げる。

「こっちは偏食児童を持った母親の気分なんですけど。——レシートはいりませんけど、ちゃんと食べてくださいね。何とかバーを齧って終わりにするのはなしですよ」

「はいはい。過保護なおかーさんだねえ」

「それ、事務所で言わないでくださいね。からかわれるの、おれなんですから」

厭そうな返事が面白かったのか、東上はくすくす笑ったままだ。片づけを切り上げて近づくなりぐりぐりと頭を撫でられて、先に外廊下に出されてしまった。

「……ですからおれとひなちゃんを同列にしないでくださいって」

「からかわれたら僕のせいにしとけばいいよ。とんでもない偏食児童だから手がかかってしょうがないとかさ」

「言ったところで、結局遊ばれるのはおれだと思うんですけど」

倉庫を施錠した東上について事務所に戻り、スタッフ人数分のコーヒーを淹れた。それぞれの席に配ったあとは、事務所のすみに新しく入った書棚へ向かい、途中だった過去の報告書の整理に入る。こちらも急がないと言われているので、比奈が来た時点で終わりにする予定だ。

書類箱の中身を確認しながら、八尋は気付かれないよう目だけを上げる。窓際の席についた東上は電話中らしく、受話器を耳に挟んだ格好で話しながらパソコンに向かっていた。

東上とふたりきりになることが、少し怖くなった。――東上の反応がではなく、自分の変化が、だ。

他愛のない一言で顔が熱くなったり落ち着かなくなったりは日常茶飯事で、さっきのようにふいに声をかけられると心臓が勝手に跳ねる。頭を撫でられるのも以前は子ども扱いだとむっとするばかりだったのに、今は意識していないと振り払うのを忘れそうになる。

朝食を一緒に摂って、東上の車で出勤する。退勤はそれぞれ別でも夕食は基本的に一緒だから、支度をして東上の帰りを待つ。――三日前までと変わらないありふれた日常の中で、東上が関わることだけにたびたび動揺させられる。

三日間悩んで考えたら、認めるしかなくなった。つまり八尋は東上が好きなのだ。それも、あり得ないことに恋愛感情として、だ。その証拠に八尋ときたら、元依頼人の女性たちの影が東上につきまとうのを見るたび、なくしたくないものの在処を確かめるように繰り返し目を向けてしまう。自分が男だということに、これまで知らなかった息苦しさを覚えている。

好きになったところで、どうにもならない相手だ。男同士というだけで無理なのに、年齢は二桁も離れている。東上から見れば、二重の意味で対象外に決まっている。

どうして、こんなことになったんだろう。自分の中に生まれた気持ちを持て余しながら、八尋にできることと言えば東上に気づかれないよう以前と同じ態度を保つことだけだ。

初恋は実らないものだと言うし、無理だとわかっているなら諦めるのが一番だ。自分にそう言い聞かせて、どうにか問題なく過ごしている。

「これで十分、だよな……」

継続でのバイト先があって、住む場所も確保した。今後のことも、少しずつ考えられるようになってきた。その全部をくれたのが東上で、その東上からどういう意であれ「気に入った」と言ってもらえたのだ。それ以上を望むのは贅沢《ぜいたく》というものだろう。

「た、だいま……おにいちゃん、いますか？」

「こっちにいるよ。すぐ行くから待ってて」

出入り口から聞こえた声に、八尋は手元の書類を片づける。ランドセルを背に待っていた比奈の元へと急いだ。

夕食は、小山が気に入っているというパスタの店に行くことになった。

席についてオーダーをすませるなり、三谷が持参していた雑誌をテーブルに広げる。映画情報のページを開いて、八尋の前に押し出した。

「どれに行くか、八尋くんが決めて」

「え、あの、何でおれが」

「だってこれ歓迎会兼ねてるしぃ。主役を優遇するのは当たり前じゃんね」

にんまり笑って、三谷は小山に目を向ける。成り行きを眺めていた小山は呆れ混じりの視線を三谷に向けてから、おもむろに八尋を見た。

「言い方はアレだが概ねまんまだ。深く考えずに好きなの選べばいい」

「でも、歓迎会ならもうやってもらいましたし。三人で行くんだったら三人で決めた方がいいんじゃあ」

「それはそれ、これはこれ。だってオレら先輩だもーん」

「歓迎されるのは初回だけだぞ。いいから喜んどけって」

軽いノリで言い切る三谷に微妙な顔をしながら、小山はそれでも加勢した。料理が届く頃には八尋の方が根負けして、もっとも興味を引かれたアクション映画に決めさせてもらった。映画館の場所と上映開始時刻を再確認して食事にかかりながら、八尋はこの席についてからのやりとりに懐かしさを覚えてしまう。

家出の時に携帯電話を持ち出さなかった八尋は、四か月間、友人の誰とも没交渉だった。カプセルホテルで寝起きし毎日バイトを探す余裕のない生活では新しい友人も望めず、気を抜いて立ち話をする相手も皆無だった。

映画はもちろん誰かとの外食や気楽な雑談も、縁のないものと諦めていた。東上に出会わなければきっと、諦めていたことにすら気づかないままだったに違いない。

「しょちょーがＯＫしてくれてよかったー。勇気出して言った甲斐があったっ」

「そりゃそうだ……けど所長、ちゃんと夕飯食ってるかな。また何かのバーとか奢ってたりして」

「一食くらいそれでもいいんじゃね？　前はそれしか食ってなかったっぽいし」

三谷も小山も健啖家《けんたんか》らしく、喋りながらもどんどん皿の上が減っていく。その様子を感心して眺めながら、八尋は口を挟んでみる。

「それはないと思いますよ。夕飯は仕事がてら人と食べるって言ってましたし、朝もひとりじゃないそうですから」

「お。ってことは、やっぱり所長、彼女がいるの隠してるわけか。実は遠距離か、多忙同士で滅多に会えないかじゃないかと思ってたんだよ」

とたんに食いついた小山の言葉に、一瞬呼吸が止まった。八尋のその様子を気にしてか、三谷は露骨に呆れ顔で手を振っている。

「いや、それはないわー。そもそも隠すって意味不明じゃん。それに、一応でも彼女がいるのにあの食生活はナイだろ」

「そうか？　あの所長だったら面白がってやりそうな気がするが」

「そんなんいるんだったらむしろ披瀝《ひれき》すんじゃゃね？　電話もご訪問もすげえ面倒がってるじゃん。ってか、それ以前にあのしょちょーに耐えられる女がいるとは思えないんだけど」

「三谷、おまえ何げにすごい失礼なこと言ってるぞ……」

　今しも東上がどこかから出てくるとでも言いたげに、小山が周囲を窺っている。本気なのかパフォーマンスか、しばらくそうしてからおもむろに言った。

「そりゃ確かに所長って癖あるけど、条件で言えば優良物件だろ？　仕事は文句なしにできるし見た目も悪くない。ってか、客受けはうちで一番いい」

「それ、外面がいいのの裏返しじゃん。今一番客受けがいいのって八尋くんだと思いますー。しょちょーはアレだよ、悪い人じゃないだろうけど何考えてるかわからなすぎ」

「それはまあ、そこが売りっていうか特徴……って、もしかして八尋くんは何か聞いてない？　所長に彼女とか、いそうな感じ？」

　目を丸くして聞いていたら、唐突に小山に話を振られた。一拍惚けたあとで、八尋はどうにか答えを探す。

「え、っと……おれ、東上さんとこに来てやっと十日ですし。うちで見る限り、仕事してるか本読むか寝てるかで、女の人が訪ねてきたりとかはない、ですよ？　あと、東上さんちのキッチン預かってたの佐原さんだって聞いてますけど」

最後に台所情報を付け加えると、三谷は勝ち誇ったように小山を見た。

「ほれ見ろ。言った通りじゃん」

「いや待てって。十日じゃわからないこともあるだろ、遠距離で数か月に一度会ってるのかもしれないし！　あの所長だったら同居人に知られず彼女を囲う実験やってるかも」

「実験……違う種類のならやってそうな気が……いや、それはない、よなあ？」

どことはなしホラーじみてきた小山の後半の言い分への三谷の答えは、さらなるホラーに発展したようだ。何とも言えない気分で眺めていると、目が合った三谷が視線で謝ってきた。

謝られても困るだけだ。というより、そこで謝ってもらう理由がない。そういう意図を込めて見返しながら、事務所スタッフが東上をどう見ているかをつぶさに思い知らされた気がした。

食後のコーヒーを飲み終え、時間を見て席を立つ。まとめて会計をすませたのちに徴収と言い出した小山がレジ前に向かうのを横目に、八尋は三谷と連れだって店を出た。

見上げた空は建物に狭められ、凹凸のある川のように見える。ネオンサインが強すぎるせいか、星はほとんど見あたらない。

「ごめんなー。オレ、小山に八尋くんとしょちょーのこと言ってなくてさあ」

「……それ永久に言わなくていいですから。といいますか、三谷さん、そろそろそれ忘れませんか」

自覚の上で隠蔽《いんぺい》を心がけている今、面と向かって言われるのは正直きつい。三谷に本心を教える気はないし、三谷だって八尋が本当に「そう」だと知ったら応対に困るだろう。

「ええ、何でー。オレ、味方だって言ったじゃんよー」

「や、敵も味方もないですし」

ぶつぶつと文句を言う三谷に苦笑しながら、ポケットから財布を取り出した。頼んだセットの値段は覚えているけれど、果たしてあれは税込みだったか、それとも税抜きの価格だったのだろうか。

「悪い、待たせた」

「いえ、ありがとうございます。えっと、おれが頼んだヤツですけど」

店から出てきた小山に声をかけると、にっと笑みを向けられた。

「八尋くんは歓迎会の主賓だからタダな」

「えっ、でも」

「そー、八尋くんはいいの。はいそれ収めてねー」

背後からやってきた三谷に財布ごと手を取られ、上着のポケットに押し込まれる。あ、と思った時には小さくかさりと音がして、足元に白い色が滑り落ちた。

「え、あっ」

「うわ、あれ？　ごめん、オレが落としたんだ⁉」

ぎょっとしたらしい三谷が、すぐさま屈んで拾い上げる。手の中の封筒を不思議そうに眺めて、そのまま八尋に返してくれた。

「すみません。ありがとうございます」

「いやこっちこそごめん……てか、それ切手貼ってあるんじゃん。そこにポストあるから入れといたら？」

言って、三谷は歩道の隅を指す。目をやると、そこには夜目にも赤いポストが立っていた。手の中の封筒が、急に重みを増したような気がした。ポストを見たまま動けずにいると、三谷が不思議そうに言う。

「出さないんだ？　まあ、ポストならどこにでもあるけどさー」

「……出しときます。実は、昨日出しそびれてて」

何も知らない三谷の声に、背中を押されたような気がした。

一昨日も昨日も、ポストを眺めながら結局投函できなかったのだ。明日にと言い出したら、また同じことになるに決まっている。

下手に考えたら動けなくなりそうで、八尋はまっすぐポストに近づく。ポストの口に封筒を入れると、手紙が底に落ちる音が聞こえた気がした。

踵を返して、八尋は三谷たちに歩み寄る。笑顔を作って言った。

「すみません、行きましょうか」


最寄り駅に帰り着いた時には、すでに終バスはなくなっていた。

時刻を思えば当たり前だと肩を縮めて、八尋は上着の前をかき寄せる。予想した以上に冷える夜になったらしい。近いうち、もっと分厚い上着を買った方がよさそうだ。

「帰る、か」

相変わらず星の少ない空を見上げて、八尋は夜の中を歩き出す。

――三谷の部屋に泊まる予定だったのが、急遽《きゅうきょ》取りやめになったのだ。映画が終わった直後に三谷のスマートフォンに彼女からの着信があるのがわかって、小山とふたりして折り返すように促した。結果、三谷は半月ぶりに彼女に会うことになった。

小山からは「じゃあうちに来る?」と誘われたけれど、彼は八尋と同世代の妹と二人暮らしだ。さすがにこれは断ることにして、つい先ほど駅前で別れた。

日付が変わった真夜中の通りは人影がなく店舗もほとんど閉まっていて、見知った場所のはずが知らないどこかに迷い込んだ気がしてくる。たまにはいいかとのんびり歩いてみると、これまで知らなかった看板や路地をいくつか見つけることができた。

「……あ」

昔ながらの円柱形の郵便ポストがふと目について、つい足が止まる。思い出すのは、投函した手紙のことだ。

四か月、意識していっさいの連絡を断った。そんな八尋が妹に手紙を出すきっかけになったのは、四日前の二次会で響子と話したことだ。

酔っ払って盛り上がる事務所メンバーを横目にお礼とお詫《わ》びを伝えた八尋に、響子は見とれるような笑顔を向けて言ったのだ。

（いきなり無理を言ったのはこっちだから、おあいこにしましょうか）

楽しそうに笑う様子にほっとしたあとは、八尋が知らないこの周辺の地理や観光スポット、それに地元で知られた美味しい店をあれこれと教えてくれたのだ。ろくに出歩いていなかった八尋にはどれも貴重な情報で、夢中になって聞いた覚えがある。

——そこからどうしてそうなったかは、よく覚えていない。けれど、気がついた時には八尋は響子を相手に、四か月前に失ってしまった家のことを——家族のことを、ぽつぽつと口にしてしまっていた。

母親が八尋を、義理の父親が妹を連れて再婚前の顔合わせをした時、妹が義父の背中に隠れたまま出てこなかったことや、その妹が八尋を見て初めて笑った時のこと。再婚後しばらく八尋に「ねえ」とか「あの」と声をかけていたのが、ある時怒ったような真っ赤な顔で「おにいちゃん」と呼んでくれたこと。それを境に、何かと八尋のあとをついて歩くようになったこと。

なかなか馴染めなかった義理の父親が、夜中に部屋の窓から星を見ていた八尋のところにやってきて、困った顔で「星座の名前を教えてくれないか」と頼んできたこと。星座盤を見せたら何だか難しい顔になって、真新しい双眼鏡をいじり回していたこと。――二か月後の八尋の誕生祝いには天体望遠鏡を買ってくれて、以降一緒に扱い方を覚えて星を見に出かけるようになったこと。

片づけが苦手な母親が右往左往するのを見かねた八尋が家事を手伝っていたら、いつの間にか妹や義父まで手を貸してくれるようになっていたこと。それを喜んだ母親がお礼にと弁当を作って、四人でドライブに出かけたこと。

(ひなちゃんといるのを見た時も思ったけど、だから八尋くん、女の扱いが上手なのね。お母さまと妹さん、両方大事にして甘やかしてたみたいね?)

(甘やかしてた、つもりはないんですけど)

(十分甘いと思うわよ? だから妹さんも八尋くんが大好きだったんでしょう)

この四か月間、家族を思うたびやりきれないほど胸が痛くて苦しかった。もう馴染みだったはずのその痛みを、けれど響子の言葉には感じなかったのだ。代わりに、気持ちがヒリつくような——切りつけたばかりの傷が疼《うず》くような痛みを覚えた。

信じてもらえなかったから、家を出た。もう無理だと、妹も義父も八尋や亡くなった母親に愛想を尽かしたのだと、そう思い知らされたから、帰ろうとは考えられなかった。

けれど、本当に「そう」だったのだろうか。そんな問いが、八尋の中に小さく芽吹いたのだ。

違うと訴えても、反応が鈍かった。妹は愕然《がくぜん》と八尋を見つめ、父親は八尋の言葉を遮った。それは、違《たが》えようのない事実だ。

——けれど、そこで逃げたのは間違いではなかっただろうか。あの日、あの時の言葉や表情だけで絶望するより先に、時間をかけてでもきちんと八尋の事実を話すべきではなかったか。

そうすれば必ず信じてもらえたとは限らない。けれど、八尋が自分で言わなければ、義父も妹も八尋の状況などわからないのだ。

今さらでも、せめて一言だけでも、八尋の言葉を伝えられないだろうか。妹たちが耳を傾けてくれることを、願ってはいけないだろうか……？

(手紙って、……いきなり出したら迷惑でしょうか)

唐突にぽつんと言った八尋に、響子は「どうして？」と笑った。

(便利でいいじゃない。読みたければ読めばいいし、読みたくなければ読まなくていいだけ

だもの）

そう言った響子は、きっと八尋の状況を察していたに違いない。やみくもな肯定ではなく冷静な事実を告げられて、「それもそうか」とすんなり覚悟が決まった。

読みたくなければ、読まなくていい。――八尋と話す気がないのなら、返事はまず届かない。だから、その覚悟さえしておけばいい。

ふと軽くなった気持ちで、思い知る。結局、八尋はあの妹と義父を家族だと思っていたいのだ。だから、こんなにも拘っている。信じてくれないならいらないと、すっぱり諦めることができずにいる……。

「返事、来るかな。来ないかも、だけど」

ぽつんとつぶやいて、八尋はゆっくりと歩き出す。歩道を歩く足音が、奇妙に耳についた。

東上に許可を貰い、差出人住所には彼のマンションを記した。妹に手紙を出したいと告げただけで、東上は「じゃあうちの住所、教えとこうか」と言ってくれた。

過剰な期待はすまいと、八尋は自分を戒める。響子が言った通り、手紙を読むも読まないも、返事を書くも書かないも妹の自由だ。

「それで答えは出る、し」

返事が来れば、話す余地はあるかもしれない。なければもう一度諦めるだけだ。少なくとも、曖昧な気持ちを引きずっているよりはいい。

マンションまで残り十メートルになった時、煌々《こうこう》と明るいエントランスから出てくる長身が目に入った。駐車場に向かうひょろ長い背中は、誰のものか見間違えようがなく。

「東上、さん……？」

今夜は不在なのではなかったか。怪訝に思った時、ヘッドライトを灯した車が出てくるのが目に入った。八尋も通勤のたび乗せてもらっているシルバーの普通車はほんの数秒だけこちらに助手席を見せただけで、すぐに道路に合流し遠ざかっていく。――助手席にいた人の残像を、八尋の中に残して。

「響子さんと、一緒、だったんだ……じゃあ、今夜の仕事って響子さんの？」

自分がこぼしたつぶやきに、ざわりと胸の中で何かが揺れた。

響子の依頼内容を、八尋は詳しく知らされていない。人を探しているらしいと漏れ聞いた程度だ。

頭を振って、八尋は早足でマンションに入る。合い鍵を使って中に入り、エレベーターに乗った。

「忘れ物とか、取りに来たの、かも」

吐息に近いつぶやきは、けれど玄関ドアの中に入った瞬間に途切れた。

知っている、匂いがしたのだ。凛《りん》とした、それでいて柔らかい――十数時間前に響子と話している時に嗅《か》いだのと、同じ。

「響子さんの、香水……？」

背中で閉めたドアの音に紛れて、その声は八尋自身にもよく聞こえなかった。

9

「あのね、きのうおかーさんにあいにびょういんにいったの」

「そうなんだ。会えてよかったね。何話した？」

「がっこうのことと、おじさんのことと、おにいちゃんのこと。おかーさん、おにいちゃんにおれいいいたいっていってた」

笑顔で言って、比奈《ひな》は手元の折り紙に目を戻す。真剣な眼差《まなざ》しで折り進められる黄色い色紙は、これからパンジーの花になるはずだ。すでに作り終えた紫のパンジーと併せて、焦げ茶色で作った鉢をつけて台紙に貼ればきれいな花のカードができあがる。

ちなみに八尋《やひろ》は言葉をかけるだけで手は出さず、やはり折り紙で薔薇《ばら》の花を作成中だ。出来上がりの写真を見た比奈の作りたいという要望に応えて、本を参考に折り方を確認しているのだ。

「八尋くん、やけに手慣れてるな。もしかして特技か」

「まさか。小学生の頃、妹が夏休みの工作で花籠《はなかご》作るのにつきあったくらいですよ」

通りすがりにデスクを覗《のぞ》き込んだ佐原《さわら》は、八尋の返事に感心したように眉《まゆ》を上げた。

「それでそこまでやれるなら、十分特技なんじゃないのか？」

「本見ながら作るくらい、誰だってできますって」

苦笑した八尋とパンジー作りに熱中する比奈を見比べて、佐原は思い出したようにこちらを見た。

「昨日、病院に見舞いに行ったのは聞いた？」

「はい。今、ひなちゃんから」

「そうか。——幸い容態が落ち着いてきて、面会時間も増えることになったんだ。で、八尋くんに直接お礼が言いたいと言ってるんだが」

「……ひなちゃんのお母さん、ですか？」

念押しのように訊《き》いてみると、佐原はあっさり肯定した。厳《いか》つい顔を、ほっとしたように緩めて言う。

「まだ体調に不安定なところはあるんだが、大人の面会なら構わないらしい。手間をかけさせるが、明日にでも病院に行ってやってくれないか」

「それ、もう気にしなくていいですよ。ひなちゃん本人にお礼言ってもらったし、一週間分の休暇もいただいてます。これ以上お礼言われたら、おれの方は居たたまれないです」

「そこは諦《あきら》めろ。親としてきちんとしたいらしくてな」

さすがに返答に詰まった八尋を見下ろして、佐原は口の端を上げる。

「礼は一言ですませるよう、俺から言っておく。東上《とうじょう》にも話は通す。せっかくの休みにすまないが、頼む」

頭まで下げられてしまうと、もう断りようがなかった。結局は了解し、休日になる明日の午後三時にマンションまで迎えに来てもらうことに決まる。

席に戻る佐原を見送っていると、花を仕上げた比奈が歓声を上げて八尋を見上げてきた。

「おにいちゃん、おはなできたー」

「ん、きれいにできたね。じゃあ今度は鉢を作ろうか」

「はあい」

大きく頷《うなず》いた比奈が、黄色い花を紫に重ねて置く。折り紙の束から焦げ茶色の紙を取り出すのを眺めながら、八尋は小さく息を吐いた。さりげなく見渡した事務所の奥、窓際の指定席に東上の姿はない。

三谷たちに誘われてレイトショーを観に行った日から、今日で一週間になる。

本人が言っていた通り、東上は朝になっても帰らなかった。結局明け方まで起きていた八尋はふたり分の昼食を作り終え、東上の帰りを待って肘掛《ひじか》け椅子でうたた寝していたところを、いつものあの声で起こされたのだ。

（八尋くん、もしかして僕が帰るの待って、昼を食べてないの？）

寝不足でしょぼつく目を凝らしてようやく横に東上がいることと、目の前のローテーブルにふたり分の食事を準備したままだったのを認識したのだ。

（悪かった。電話しても出ないから、まだ三谷《みたに》のところにいるのかと思ってたんだ）

昼食は外ですませてきたと詫《わ》びられて、どうにか首を横に振った。その時、東上からふわりと、昨夜玄関先に残っていたのと同じ香りがしたのだ。

寝起きのせいだけでなく、頭の中が真っ白になった。

つまり、東上は昨夜も今朝も響子《きょうこ》と一緒にいたのだ。それも、香りが移るほどの距離に。

（ごめん、悪いけど寝させてもらっていいかな。さすがに徹夜はきつかった）

詫びを言う東上を、気にしなくていいからと寝室に送った。遅い昼食を終えて自室に引き上げる時、初めて留守電のランプが光っているのに気がついた。

……改めて考えてみれば、八尋は東上のことをほとんど何も知らない。つきあいが長い響子の方がずっと東上のことを知っているのは当たり前で、なのにそう思ったとたんにどろりと濁った感情が生まれるのがわかった。

嫉妬《しっと》しているんだと、呆然《ぼうぜん》としながら思い知った。その後、事務所を訪れた響子に笑顔を作るのが難しくなっていると気がついて、慌てて優等生の自分を奮い立たせた。

八尋にとって、優等生でいることは自分の身を守る鎧《よろい》と同義だ。実父が亡くなったのちに夜の仕事についた母親は子どもの目にも美しく放っておけない人で、そのせいか本人は自重していても勘違いした客につきまとわれることがたびたびあった。

そのうちのひとりが近所に住む妻帯者だったのが、きっかけだったらしい。ある時を境に突然、周囲からの憶測や中傷の的にされるようになったのだ。母親に似た八尋もまた、当時通っていた小学校で揚げ足取りやあげつらいの種にされた。

下手な反論や反撃は、かえって嘲《あざけ》りの口実にされる。だったら誰にも文句が言えないようにしようと、幼い八尋は決心したのだ。好成績を取り聞き分けよく利発に振る舞いながら、母親の負担を減らすよう頑張った。誰に対しても優しく、どんなことがあっても穏やかに受け流すことを覚えたら、それは大きな武器になった。

常に優等生でいるのが、八尋の日常だったはずだ。響子や東上にもそのつもりで対処すればいい。実際、響子相手にはそこそこうまくできたと思う。

なのに、肝心の東上が相手になると無理だった。取り繕えば取り繕うだけぎこちなくなって、自分でも収拾がつかなくなっていく。

片思いでいいと、決めていたはずだ。自分はただのバイトであって、運良く今だけ東上の傍《そば》にいられる。それでいいと満足していたつもりだったのに、今はひどく苦しい。

「ばら、きれいねえ」

歓声に似た声に我に返ると、比奈が八尋の手元を覗き込んでいた。考えている間も手は動いていたらしく、手の中では立体的な朱色の薔薇がきれいに咲いている。

「ひなもそれ、つくりたい。つくれる？」

「試しにやってみようか。何色がいい？」

「あのね、ぴんくがいいのー」

比奈と一緒に折り紙を選びながら、八尋は気を取り直す。――都合がいいと、考えればいい。東上が忙しくしている間に、どうにかして元の自分に戻ればそれですむ。

自分にそう言い聞かせながら、八尋はそれでも消えてくれない焦燥を持て余していた。


「ああ、八尋くん、ちょっと待っててくれる？　僕も一緒に帰るから」

思いがけない言葉に困惑して、八尋はたった今、コーヒーを出したばかりのデスクの主――東上を見返した。

「……は、い？」

出かける時に帰りは遅いと自己申告していた東上は、けれど比奈が迎えにきた祖母と連れだって帰ってから間もないうちに事務所に戻ってきていた。何でも、ありえないほどのとんとん拍子で話が進んだのだそうだ。

とはいえ、定時まで残り三十分足らずだ。いつものように帰りは遅いのだろうと察して、コーヒーを出したところだった。

「ん？　何かある？」

不思議そうに訊かれて、八尋は返事に詰まる。ぶつかった視線を逸《そ》らすこともできず、お見合い状態のままで言った。

「でも東上さん、まだ書類残ってるんじゃないですか？　明日明後日《あさって》は休みですし、今日中にすませておいた方がいいんじゃあ」

「今日はもう無理。能率が悪すぎるし、疲れたから帰る。——ああ、でも車だから買い物にはつきあうよ。重いものとかかさばるものとか、まとめ買いの荷物持ちも引き受けるし」

「ええと……買い物は、ひとりでもどうってことないんですけど」

朝は東上の車に便乗して出勤する八尋だが、帰りは別々になるため買い物はいつも徒歩だ。とはいえ、それで困ったことは一度もない。

嬉しいか嬉しくないかと訊かれれば、躊躇《ためら》わず嬉しいと答えたい。けれど、今は勘弁してほしいのが本音だ。

……間違っても、東上に不審に思われたくないのだ。いつもの優等生に戻るまで、もう少し猶予が欲しい。

「じゃあ、そういうことでよろしく。他に買い物あったら寄るから考えておいて」

「はあ」

思いはするものの、本音では嬉しいのだから拒否しきれるはずもない。結局定時二分過ぎに、八尋は東上と一緒に事務所をあとにした。

行きとは逆の、いつもは歩きながら見る風景がやけに新鮮だった。ふだん通りと自分で自分に言い聞かせながら、八尋はスーパーへの寄り道を頼む。

「すぐ戻りますから、東上さんはここにいてください」

駐車場で停まった車中でそう言ったのに、東上は「いや、行くよ」とあっさり運転席から降りた。

「たまには荷物持ちくらいしないとねえ。ちょっと興味もあるし」

「……興味って、スーパーにですか」

「うん。最後に来たのっていつだったかなあ」

駐車場を突っ切りながら、東上が言う。その隣を歩きながら、あの食生活ではスーパーと縁がなくても無理はないと納得した。

「トイレットペーパーとか歯磨き粉みたいな日用品、どこで買ってたんですか?」

「ネットだね。うちまで届けてくれるから楽なんだ」

「じゃあああの、東上さんがふつーに食べてた黄色いアレは」

食器棚の抽斗《ひきだし》にひとまとめにして入れてある栄養補助食品を思い出して訊いてみると、あっさり「それもネット。箱ごと買えるサイトがあるから」と言われてしまった。

「……それ、常備するのやめましょうよ。あれは常食にするものじゃないと思いますよ?」

これだけは言っておかねばと口調を強くして、八尋は出入り口傍に積んであった店内籠を手に取る。直後、それを横から取り上げられた。

「ちょ、東上さ——」

「荷物持ちは有効に使おうよ。あと今の話だけど、これからも八尋くんがごはん作ってくれるんだったら買うのやめてもいいなあ」

「——は、あ……?」

思わず見上げた自分を、内心で罵倒《ばとう》した。

八尋を見下ろす東上は、定番のにこやかな笑みを浮かべている。眼鏡の奥の目の色は明らかに楽しそうで、それを見るなり顔が熱くなってきた。

気力を振り絞って放った声は、自分の耳にも突《つ》っ慳貪《けんどん》に聞こえた。

「それ、佐原さんに言ってあげてくださいよ。たぶんすごく安心するんじゃないですか?」

「残念ながらすごく厭《いや》な顔されただけだったよ。とっとと嫁貰《よめもら》えってどやされたしね」

さらりと返されて、それでなくとも苦しかった胸がじわりと痛む。同時に、一週間前に玄関先にあった残り香を——今週も一度顔をみせた響子を、思い出した。

買い物メモに集中するフリで、八尋は言葉を探す。目についたコンソメの箱を手に取り、東上が持つ籠の中に落とした。

「そういう台詞《せりふ》って、ふつう恋人に言うものじゃないですか？」

「あー、言われてみれば確かにそうだ。今ならうちに呼んでも引かれずにすみそうだし、ちょっと考えてみようかな」

笑い混じりの返答は、恋人がいるようにもいないようにも取れる。東上がこういう言い方をするのはいつものことなのに、いつになくずんと胸に痛く感じた。

「八尋くん？　どうかした？」

「……、あ、いえ！　ちょっとメモし忘れがあった気がしたので。それより東上さん、彼女さん呼ぶ前に自分の部屋は片づけとかないとまずいんじゃないですか？」

見透かされたような気がして、慌てて言い繕った。そんな八尋を不思議そうに眺めて、東上は何かを企《たくら》んだように笑う。

「そこは逆手に取らなきゃ駄目だって。あの部屋の状況を許容できる人を選別するのにちょうどいいでしょう」

「……そんな都合のいい人、いない気がしますけど」

「いるんじゃないかなあ。八尋くんだってそうだよね？」

当然のように言われて、今度は全身が熱くなる。思考が回らないまま手近の棚にあった商品を眺めて、必死で自分に言い聞かせた。――もちろん、こんなの軽口に決まっている。

「おれ、男ですし。許容してるわけじゃなく、下宿人だから口を出さないだけですよ？」

「言い換えるとそうなるね。それで八尋くんも僕も納得してるんだからいいんじゃない？」

笑顔でさっくり言われて、一瞬思考が迷子になった。

また煙《けむ》に巻かれたのだと気づいたのは、精算を終えて袋詰めした荷物を持つ東上について駐車場へと向かう頃だった。


「今度から、休みの時に一週間分のまとめ買いに行くことにしようか。もちろん車は出すからね」

「え、何でですか？」

帰り着いたマンションの駐車場で車を降り、歩いてエントランスに向かう途中で急にそう言われて、八尋は困惑した。

「それなら週日の買い物が最小限ですむでしょう。歩きで帰るのに荷物が重いのはきついだろうし」

「きついってほどの距離じゃないですよ。ストック管理して、重いものは分散させて買ってますし。そんなこと気にする暇があったらゆっくり休んでください。身体《からだ》が保ちませんよ？」

即答した八尋を見下ろして、東上は苦笑する。またしても、頭上にぽんと重みが乗った。

それだけで跳ねる心臓に、内心で辟易《へきえき》する。

「八尋くんて、八尋くんだよね。律儀というか真面目」

「はあ。面白味がなくてすみません」

「そこがいいって褒めてるんだけどなあ。あ、ちょっと郵便見てくるから」

エントランスを入って右手には、管理人室とメールボックス、そして宅配ボックスが入った空間が並んでいる。そちらへ向かった東上を見送って、八尋は小さく息を吐いた。

――妹からの返事は、まだ届いていない。あえて考えないようにしているものの、バイト帰りにここを通るたび、思い出すのはどうしようもない。

じきに東上が姿を見せる。集合玄関から中に入り、エレベーターに乗った。

夕飯メニューの準備を頭の中で算段し、玄関ドアからまっすぐキッチンに直行した。東上の手から買い物袋を受け取って、ひとまず調理台の上に置く。

「すぐ支度しますから、東上さんは先にお風呂すませて――」

「八尋くん。その前に、これ」

「はい？」

袋の中身を探っていた手を止めて目を向けると、東上が白い封筒を差し出していた。

どくんと、心臓が音を立てた気がした。

最初に目に入ったのは、八尋自身の文字だ。教わってすぐのこのマンションの住所を、間違えないよう丁寧に書いた。目を走らせてみても、封は切られていない。

まさか、宛先不明で戻ってきたのか。

脳裏に浮かんだ可能性はそれで、無意識に息を飲んでいた。指先で封筒を摘《つま》んでひっくり返すと、八尋は今度こそ呼吸を止める。

宛名の部分を、見覚えのない白い紙が覆っていた。そこに書かれた文字は､「受取拒否」だ。

つまり、妹はこの手紙を受け取ることすら拒絶したことになる。

「………」

指先まで凍り付いたように、動けなくなった。

……手紙を書く時、宛名を妹にするか義父にするかで少し悩んだ。最終的に妹にしたのは、四か月前の経緯がどうあれ再婚以来ずっと八尋に懐いてくれていたからだ。

やはり、信じてはもらえなかったということか。話を聞くどころか、関わりたくないという明確な意志を突きつけられた――。

「これ、誰の字かわかる？」

「……え、……」

目が痛くなるほど見つめていた「受取拒否」の文字を、長い指が軽く押さえる。それを見て、ここに東上がいたことを思い出した。

「あ、あのっ」

自分の胸に封筒を押しつけながら、今さら隠しても無意味だと内心で臍《ほぞ》を噬《か》んだ。

住所を借してほしいと東上に頼んだ時、返事が彼の目に止まることは想定していた。ほぼ居候の自分に、メールボックスの暗証番号を教わる権利はないからだ。

けれど、それ以上のことを気取《けど》らせるつもりはなかったのだ。何とかやり過ごして、うまくいった時だけ報告しようと思っていた。

「ごめん。詮索《せんさく》するわけじゃないんだけど気になってね。——これ、本当に受け取り人が書いたのかなと思って」

「本当に、って」

思いも寄らない言葉に、八尋は改めて封筒を見る。四つの文字を眺めて違和感を覚えた。

試験前になるとノート持参で八尋に勉強を教わりに来ていた妹は、女の子らしい丸文字を書く。お気に入りだったその文字を、高校生になって「子どもっぽい」と言い出して、八尋が書く文字を羨《うらや》むようになっていた。

「受取拒否」の文字は、流れるような滑らかさがかえって癖を感じさせる筆致だ。丸文字とはまったく違うし、無骨で男っぽい義理の父親の文字でもない。

八尋の表情で答えを察したらしく、東上は封筒を手に取った。文字を眺めて淡々と言う。

「配達済みの郵便物って、ポストの構造次第では簡単に取り出せるんだよ。受取拒否だってこうして紙に書いて貼るか、直接封筒に書いてポストに入れるだけだから、本人以外の誰でもできる」

「え、……」

「極端な話、相手の手元に届く前に郵便物が手に入れば勝手に受取拒否できるんだ。書き文字が本人のものじゃないなら、その可能性も否定できないよね」

「別の、誰か……」

おうむ返しにつぶやいた瞬間、特定の人物——「彼女」の顔が脳裏に浮かんだ。

一直線に疑惑が向くのは、最後に別れた時の「彼女」が八尋に向けた悪意があまりにも強烈だったせいだ。

「で、念のため聞いてみるけど。この文字は知ってる人の？」

これには、はっきり首を横に振った。同時に、「でも」という感情がゆらりと浮いてくる。受取拒否したのが「彼女」だとしても、それが妹の本意でないとは限らない。妹は「彼女」にとても懐いていたし、女性同士の気安さか八尋や義父にも言えないことを「彼女」に相談していた素振りもあった。

……妹が「彼女」に手紙の処理を頼んだ可能性を、否定する材料はないのだ。

奥歯を噛んだ八尋の前で、東上は封筒を調理台に置く。そのまま、廊下へと続くドアの向こうに消えてしまった。

どうしてか、置いて行かれたような気持ちになった。息をひそめ身を固くして、八尋は返ってきた封筒を見つめる。

やがて戻ってきた足音が、目の前で止まる。顔を上げかけたところで、見慣れない携帯電話を差し出された。

「これ、あげるよ。八尋くんの好きに使って」

「……でも、あの」

「今月末が有効期限のプリペイドなんだ。利用金額を越えたら月末前でも利用できなくなるから、そこだけは気をつけて」

「いえ、いただくわけには」

手のひらに載せられそうになって慌てて引っ込めたら、少々強引に腕を摑《つか》まれた。わざわざ指で握り込む形にされて、八尋は途方に暮れる。

「プライベートで買ったはいいけど、予定が変わって使わずじまいだったんだ。このまま期限切れにするより、八尋くんに使ってもらった方がいい。その気になった時に、いつでも連絡できるようにね」

「連絡って、誰、に」

「もちろん手紙の宛先の相手だよ。第三者が介入している可能性があるなら、手紙は駄目だ。直接会うのが一番いいけど、それが無理ならせめて相手の携帯電話に連絡した方がいい。……それ、ショートメールしか送れないから覚えておいて」

あっさり言われて、八尋は手の中の携帯電話に視線を落とす。

「もちろん、連絡するもしないも八尋くんの自由だ。あと、それはバイト料の一部ってことで返品はなしでよろしく」

最初から決まっていたことのように言って、東上はぽんと八尋の頭に手を乗せる。もう馴染《なじ》んだその重みに、胸の中がじんわりと温かくなった。

「ここにいて、もらっていいですか。——メールを、送ってみますから」

気がついた時には、そう口にしていた。

連絡するとしたら、おそらく今だ。気がかりも疑問も、時間を置けば置くだけ諦めに傾いてしまうに決まっている。

無駄になるとしても、せめて一言伝えたい。ただ、ひとりでそうするのは心許《こころもと》なさすぎて、だから今だけは東上に傍にいてほしかった。

東上は、静かな顔で頷いた。すぐには踏み切れない八尋を見越してか、キッチンカウンターの向こうに視線を投げる。

近くにいてほしいけれど、じっと見ていられるのは困る。そんな八尋の矛盾を見越しているような態度に、どうしようもなく安堵《あんど》した。

数字の並びが偶然実父の誕生日に似ていたことから、妹の携帯電話のナンバーは覚えている。ショートメールの本文を打ち込み、妹のナンバー宛に送信した。直後に響いた耳慣れない着信音に、顔が強《こわ》ばるのが自分でもわかった。

送ったメールが、宛先不明で戻ってきたのだ。

近寄って画面を覗いた東上と目が合って、波立っていた気持ちがすうっと落ち着いた。今度は通話画面にナンバーを打ち込んで、おもむろに耳に当てる。まもなく聞こえたアナウンスは、このナンバーは現在使用されていないというものだ。

全身から、力が抜けた。食器棚に寄りかかって、八尋は手の中の携帯電話を見つめる。電話番号とメールアドレスが気に入っているからと、妹は機種変更でしか携帯電話を変えない。その機種変更も、八尋が出て行く二か月前――今から半年前にやったばかりだ。

八尋の連絡を避けるために、携帯電話を変えたのか。脳裏に浮かんだ可能性に息を殺していると、近くでふいに気配が動く。頭上に落ちてきた重みにのろりと顔を上げると、穏やかに見下ろす東上と目が合った。

さっきから撫《な》でられっ放しだと、場違いなことを急に思う。そのあとでゆっくりと、思考が動き出した。

……家の状況が実際どうなっているのかは、今の八尋には窺《うかが》い知れない。手紙にしろ妹の携帯電話にしろ、考え込んだところで無意味だ。

それなら今、何ができるのか。せっかく出した勇気をもう少しだけ振り絞ることはできないか。

もう一度携帯電話を持ち上げて、通話画面に先ほどとは別のナンバーを打ち込んでいく。

画面に表示された数字の羅列を確かめてから、思い切って通話ボタンを押した。

ゆっくり呼吸をしながらコール音を数えて、ちょうど三つめで通話が繋《つな》がる音がした。

『長月《ながつき》です。現在、留守にしております――』

自宅電話の留守電アナウンスは、義父が吹き込んだものだ。三年前に電話機を新調した時、取扱説明書を読みながら声を残す様子を、母親と八尋と妹の三人で冷やかしながら見ていたのを思い出した。

メッセージを促す電子音を聞いても、すぐには声が出なかった。焦るうちにこちらを見ている東上と目が合って、それだけですとんと気持ちが落ち着く。

「……八尋です。あの、長いこと連絡しなくてごめ――」

つっかえながら言い掛けた、その途中でいきなりぶつんと音がした。え、と思った時にはもう通話終了の音が聞こえていて、八尋は思わず携帯電話を見る。待ち受け画面に戻ったそれをもう一度耳に当てたものの、当然のことに何の音もしない。

もう一度、十桁《けた》のナンバーを押した。すぐに聞こえ出したコール音は、けれど留守電に繋がることなく延々と続く。通話を切ってやり直しても結果は変わらず、八尋は呆然と携帯電話を下ろした。

「……最初は繋がったんだよね？」

状況はわかったらしく、確認のように東上が訊く。頷いて、八尋はぽつぽつと言った。

「留守電の、メッセージを吹き込んでる途中で切れたんです。かけ直したら、もう繋がらなくなってて」

「切れる前に声とか聞こえた？」

「いえ、何も」

家族四人で暮らしていたあのリビングに、誰かがいたということだ。八尋のメッセージをリアルタイムで聞いて、強引に通話を切った。そのあと留守電を解除して、あえて出ずに放置している。

「――……さっきの手紙と今の電話だけど。どっちも八尋くんの事情に関係するんだよね？」

長い沈黙を破って、東上が言う。びくんと肩が揺れたのはわかったけれど、ここで嘘をつくのは無意味だと頷いた。

「こっちで調べることもできるけど、その気はある？」

「え、っ……」

ぎょっと顔を上げた八尋を見下ろして、東上は冷静に言う。

「受取拒否も今の電話も、誰がやったのかわからないっていうのが気になるんだ。先方に気づかれないように調べる方法はいくらでもあるから、そこは心配しなくていい」

「や、めてください！　そんなこと、必要ないですっ」

考える前に、言葉が口から出ていた。そんな八尋を見下ろして、東上は急に真顔になる。

初めて目にしたその表情がいつもとは別人のように見えて、八尋は無意識に呼吸を詰めた。

「でも八尋くん、納得できてないよね」

「そ、れは」

「このまま放っておいても、かえって気になるだけじゃないかな。だからって、やみくもに動くのも勧められない感じだし。まずは状況を把握して、改めてどう出るか検討した方がいいと思うけど」

「そ、――」

東上の、言う通りだ。八尋の行動がすべて拒否されているとわかった上で、それでも八尋の中から「だけど」という思いが消えない。「受取拒否」は妹の文字ではなかったし、自宅への電話を切ったのが妹や義父だとは限らない。実は間違いなんじゃないかとどこかで思いたがっている。

それは間違いない、けれども。

「……でも、おれ依頼料とか払えません。今でも東上さんに借金してる状況ですし」

本格的なバイトになってから知った事務所の基本調査費用は、八尋には冗談にしか聞こえないほど高額だった。人件費と手数料込みだそうだが、案件によっては経費が追加されるという。義父と妹が暮らす家までは新幹線でも数時間かかる距離だから、その交通費や宿泊料も経費になるが、そんなものつい先日まで住所不定身元不明のフリーターだった者に払えるはずもない。

「八尋くん、うちのバイトだから社割使えるよ。今なら新人割引も適用するけど」

「結構です。必要ないですから忘れてください。っていうか、そんな簡単に借金推奨しないでくださいっ」

「堅実っていうか、真面目だよねえ。小山《こやま》や三谷あたりなら、自分からモニター割引持ちかけて来ると思うけど」

口元だけでくすりと笑って、東上はまっすぐに八尋を見た。

「だったら僕個人で調査しようか。自主的な研修に八尋くんをモニターにしたってことで」

目の前に差し出された提案に、膨らんでいた懸念がいきなり破裂した。気がついた時には、八尋は逃げるように声を張り上げている。

「いりません！　余計なこと、しないでくださいっ」

「余計なことって、——八尋くん？」

「身元や事情の詮索はしないって約束したじゃないですか！　おれの事情がどうだって、東上さんには関係ないですっ。頼んでもいないのに、勝手に踏み込んでこないでくださいっ」

自分が放ったその声をワンテンポ遅れて認識し、何を言ったのかと呼吸が止まった。そろりと顔を上げた先には顰《しか》めっ面の東上がいて、不機嫌そうに鼻を鳴らす。

「余計なことに、関係ない、ね。……まあ、確かにその通りだけど」

抑揚のない声は平坦で、感情の欠片《かけら》すら感じさせない。そんな声を聞いたのは初めてで、取り返しのつかないことをしたのだと思い知った。

親身になって気にかけたからこその、提案だ。わかっているのに、どうしても厭だった。東上にあの経緯を知られるくらいなら、恩知らずだと思われ呆《あき》れられた方がましだ。

それは確かなのに、嫌われたと思うと全身が竦《すく》む。何か言わなければと思うのに、思考どころか舌も唇《くちびる》も固まって動いてくれない。

張りつめたような沈黙が、落ちた。

ややあって、東上が短く息を吐く。びくりと身を竦ませた直後に、間近でふわりと気配が動いた。同時に、目の前がふっと暗くなる。

「……ごめん。僕が悪かった」

「――、……」

「そんな顔をさせたかったわけじゃないんだ。もう言わないから、忘れて」

頭の後ろを、そっと撫でられる。俯《うつむ》いた前髪が、何かに当たってさらりと音を立てる。長い腕に、宥《なだ》めるように背中を叩かれた。

東上に、抱き込まれているのだ。強引にでなくやんわりと、小さな子どもを慰めるように、長い腕の中に包まれている。

頭の中が、真っ白になった。そこに、ため息のような声がぽつんと落ちてくる。

「できればもう少し、信用してほしいんだけどねえ」

「……っ」

鋭い針を、急所に押し込まれた気がした。身動きが取れないまま、八尋は髪を撫でる手を、背中に触れる指を感じている。

そのまま、どのくらいの時間が経っただろうか。とてつもなく長かった気がするけれど、おそらくほんの数分――あるいは一分にも満たなかったのかもしれない。

「夕飯だけど、今日は外に食べに行こうか。八尋くんは何が食べたい？」

苦笑混じりの声とともに、周囲から東上の気配が消えた。おそるおそる見上げた時にはすでに東上との間には距離があって、よく知ったにこやかな笑みを向けられている。

笑おうにも、強ばった頬がうまく動かない。悄然《しょうぜん》と俯くと、頭の上にあった重みが二度三度と弾むように動いた。

「今の時間ならどこでも開いてるよね。前に小山が言ってた蕎麦屋《そばや》とかどうかな」

ふだんと変わらない東上の声に、先ほどの出来事が夢だったのか現実だったのかもわからなくなった。

「八尋くん？　希望言わないと、僕の一存で決めちゃうよ？」

ひょいと身を屈《かが》めて覗き込む東上の様子に、ふっと腑《ふ》に落ちる。要するに、なかったことにしてくれるということだ。八尋の頑迷さに諦めたか、あるいは面倒になったのか。どちら

にしても八尋にはありがたいはずで、なのに心臓の奥の痛みが強くなった。

「……すぐ作りますよ。東上さんはお風呂どうぞ。上がったら食べられるようにしておきますから」

東上に合わせて何でもないフリを装った。そんな八尋に、東上は首を傾《かし》げて言う。

「たまには外食もいいんじゃない？　出かけるのが面倒ならデリバリーとかさ。チラシ、取ってあったはずだよね」

「冷蔵庫の中に、今夜使いきってしまいたいものがあるんです。それと東上さん、実はデリバリー苦手だったりしますよね？」

指摘に、東上は眼鏡の奥で意外そうに目を瞠《みは》った。

八尋がキッチンを預かるようになったとはいえ、昼は外食するか弁当を買うか、デリバリーを頼むのが常だ。そして外食はともかくデリバリーや弁当になった時の東上は、目に見えて食欲を落とす。

味付けの濃いものや油っぽいものが苦手らしいのだ。気づいて昼の弁当も作ることを提案したら、そこまで負担はかけられないと断られた。

「好きじゃないけど、たまにはいいんじゃないかな。八尋くんにも家事休みが必要だろうし」

「歓迎会と、レイトショーの時に休ませていただいてますから。それに、おれが作るのは簡単な手抜き料理です。気にすることないです」

外食に行こうがデリバリーを頼もうが、手持ち無沙汰《ぶさた》になったあげく会話に困るのは目に見えている。それなら勝手を知ったキッチンで食事を作った方がずっとましだ。そんな思いで言い切ると、東上は仕方なさそうに折れてくれた。

風呂に向かう東上を見送ったあと、夕飯の材料を調理台に並べながら八尋は息を吐く。

東上が退いてくれたことに、心底ほっとした。

調査のために出向いた東上が耳にするのは、「彼女にとっての真実」かもしれないのだ。その時、東上は八尋をどう思い、どんな視線を向けてくるのか。

「……、――っ」

考えただけで、包丁を握る手が不自然に震える。ゆっくり深呼吸をして、八尋は先ほど自分の中で爆発した感情が恐怖だったことを思い知った。

(できればもう少し、信用してほしいんだけどねえ)

耳の奥で、先ほどの東上の言葉が――穏やかな声が、よみがえる。

初対面では胡散《うさん》臭い、得体がしれないと思った東上は、今になってみてもよくわからない部分が多い。けれど、ほんのわずかな目線の動きや一瞬の反応で、対象の出来事や人物への好悪程度なら区別がつく。

東上は、八尋にそれなりの好意を抱《いだ》いてくれている。だからこそここに置いてくれるのだろうし、手紙や電話の顛末《てんまつ》を知った上で八尋を信じてくれたのだろう。

……なのに、申し出に頷けないのだ。東上なら大丈夫だと、「彼女」の言い分を知った上で八尋側に立ってくれると、信じることができない。

奥歯を噛んで、八尋は調理台の上の携帯電話に目を向ける。上着のポケットに押し込んで、夕飯作りの続きに戻った。

もう慣れたはずのふたりでの夕飯が、いつになくぎこちなくなった。雑談していても、自分の声が遠く聞こえてしまう。

「八尋くん。明日なんだけど、僕は出張が入ったから」

食後のお茶を飲みながら、思い出したように東上が言う。初めて聞く話に、八尋は目を見開いた。

「明日、ですか？　休みなのに？」

「緊急でね。朝六時過ぎには出るから、八尋くんは朝食とか気にせず寝てるようにね」

「でも、それじゃあ」

「せっかくの休みだから朝寝坊するといい。僕は駅で弁当かおにぎりでも買うよ。新幹線に乗るから食べる余裕もあるし」

当たり前のことのように告げられて何も言えなくなったのは、間違いなく帰宅直後の言い合いのせいだ。

風呂をすませ自室に引き上げて、八尋は小さく息を吐く。

戻ってきた手紙も、繋がらなかった電話も痛かった。

それに負けないくらい、東上のあの言葉は胸に痛みを残していた。

10

八尋が初めて「彼女」と顔を合わせたのは、母子ふたりの生活から両親と妹の四人暮らしになって半月が過ぎる頃だった。

妹の買い物につきあっている時に、「彼女」から声をかけてきたのだ。

(あれえ、エミちゃんだ！　買い物？　何買うの？)

全開の笑顔で飛びついていく妹――雛子《ひなこ》の様子だけで、かなり親しい間柄だとは知れた。

引き合わされた「彼女」は八尋の母親より若く、ふわりと巻いたセミロングが似合う可愛らしい女性で、蕩《とろ》けるような笑顔で雛子を受け止め、戸惑う八尋に目を向けた。

(雛ちゃん、せっかくだから自慢のおにいさんを紹介して？)

(うん！　あのねおにいちゃん、エミちゃんね、お母さんの――雛を生んだお母さんの、妹なの。お母さんが亡くなってからずっと、雛のこと面倒見てくれてたの)

ね、と「彼女」を見上げる妹の表情だけで、本当に信頼している相手だと伝わってきた。

互いに自己紹介をし、もっと話したいという妹の要望で喫茶店に移動する。場所を提案したのは「彼女」で、当時まだ小学生だった八尋には否とは言えなかった。

「彼女」の行きつけだという喫茶店のテーブルについて、およそ二時間過ごしただろうか。会話はほぼ妹の独擅場で、八尋は完全に聞き役に回り、「彼女」——児島江美《こじまえみ》は慣れたふうに合いの手を入れては妹と一緒にはしゃいでいた。

叔母姪《おばめい》というより、友人か姉妹のような関係だ。うっすらとそう認識した八尋は、けれど実を言えばその時点で江美に対して苦手意識を抱いていた。

喫茶店で過ごす間に、幾度となく江美の視線を感じたからだ。大人の女性らしい可愛らしさの隙間から、鋭い刃物が覗いている——そんな印象を覚えていた。

幸いにも、八尋と江美の接点は、それ以降ほとんどなかった。雛子にとっては叔母でも、さすがに再婚した家庭にまで割り込んで来なかったからだ。その間に、出来立ての家族は互いを気遣いながらゆっくりと馴染んでいった。

八尋は、再婚後の母親がほっとしたように雰囲気を緩めるのを知って安堵と同時に少し落胆した。どんなに自分が頑張っても、評判の優等生になっていても、母親をあんなふうに笑わせることはできないと知ったせいだ。

屈託なく懐いてきた雛子があっという間に大事な妹になったのとは対照的に、義理の父親になった長月とはなかなかうまく距離が計れなかった。とはいえ再婚時に迷わず八尋と養子縁組してくれたことには感謝していたから、趣味の天体観測を通じて歩み寄ろうとしてくれたのをきっかけに半年を待たず当たり前のように彼を父と呼ぶようになっていた。

この家族に恥じない存在になろうと、それまで以上に頑張った。地元で一番ランクの高い高校に合格した時も、喜んでくれる家族の存在がとても嬉しかったのだ。ふとしたことで長月が八尋が自らと同じ進路を進み同じ職種を目指すのを望んでいると知った時には、それならとすぐに志望大学を長月の母校に変更したほどだった。

穏やかで優しい日常は、八尋が高校三年の夏休みを終える頃に唐突に壊れた。——母親が、町内会の買い出しに向かう途中で交通事故に巻き込まれたのだ。連絡を受けた八尋が病院に駆けつけた時、事故に遭った時車を運転していた近所の男性も、その助手席に乗っていた母親もすでに亡くなっていた。

何が起きたのか、すぐには理解できなかった。呆然と動けない八尋の感覚はその時ひどく遠くなっていて、しがみついてくる妹の体温と泣き声だけを確かなもののように感じていた。通夜を経て葬儀が終わっても、遠くなった感覚は変わらなかった。家の中で母親の声がしないのがひどく不思議で、なのに母親が亡くなったことをきちんと認識している。

宙に浮いたような曖昧《あいまい》さを残しながら、八尋は忌引きを終えて高校に戻った。雛子は中学へ、長月も会社へ出勤し、何かを置き去りにしたまま日常が流れ出す。

家事は八尋が受け持った。父親は毎日帰りが遅かったし、妹は高校受験を控えている。残った家族の中では八尋が一番その手のことに慣れていたし、何より八尋自身がそうして忙しくすることを望んだ。

そこに「彼女」――江美が現れたのだ。不自由だろうから少しでも力になりたいと、言ってきた。

通常なら断るはずだったが、詳しく聞いてみれば発端は妹の雛子だった。大学受験を控えた八尋に家事のしわ寄せが来ているのを気にかけて、江美に相談したのだ。

八尋の様子を気にかけていたのは長月も同じで、けれど義父は江美の手を借りようとはしなかった。

(だったら家政婦さんを頼もう。江美さんに甘えるわけにはいかない)

(やだ。家政婦さんが来たら、おかあさんの場所がなくなっちゃう……っ)

反対したのは妹だ。家族四人の場所に他人が立ち入るのは厭だと、それなら江美に来てほしいと訴えた。

(むやみに押し掛けるつもりはないですよ。ただ、少しでも手助けができればと思うだけです。せめて、雛ちゃんと八尋くんの受験が終わるまでだけでも)

そうやって話し合いを繰り返した結果、江美に手伝いに来てもらうことになったのだ。本音を言えば八尋は断固断りたかったけれど、長月と雛子の様子を見ていたらそれを口に出すことはできなかった。

江美は、するりと長月の家に入ってきた。雛子がいる時間帯に訪れて家事をすませて帰っていくだけだったのが、いつの間にか家族団欒《だんらん》に混じっている。共有した時間だけを換算すれば長月や雛子とのつきあいは八尋より彼女の方が長く、その分だけ共通の話題も多い。その中に八尋が入れるはずはなく、八尋の母親と過ごした思い出を語るにはいくら何でも早すぎた。ついていけない話題に疲れて受験勉強を理由にその場を離れていると、長月たちは江美を含めた三人で家のことを片づけたり買い物に出ていたりする。ごくさりげなく、けれど確実に、八尋は長月の家で居場所のなさを痛感するようになっていた。

そんな頃に、江美の方から八尋に声をかけてくるようになったのだ。大学受験が無事終わり結果を待つ間を狙《ねら》ったように、妹の前で訊いてきた。

(八尋くん、もしかしてわたしのこと嫌い？　わたしが来ると、迷惑？)

(初めて会った時から、雛ちゃんのおにいさんならわたしには弟みたいなものだと思ってたのよ。なのに、全然会ってくれなかったでしょう)

(少しでもお手伝いできればと思っただけなんだけど……迷惑ならそう言ってくれない？　わたしも、無理に押し掛けようと思ってるわけじゃないのよ)

切々とした訴えに、まず覚えたのは違和感だ。優しく親身な言葉をかけられても、折に触れては感じた冷えた視線が気のせいだったとは思えない。

とはいえ、江美は妹にとって姉のような存在だ。前妻の死後から再婚まで親身になって妹の面倒を見てくれたという意味では、長月にとっても恩人だった。

無下にするわけにもいかず、八尋は「優等生」として否定した。それを聞いた妹が安堵の笑顔を浮かべるのを目にすればなおさら下手なことは言えなくなり、以降妹と彼女の誘いはよほどのことがない限り断れなくなった。

そんな頃に、あの噂《うわさ》を耳にしたのだ。三月の午後に長月に誘われて出た散歩の途中、歩いて十分の公園にさしかかった時だった。

——長月さんとこの奥さん、ほら亡くなった……

——水商売してた人だったんでしょ。派手だったし、複数の人とおつきあいしてたって。

——堂々と不倫はねえ……おまけに相手の人巻き込んで亡くなったんじゃあ……

——いつから会ってたの。役員になってから?

——ふたりきりで買い出しなんて、おかしいと思ったのよねえ。

ぎょっとして、その場で足を止めていた。

八尋たちが暮らす家は長月の前妻の生前に購入したもので、近所には八尋が母方の連れ子だと知られている。そのせいか、母親は近所づきあいには人一倍神経を使っていたはずだ。行事にはきちんと参加し、回ってきた当番や役員も引き受けた。婦人部にそれなりに溶け込んで、親しい友人もいたはずだ。——もっとも噂をする中にその「友人」がいる時点で、本当に親しかったかどうかは微妙だと思うが。

純粋な驚きが疑問に移り、次いで大きな怒りへと変化する。まっすぐ声の方に踏み出そうとした八尋を、その時背後から引き留めたのが長月だった。

八尋を見つめた長月が、無言で首を振って歩き出す。納得できないままそれでも従ったのは、ここで騒げばかえってマイナスになる可能性に気づいたのと、どうせ抗議するなら長月も一緒にと考えたからだ。

（お義父さん、さっきのあれって）

（ごく一部では噂になっているらしいな。直接言ってくる者はいないんだが）

（抗議は、しないんですか。きちんと否定しないと、母さんが）

（直接言われるなら言い返せるが、見た通り一部が内輪で言っているだけなんだ。それに、何かとふたりきりで動くことが多かったのは事実らしい）

長月の言葉に、返事を失った。白くなった思考を必死で働かせて、出た言葉はごく短かった。

（お義父さん、……母さんを疑うんだ？）

（信じたいとは、思っているが）

声もなく黙った八尋に、長月は懇願するように言う。

（八尋。雛子は知らないんだ。だから）

（――わかりました）

噂の二名がどちらもいないのだから、真相は藪《やぶ》の中だ。下手に騒げばかえって噂を煽《あお》る。

何より、雛子には聞かせたくない。そう言われたらもう、何も言えなくなった。

長月と、噂について話したのはそれが最初で最後だ。けれど、その記憶は八尋の中で少しずつ染みを広げていった。大学の入学式を終えて新生活に入ってもことあるごとにちらちらと思考を掠《かす》めるそれは深く沈んだ底で澱《おり》のように積もっていき――気がついたら八尋は長月に対して、一歩引くことを覚えてしまっていた。穏やかで優しい優等生の顔を保ちながら、八尋は母親が逝った時以上の居場所のなさに苛《さいな》まれるようになった。

――母親の葬儀のあとで、八尋は長月に養子離縁を切り出した。母親がいない以上、長月に八尋を養う義務はない。けれど、それを向こうから指摘されるのはきつい。だったら自分から言おうと考えた結果だ。

その時、長月は呆れ顔になって、指先で八尋の頬《ほお》を抓《つね》って言った。

(下らないことを考える暇があったら勉強しろ。浪人は許さないぞ)

あの時はあれほど近かった義父が、どうして今になってこんなに遠く感じるのか。考えても答えは見つからず、胸の中の澱は消えてくれない。行き場のない気持ちを持て余していた時に、江美から「助けてほしい」と頼まれたのだ。

自宅リビングの電球が切れてしまって困っている、というのだ。自分で取り替えられないから頼みたい、ということだった。

断りたいのは山々でも、優等生の八尋にはそう言えない。内心を押し隠して了承し、日時を決めて江美が暮らすアパートに向かった。二階にあった彼女の自宅リビングは比較的天井が高く、確かに女性ひとりではきついだろうと認識を改めた。

用意してあった脚立に登り、天井についた明かりのカバーを外して電球を交換する。下にいた江美のサポートで無事仕事を終えて脚立から降りる、その途中にいきなり肘を引かれた。

不安定な姿勢だったせいで呆気なく転倒した八尋は、そのままソファに倒れ込む。その直後、リビングから玄関へ続くドアが開き聞き覚えのある声がした。摑まれていた肘をさらに強く引きつけられて胡乱《うろん》に眉根を寄せたその瞬間に、すぐ傍で悲鳴が上がったのだ。

手荒い動作で押しのけられて、構える間もなくソファから床へと転がり落ちる。額をぶつけた衝撃で、くらりとした目眩《めまい》に襲われた。視界が落ち着くのを待ってようやく身を起こした時には、すでに廊下に続くドアの前で妹が江美を抱きしめていた。その背後には長月もいて、驚愕《きょうがく》めいた顔つきで八尋を見ていた。

どうしてこんな、と啜《すす》り泣く声がする。高めのその声は、しんとした室内にやけにはっきり響いていた。

妹にしがみついて泣く江美のブラウスの胸元が、不自然に大きくはだけている。大丈夫だから、もう心配ないからと宥めている妹の頰のラインはひどく強ばっていて、頑《かたく》なまでに八尋を見ようとしない。

目の前で風船がはじけたみたいに、「嵌《は》められた」と悟った。ずっと違和感があったのに、確かな悪意を感じていたのに警戒が足りなかった自分に心底呆れ返った。

違う、とやっとのことで声を絞った。

（何もしてない。電球取り替えて脚立から降りたら、いきなり引っ張られて転んだだけで）

（嘘っ！　やめてって何度も言ったのに、こんな――）

襟元《えりもと》をかき寄せる仕草が目に入ったのか、妹は彼女を庇《かば》うように抱きしめた。八尋を見る目には信じられないと言いたげな色があって、刃物を突きつけられた心地になる。

（……八尋。いったいどういう――）

（だから、おれは何もしてない！　転んだのだって、江美さんに急に引っ張られたせいで）

八尋の反論に、江美が「ひどい」とひきつった声を上げる。どうしてと続く声は涙で滲《にじ》んで、悲痛に聞こえた。

（……話はあとだ。まず場所を変えた方がいい。雛子、江美ちゃんを車まで連れて行ってあげてくれ）

お義父さん、という八尋の呼びかけは無視された。妹に促された江美がちらりとこちらを見て口の端で笑ったのを知って、かあっと頭に血が上った。

（だから違うって言ってるだろ！　おれだって、好きでここにいたわけじゃあ――）

（八尋！　話はあとだと言っただろう！）

言い掛けた声は、江美ではなく義父に遮られた。信じられない思いで目を向けた先、義父の険しい視線とぶつかって、無意識に下がった足がソファに当たる。

（隆道《たかみち》さん、怒らないであげて。わたしが軽率だったの。八尋くんに、無理な頼みごとをしたから）

割って入った江美の言葉は庇っているようでいて、実際は八尋の「起こしたこと」を真正面から肯定したものだ。あまりのことに絶句した八尋をよそに、彼女は「しかし」と言い掛けた義父に手を伸ばす。

（ちょっと魔が差しただけよ。八尋くんは本来、そんな子じゃないもの。――ねえ、八尋くん、そうよね？）

目の前で起きていることが、信じられなかった。浅くなっていた呼吸を継ぎながら言い返そうとした八尋を制するように、江美は言う。

（怒らないから、ちゃんと謝って。もうしないって約束して？　八尋くんだったらできるわよね？　そんなところで、お母さんと一緒にならないで――）

（……何だよ、それ）

発した声は、ほとんど吐息だった。それでも、八尋はどうにか言葉を継ぐ。

（何でそこに母さんが――うちの母さんがどうだろうが、あんたには関係ないだろ！）

（関係ないって、だって茗子《めいこ》さんは隆道さんに隠れて、他の男の人と……っ）

そこまで言って、わざとらしく自分で自分の口を塞《ふさ》ぐ。それを見ながら、頭を殴りつけられたような錯覚に陥った。

あの噂を、知っていたのは別にいい。けれど、なぜここでそれを口にするのか。

何も知らない、雛子がいるのに。

目を向けた先で、こちらを見ていた雛子と目が合う。直後、露骨に逸らされた顔は固く強ばっているものの、驚いた素振りはない。つまり、妹もすでに知っていたということだ。

(……江美ちゃん、ひとまず外に)

(はい。でも、足を挫《くじ》いたみたいで)

(俺が手を貸しても大丈夫かな?)

お願いします、と答えた江美を優しく抱き起こした長月は、肩を貸して歩き出す直前にちらりと八尋を振り返った。

(すぐ戻るから、八尋はここにいなさい)

他人のもののように聞こえた声が、廊下へ続くドアの向こうに消える。長月に支えられた江美を心配げに見上げた妹は、八尋を振り返ることもなくあとについて出ていった。

ドアが閉まる音が、すべての終わりに聞こえた。

……噂を知っていて、妹はそれを否定しなかった。長月も、苦い顔で黙っていた。

要するに、ふたりとも噂を信じたわけだ。八尋の母親は平然と不倫するような人間で、だから八尋が江美に乱暴を働くことも十分あり得ると考えている。

すとんとそう理解したら、何だか笑えてきた。

もういいと、ふいにそんな考えが浮かんできた。そんなに八尋のせいにしたいならすればいい、母親が不倫したと思いたいなら思えばいい。

元を正せば出来合いの家族だ。今回のことがなくても、きっと八尋はあの家に長くはいられなかった。

……そんなに邪魔なら、母親が逝った時に放り出せばよかったのに。冷えた思考でそう思ってから、今がその時かと気がついた。

八尋自身が疑われ母親のことも信じてもらえないなら、もう、いい。八尋が消えればそれですむことだ。

切り捨てるようにそう思ったら、不思議なほど素早く身体が動いた。玄関先から取ってきた靴をベランダで履き、手摺《てすり》の外から支柱に摑まって一階分を降りる。幸いにして駐車場が玄関側にあったので、長月たちに見つかることもなかった。

いつもの癖で上着のポケットに突っ込んでいた鍵を使い、愛用の自転車を引っ張り出す。飛び乗るなりペダルを踏み込んで、あとはひたすら走った。

わざと最寄り駅を避けて、ふだん使ったことのない路線の地下鉄駅に滑り込む。自転車を乗り捨て階段を駆け下りて、あとはＪＲ線へ、新幹線へと乗り継いだ。

途中でいったん改札口から出て、キャッシュディスペンサーで財布の中にあったカードの中身をすべて下ろす。その時にはもう、二度と長月の家には戻るまいと決めていた。どこにというあてはなかった。とにかく遠くに、二度と長月や妹に会わずにすむところに。それだけを考えて、時刻表をめくっていた――。


飛び起きたあとで、夢を見ていたのだと気がついた。

荒く響く呼吸を宥めながら、八尋は暗い室内を見回す。

天井に灯《とも》る小さな明かりも、それに照らされた木目の形も違う。ここは母親とふたりで暮らしたアパートでも四人家族で住んでいた長月の家でもなく、四か月ほど寝泊まりしたカプセルホテルでもない。寝泊まりするようになってまだ一か月にも満たない、東上のマンションの和室だ。

「……、……」

くにゃりと力が抜けた身体で、半端に被《かぶ》っていた布団を押しのける。枕元に置いていたプリペイド携帯電話を見ると、時刻はまだ午前四時にもなっていない。

――あの時、どうして逃げてしまったのか。

ずんと胸に落ちてきた後悔は、とてつもなく重くて苦かった。

長月と雛子の、疑いの眼がきつかった。信じてもらえないという事実に押しつぶされて、何もかもが終わってしまったと思った。

けれど、それは間違いだ。あの場に残って何度でも、「絶対に違う」と言い張るべきだった。江美が――「彼女」が何を言おうがどう振る舞おうが動じずに、長月や妹ときちんと話さなければならなかった。

八尋が消えて、「彼女」はさぞかし喜んだだろう。長月と雛子を味方につけて、今は平然とあの家で暮らしているのかもしれない。そう考えれば、受取拒否の手紙もつながらない電話も、すべて説明がつく。

奥歯を緩く噛んで、八尋はのろりと起き出した。手早く身支度をすませると、足音を殺してキッチンに向かった。冷蔵庫から下準備した食材を取り出すと、朝食用の弁当の支度にかかる。

ここに居るつもりなら、やるべきことはやって当たり前だ。そうでなければ東上の厚意に見合わないし、何より自分で自分が許せなくなる。

仕上げた弁当を包んだところで、廊下から続くドアが開いた。

「うわ、やっぱり起きてたんだ……ていうか何してるの」

顔を覗かせた東上はすでに身支度を終えていて、上着さえ羽織ればすぐにでも出かけられる様子だ。間に合ったことにほっとして、八尋はたった今できたばかりの包みを差し出した。

「これ、朝ごはんに。お茶は、駅とかであったかいの買ってってくださいね」

「作らなくていいって言ったのに……気持ちは嬉しいけど、寝不足だよね？　ここ、思いっきりクマ浮いてるし」

ため息混じりの声とともに伸びてきた指先が、そっと目尻をなぞる。八尋の肩がびくんと跳ねたのに気づかないはずはないのに東上の指が引く様子はなく、かえって目尻から頬、こめかみへと指先を柔らかくすべらせていく。

「ありがたく貰っていくけど、八尋くんはこのあと少し寝るんだよ。今日は夕方に比奈の母親んとこお見舞いに行くんだっけ。他に予定はある？」

「ないです、ね。……わかりました、寝直します」

「よろしい。ああそうだ、お見舞いに何買っていくか決めた？」

ひょいと腰を屈めた東上に訊かれて、八尋は無意識に後じさる。距離の近さに動揺しているのが自分だけということを空《むな》しく思うと同時に、変わらない東上の態度に安心した。

「まだ、です。佐原さんに、先方の好みとか聞いて決めようかと」

「それはよした方がいい。好き嫌いは特にない人のはずだから、八尋くんの趣味で選んだ方が喜ぶんじゃないかな。行けばわかると思うけど、たぶん佐原叱《しか》られるよ」

「しかられる、んですか？」

見舞いの品を持って行って叱られるとは何なのか。疑問を覚えて見上げたとたんに、ぽんぽんと頭を撫でられた。その感触を切なく感じながら、八尋は出かけて行く東上を玄関先から見送る。

いつも通り過ぎて謝るタイミングを逃したことに気がついたのは、自室の布団に入ったあとだ。

恩知らずな上に八つ当たりをしたのだから、険悪な空気になって当然だ。なのに東上はにこやかに、いつもの態度を崩さない。

要するに、それが東上の余裕であり気遣いなのだ。それに――落ち着いて考えてみれば、二桁も年下の未成年相手に社会人がムキになるはずがない。

許す許さない以前に、まともに相手にされていないのだ。あんなふうに八つ当たりした身でそれを悔しいと思ったところで、負け惜しみにもなりはすまい。

「東上さんの前でだけ、どうしてああなるかな……」

生意気な言い分だとは思うけれど、はっきり断言できる。昨夜あの場にいたのが東上以外の誰かだったなら、八尋はあんなふうに取り乱したりしなかったはずだ。それ以前に頼ることもなかったに違いない。

「呆れられた、かも……ああ、でもどのみちおれ、ずっとここにいられるわけじゃないし」

事務所のバイトはしばらくは続くだろうし、希望すれば正社員になれるかもしれない。そうすれば、物理的には東上の近くにいられる。ただし、その時はきちんとした覚悟は必要だ。

……東上だって、いずれは似合いの女性と結婚して家庭を作るだろう。それを目《ま》の当たりにしながら、周囲に気付かれないよう平然としていられるかどうか。

想像したとたん心臓の奥が苦しくなって、八尋は結局起き出した。

鬱々と考えているより、身体を動かしていた方がずっとマシだ。この際だからふだんはできないキッチンの換気扇磨きでもしようと、手早く着替え始めた。


家中の掃除と片づけをし洗濯物を干し終えたあとになって、八尋は空腹に気がついた。

そういえば、朝食はもちろん昼も食べ損ねていた。ちらりと確かめた時計は午後一時半を差していて、ひとまず何か食べることにする。

簡単に作ったチャーハンを腹に入れ、食後のお茶を飲む。無心に動き回っていたおかげか、鬱々とした気持ちはいくらか軽くなっていた。比奈の母親への見舞いに何を買おうかと考えていると、どこからか電子音が聞こえてくる。

初めて聞く音に、怪訝に腰を上げる。リビングダイニングに音源があるにしては遠いと思い廊下に続くドアを開くと、とたんに音が大きくなった。そのまま音源を追って辿りついたのは、八尋自身の部屋だ。

「……あれ」

昨夜、東上から貰ったプリペイドの携帯電話が、音と連動して点滅していた。そういえば、音を聞いたのはこれが初めてだ。

液晶画面に表示された十一桁のナンバーに見覚えはなく、かといって「出ない」選択はない。かけてきた相手は東上本人か、さもなければ東上の知り合いのはずだ。

「——はい、東上さんの携帯です」

第一声に悩んだあげく、あえてそういう言い方を選んでみる。けれど耳から伝わってくるのは沈黙ばかりだ。

間違い電話にしては妙な気がして首を捻《ひね》った時、ようやく細い声がした。

『ねえ、迷惑だからもうやめてくれない?』

「はい……?」

女性の声だとすぐに思い、直後にその声に聞き覚えがあると気づく。今朝夢に見たばかりの——八尋が長月から出ていくきっかけを作った、「彼女」。

『手紙も電話も、こっちにはいい迷惑なのよ。まだ諦めてないの? しつこく雛ちゃんや隆道さんに寄生するつもり?』

切り込むように言われて、思わず息を飲んでいた。そんな八尋をどう思ったのか、通話の向こうで声が鋭くなる。

『雛ちゃんは手紙なんか見たくも触りたくもなかったって気分を悪くするし。私がいて落ち着いてくれたからいいようなものの……受取拒否は隆道さんの指示だったんだけど、もう届いてるはずよ。なのに、当てつけがましく電話してくるってどういうこと？　人の気持ちが考えられないの？』

「——留守電の途中で通話を切ったの、あんたですか」

どうにか絞った声は、自分のものとは思えないほど低かった。湧《わ》いてくる苛立《いらだ》ちを堪《こら》えて、八尋はどうにか冷静になろうと努力する。

「迷惑も何も、あんたからそんなこと言われる筋合いはないです。第一、おれが何もしてないってことはあんたが一番よくわかってるはずだ」

『全然、反省してないのね。母親似なのは顔だけじゃないってこと？』

「——うちの母親を、ろくに知りもしないあんたにどうこう言われる筋合いはないね」

『ふうん。それが本性だったのね。雛ちゃんや隆道さんの前だといい子で猫被ってたけど、あれは母親譲りだったたってわけ』

せせら笑うように言われて、八尋はようやく我に返る。「彼女」の声を聞くなり馴染みの「優等生」がきれいに剝《は》がれていた自分を知った。

『まあ、そんなことどうでもいいけど。雛ちゃんも隆道さんもわたしを選んでくれたんだし？』

「選んだって、どういう」

『今わたし、隆道さんと雛ちゃんの家のリビングから電話してるの。ふたりとも留守なんだけど、好きに出入りしていいって合い鍵も貰ったのよ。ひとり暮らしは物騒だからここに引っ越してくるようにも言われてるの。もちろん、部屋も用意するって』

明るく弾んだ声は、けれど八尋の耳には濃縮された毒を含んで聞こえた。数秒、息を飲んだあとで、八尋はどうにか声を絞る。

「おれだけじゃなく、雛子やお義父《とう》さんまで騙《だま》したわけですか」

『騙したわけじゃないわ。こっちではそれが事実だもの』

「事実って、どこが」

『だって、雛ちゃんも隆道さんもそう信じてるんだもの。ああ、だけど未遂だってことで警察沙汰《ざた》にはしてないから、感謝してね？　捜索願はご近所の手前、出さないわけにはいかなかっただけだから、そこは変に勘違いしない方がいいわよ？』

畳みかけるような言葉に、ひどく厭な予感がした。口を噤《つぐ》んだ八尋をどう思っているのか、「彼女」は楽しそうに続ける。

『それにしても、あなた出て行って正解よ。結構な噂の的だもの。なのに今になって手紙や電話を寄越されてもねえ……こっちに戻ってどうする気？　第一、あなたが長月にいること自体間違いでしょうに』

「間違いって、そんなこと何であんたに言われなきゃ――」

『隆道さんを誑《たぶら》かしてまんまと結婚するあたり母親も相当な女狐《めぎつね》だったけど、あなたもかなりのものよね。隆道さんが優しいからって、実の父親でも親類でもないのに寄生して。雛ちゃんまで誑かして』

「……女狐はあんたの方だろ。それに、おれに長月の家にいていいって言ってくれたのはお義父さんだ」

強い口調で言い返すと、通話の向こうがふと黙った。

『確かにそうよね。その隆道さんを、あなたの母親は裏切ってたわけ。おまけに近所で変に噂までされて、隆道さんや雛ちゃんがどれだけ厭な思いをしたか、考えたことある？　そのふたりが、母親そっくりのあなたを近くで見ていて平気だとでも？』

「――――！」

突きつけられた言葉に、急所をもろに抉《えぐ》られたと思った。ぐっと奥歯を噛んだ八尋を目の前で見ていたかのように、「彼女」は声を高くする。

『隆道さんたちがどう思ってるかなんて、四か月前のあれを見ればわかったでしょう。あなたの母親もだけど、あなた本人も全然信用されてないのよ。その証拠に、ふたりとも迷わずわたしを信じてくれたじゃない』

勝ち誇ったような声が、やけに大きく耳の中で反響する。

『どうしても帰りたいなら止めないけど、あなたの居場所はもうないわよ。あなたの部屋はもうないし、大学も退学手続きが終わってるし。養子離縁に応じるなら、わたしが知り合いに頼んで住み込みの仕事くらい紹介してあげてもいいけど？　もちろん、噂が届かないような遠い場所のね』

「あ、んた……」

『今以上惨めになりたくなければ、余計なことはしない方がいいわよ。——隆道さんの指示で、念のため手紙の差出人住所は控えてあるの。あなた、トウジョウさんて人にお世話になってるんでしょ？　母親の件も含めて全部暴露されたら困るんじゃない？』

「——」

『もう二度と関わらないでね。これは隆道さんと雛ちゃんからの強い意向だから、いい加減自分の立場くらい自覚して？』

最後通牒《つうちょう》のように告げるなり、通話は一方的に切れた。

手の中の携帯電話を眺めて、どのくらい経った頃だろうか。我に返って着信履歴からリターンした時にはもう、相手の電話は応じなくなっていた。

（これは隆道さんと雛ちゃんからの強い意向だから）

（あなたの居場所はもうないわよ）

耳の奥でよみがえった声は、滴るほどの毒を含んでいた。声を失《な》くした八尋の内側に深く食い込んで、じわじわと染み込んでいく——。

「……——っ」

いきなり、インターホンが鳴った。

びくんと肩を跳ね上げて、八尋は携帯電話を取り落とす。再び響いた音で我に返って、慌ててリビングダイニングに走った。

インターホン専用の液晶画面の中、モノクロで映る佐原を認めて、そういえばと思い出す。真下に設置された固定電話が示す時刻は、午後三時十五分——思い切り、遅刻だ。

「す、みません！　すぐ、降りますっ」

『わかった。慌てなくていいからな』

あっさり返った言葉の、語尾を聞く前にキッチンに駆け込み火の元を確認する。自室に戻り上着を羽織り、財布と合い鍵をポケットに突っ込むと、大急ぎで玄関を出た。

11

「はじめまして、ひなの母の高瀬由香理《たかせゆかり》です。いつもひながお世話になっております」

産院の病室で初めて顔を合わせた女性——佐原の姉は、斜めに起こしたベッドに横たわり、まだ膨らみが目立たないおなかを守るように手を当てていた。八尋の顔を見るなり、まだ小学生の娘とよく似た笑顔を浮かべる。

真正面からの混じりけのない好意に、沈んでいた気持ちがふっと浮上する。今は考えまいと、八尋は一時間半ほど前の電話を無理にも記憶の底に押し込んで蓋をした。

「……ええと、八尋と言います。こちらこそ、佐原さんにはいろいろお世話になってます」

「あら、そうなの？　亮《りょう》がお世話してもらってるんじゃなくて？」

「礼を言われるほどの世話はしてない。ついでに、世話されてるのは俺じゃなくて東上だ」

花のように笑った彼女の問いは、どうやら最初から佐原に向けられていたようだ。憮然《ぶぜん》とした佐原の返事に、由香理は首を竦めてみせる。

「それで、噂の東上くんは？　今日は一緒じゃないの？」

「あ、――仕事です。何か、急な出張が入ったって」

「そうなのか？」

八尋の返事に、佐原が怪訝《けげん》そうな声を上げる。それが意外で、八尋は目を丸くした。

「昨夜そう聞きましたよ。朝六時過ぎの新幹線に乗るって言ってました」

「へえ。……何かあったかな」

首を傾げる佐原は、どうやらその件は初耳だったようだ。気になって見上げた八尋に手を振って、持っていた紙袋をおもむろにベッドの上に置く。

「これ、俺からの見舞い」

「はいはい、いつもありがとう」

佐原への由香理の返事はどことなくぞんざいだ。それを不思議に思いながら、八尋は自分が用意してきた花籠を差し出す。

「あの、これ。気持ちだけですけど」

「まあ、ありがとう。可愛い！」

とたんに由香理は満面の笑みになった。嬉しそうに受け取ってしげしげと眺め、「みせてー」と寄っていった比奈に花の名前を教えてやっている。

「姉貴なあ、俺と八尋くんとで態度が違い過ぎないか？」

「奮発してくれるのはすごく嬉しいんだけど、毎回同じものだとどうしてもねー」

「姉貴、これ好物だろ」

「いくら好きでもしょっちゅう食べてると飽きるのよ。前に東上くんとお見舞いに来てくれた時にもそう言ったわよね？」

「……あー」

少々尖《とが》った声で由香理が言うと、佐原は思い出したように視線をさまよわせる。そのやりとりで経緯は見えたし、今朝の東上の台詞を思い出して納得もした。とはいえ姉弟仲の良さが透けて見えたのも確かで、素直にいいなあと思ってしまう。

佐原は約束を果たしてくれたらしく、由香理は例の事故については一言お礼を口にして終わらせてくれた。そのあとは、昨日比奈が持ち帰った折り紙のパンジーが話題に上る。

「上手にできてててびっくりしたわ。薔薇も見せてくれたんだけど、これも八尋くんが教えてくれたんでしょう？」

「本を見ながら一緒に折っただけですよ。女の子はそういうの好きかと思ったんで」

そう、と由香理はにっこり笑う。

「いいお兄さんなのね。八尋くんと遊ぶようになって、あの子も喜んでるのよ」

「え、……いや、それはどうかと……」

「そうなの。だあいすきなの！」

返事に詰まった八尋の代わりのように言って、比奈がぎゅっと抱きついてくる。満面の笑みで見上げて「ねー？」と言われてしまうと、もはや笑って頭を撫でるしかない。

「でね、ひなちゃん。この薔薇のここはどうやって折ってあるの？」

擽《くすぐ》ったそうに身をくねらせていた比奈が、由香理の問いに応じてベッドにかじりつく。背伸びをし、母親の手の中にある折り紙を指さして一生懸命に説明する様子を見ながら、ふっと妹を——妹と、今は亡い母親を思い出した。

妹が小学生の頃に、目の前と同じような出来事があったのだ。夏休みの自由課題で作った折り紙の花籠を目にして感嘆の声を上げた母親に、妹は得意そうにこれはこう、あれはそう、と折り方を説明していた——。

大事なことが、脳裏を掠めた気がした。瞬《またた》く間に見失ったそれを追いかけても摑めるのは違和感だけで、八尋は早々に思考を放棄する。その直後、由香理の驚いたような声がした。

「じゃあ八尋くんて東上くんと一緒に住んでるの？　それって東上くん、大丈夫？　八尋くんは平気なの？」

「……は、い？」

相槌《あいづち》は打ったものの、どうにも意味がわからない。八尋を忌避するにも、東上を警戒するにもそれぞれ別の部分が無用だ。というより、八尋が東上宅に居候しているというだけのことに、どうしてそんなに驚くのか。

答えを求めて佐原を見上げたものの、隣にいる厳つい顔はいつも通り平然としたままだ。教えるどころか、むしろ八尋こそ返事をしろと促すような目で見てくる。

「ええと、……おれは平気、ですけど。東上さんも、ふつーだと思います、よ？」

「平気なの。で、東上くんはふつーなの？　本当に？」

「世間一般から言えばふつうだな。まともに三食食ってるし、すこぶるつきで機嫌もいい。ついでに例の倉庫だが、八尋くんが任されて片づけてるところだ」

念押しのような由香理の言葉に、するりと答えたのは佐原だ。なにゆえそこで「世間一般」が出てくるのかと首を捻った八尋の前で、由香理は大きく目を瞠った。

「大丈夫なのね。よかったわー。八尋くん、これからも東上くんをよろしくしてあげてね？」

はあ、と曖昧に返しながら、どうやらこの人は東上をよく知っているらしいと思う。弟の親友なら面識があってもおかしくはないが、それだけにしては物言いが親しげだ。

訊いてみようかと思っているうち、今度は由香理の夫の両親つまり比奈の祖父母が見舞い

に訪れる。それをしおに、八尋は佐原と一緒にその場を辞した。比奈はそのまま祖父母宅に泊まりに行くとかで、手を振って見送ってくれた。

産院の正面玄関を出ると、戸外はすっかり暗くなっていた。夕焼けどころか、黄昏《たそがれ》の気配すらない。

「八尋くん、夕飯は？　東上と一緒か」

外灯を頼りに駐車場に向かう途中、思いついたように佐原が訊いてくる。

「えーと、それが訊きそびれました。なので、作って待ってようかと」

「そうか。買い物に行くなら車を回すが？」

「昨日のうちに行ってますから大丈夫です。……あの、お姉さんて、東上さんとも親しくされてるん、ですよね？」

思い切って聞いてみたら、佐原はあっさり頷いた。

「ひなが保育園に入った頃から一年ほど、うちの事務所でバイトしてたんだ。今の八尋くんと同じように直属の上司が東上だった」

「ああ、それで」

だからこそ東上は「特例」として子守りの依頼を受けたのだと、すとんと腑に落ちた。この際とばかりに、八尋は思い切って続けてみる。

「さっきの話。どういう意味があったのか、教えてもらってもいいですか？」

「ん？」

佐原が怪訝そうにした時、すぐ近くで電子音が鳴った。取り出したスマートフォンに目をやった佐原が、「お」と声を上げて八尋を見る。

「東上からメールだ。——八尋くん、携帯買ったのか？」

「え、いいえ？　買ってないです……あ」

即答したあとで、出かける前に自室に放り出したプリペイド携帯電話のことを思い出した。

「そういえば昨夜、東上さんからプリペイドを貰いました、けど」

「持ち歩かないと携帯の意味がないぞ。じゃあこれ確認な」

操作を終えたらしい佐原から、スマートフォンを目の前に差し出された。躊躇いがちに覗くと差出人は「東上史朗《しろう》」で、メールの途中から「八尋くんへ」という文章がある。夕飯までに帰れそうにないので八尋は佐原に奢《おご》ってもらってすませること、とあった。ちなみに佐原本人に宛てたらしきメールの冒頭文章は、「八尋くんが携帯忘れたらしいので以下よろしく」だけだ。

いつも思うことだけれど、こういうことが決定事項として送られてくるのはどうなのだろうか。一瞬悩んでから、八尋は改めて佐原を見た。

「あの、何か、いつもすみません」

「いや。で、何食べたい？　リクエストがあるなら遠慮なく言えよ」

「いえ、帰って適当に作って食べますよ。佐原さんにも都合あるでしょうから、そっち優先してください」

「は？　何だそれ」

辿《たど》りついた車の前で呆れたように見下ろされて、八尋はどうにか言葉を探す。それをじっと眺めてから、佐原は「ああ」と思い当たったように苦笑した。

「八尋くん、東上が俺に一方的に命令したとか、我儘《わがまま》押しつけたとか思ったわけか」

「や、そこまでは……でもその、今のメールとか、ちょっと」

当人同士がどうとも思っていないらしいのは知っていても、傍目《はため》には「無茶ぶりする東上とそれに振り回される佐原」にしか見えないのだ。

「気にしなくていい。こっちも取捨選択はしてるんだ。闇雲《やみくも》に言いなりになる義理もないしな」

「え……そう、なんですか？」

「当たり前だ。そこまで甘やかしてたまるか。八尋くんに関しては、俺にも責任がないとは言えないしな。――で、何を食べに行く？　ふだん作らないものとか、ここしばらく食べてないものがいいのか」

とても引っかかりのある台詞を聞いた気がしたけれど、まずは行き先の指定が先のようだ。

少し考えて、八尋は言う。

「……じゃあ、自分ではまず作らないんで、揚げ物とか」

「揚げ物ね。かつ専門店にするか」

即答した佐原が車で連れて行ってくれた店は、産院からほど近い街中のビルの二階にあった。佐原の姉が比奈を出産する前の見舞い帰りに見つけたのだそうだ。

窓際のテーブル席でメニューを眺め、佐原に倣って「とんかつ茶漬け」をオーダーする。運ばれてきた料理は揚げ物にしてはあっさりしていて、残すことなく食べてしまった。そのあとは、佐原の希望でコーヒーを飲みながら、話題は事務所でアルバイトをしていた頃の佐原の姉へと移った。

彼女がいる時の事務所は、少々雑然としているもののそれなりに片づいていたのだそうだ。あのソファも、当時はふつうに接客用として使われていたという。

「え、あれ？　でも、じゃあどうして倉庫はあんななんですか？」

「東上が、他人を入れたがらないから」

端的すぎて意味不明な返答にきょとんとした八尋を眺めて、佐原は長いため息をつく。

「あいつ、やたらテリトリー意識が強いだろ。好き嫌いも激しいしな」

「好き嫌いは、……何となくわかる気はしますけど。テリトリー意識って、東上さんにあったりします？　おれ、初対面の翌日から居候してるんですけど」

「ある。それも筋金入りだ。だから倉庫が片づかないし、自宅があの状態でも俺にキッチンしか触らせなかったんだよ。初日に八尋くんのバイト内容を聞いた時は、何が起きたのかと思ったぞ」

「えー……」

信じられない気持ちが顔に出ていたのか、佐原はコーヒーカップを手に首を竦める。

「その前に東上が俺に昼メシ作れだの言い出した時点で、天変地異が起きるのかと思ったけどな。長いつきあいだが、あいつからああいうことを言われたのは初めてだ」

「え。でも東上さんちのキッチンは佐原さんが管理してるって……」

「こっちが勝手に始めたんだよ。俺の都合がつく時に、勝手に作って強引に食わせてただけ。――たぶんアレ、八尋くんに食べさせたかったんじゃないか?」

「な、んでですか?　だっておれ、最初とかすごい態度悪かったはずで」

実際、あの時は迎えに来てくれた佐原に対し、東上のことを「胡散臭い」と言い切ったはずだ。なのに、どうしてそうなるのか。

「さあ?　けど、料理しろって言われたのも、わざわざレトルト使うなって言われたのも初めてだったからな。あれは間違いなく八尋くんがいたからだ。ちゃんとしたものを食べさせたかったとかじゃないのか?」

「えええええ……」

思いも寄らないことに、頭を抱えていた。それを気の毒に思ったのか、佐原はふと話題を切り替える。

「で、うちの姉な。事務所と隣の管理はそれなりに任されてたんだが、倉庫は出入り禁止だったんだ」

「……はい？」

「ちなみに、姉の後釜《あとがま》で入った三人がそれぞれ一か月と保たずに辞めてからは、事務員の募集は取り下げた。――その三人が事務所内で触っていい場所はキッチンと応接スペースのみだ。隣は立ち入り禁止で倉庫は論外だった」

嘘だろうと、思った。片づけと掃除のみとはいえ、八尋は初日の段階で事務所も隣も全面的に丸投げされたのだ。

「うちの姉が言ってたろ。同居してて東上は大丈夫か、八尋くんは平気なのかって。それもまあ、同じような意味だな」

「……具体的には、どういう……？」

「さっき言ったように、テリトリー意識が強いんだよ。仕事上ならどんな相手でもそれなりに合わせる代わり、プライベートだと気に入らない相手は傍にも寄せない。事務所は仕事場なんだが、何しろ所長で責任者だ。信用できない相手には触ってほしくないんだろ。要するに、早い段階で八尋くんを信用してたってことだ」

「いや、おれそんなふうに扱われるようなことは何もしてないですし」

「けど、八尋くんをマンションに置くと決めたのは東上だろ？」

反論できず固まった八尋を面白そうに眺めて、佐原は続ける。

「神経質で細かいくせに、東上はその自覚が薄いんだ。信用できない相手が近くにいても態度も表情も変わらないくせに、食欲だけは露骨に落ちる。結果、栄養補助食品しか食えなくなるわけだ」

「じゃあ、アレがまとめ買いしてあったのって……」

「八尋くんが来てからアレ食ってないだろ。だから大丈夫なわけだ。で、八尋くんは平気かってのは、我慢や無理をしてないのかって意味だな。あいつといるだけでストレス溜《た》める人間は結構多いぞ。まあ、八尋くんは気に入られてるけどな」

「気に入った、っていうのは前に言われましたけど」

説明されたところで、どうにも八尋は半信半疑だ。困った人だとは思うし外と内が違うのも知っているつもりだけれど、そこまで極端で面倒な人だとは思えない。

「確定だな。他に何か言われなかったか？」

「何かって、何をですか」

「通常の東上なら言いそうにないこと。まあ、八尋くんが思う通常がすでに通常じゃない可能性も高いんだが」

「……調査を、個人的な研修扱いで、無料で引き受けるとは、言われました、けど」

ぽそりと返したら、今度は佐原が黙った。やけに長い沈黙にそろりと顔を上げてみれば、向かいにいた佐原は唖然《あぜん》とした顔でこちらを見ている。

「――それ、東上が言ったんだよな？」

「そうです、けど。でもその、状況が状況だったんで、おれに同情してくれたのかも」

「好奇心ならともかく、同情ではないな」

答える佐原は、しかし変わらず唖然としたままで、さすがに居心地が悪くなってきた。

「断りましたけどね。それで言い合いになったし」

「言い合い、したのか。東上と？」

「はあ。途中で東上さんが引いてくれて、終わったんですけど」

「で、そのあとは？　何か言ってたか」

「いえ。謝ってくれて、何もなかったみたいな感じになりました」

言ったあとで、急に思い出す。考えることや思いがけないことが多くて意識していなかったけれど、昨夜、八尋は東上に抱き込まれたのだ。

顔に上りそうになったものの、そのあとのことを思えばすっと熱は冷えた。同時に、あの時の東上の言葉が脳裏に響く。

（できればもう少し、信用してほしいんだけどねえ）

「そこまでいくと身内扱いだぞ」

耳に入った佐原の言葉に、反射的に顔を上げていた。

「身内、ですか？　でも」

「調査員は原則、個人的に依頼は受けない。無報酬でやるのは依頼人が同居家族レベルの時だけで、それも場合によっては断るな。ついでに、東上はその手の依頼は一度も受けたことがないはずだ」

「――――」

予想外過ぎる内容に、声を失った。

そこまでのことを申し出てくれていたのかと――そこまで八尋を信じてくれていたのかと、思うだけで胸が苦しくなった。

「それは、……すごく申し訳ないことを、したんですね」

「いや？　無用なら断っていいんだ。その様子だとあいつ、もう調査はやらないとは言ってないんだろ？」

「もう言わないし、必要ないなら忘れていいって」

「必要があれば言ってくれって意味だよな。――いつか、その気になることがあれば依頼してやってくれ。ただし、受けてもらえるかどうかはその時のあいつの気分次第だろうけどな」

カップを両手でくるんだまま俯いた八尋を気にしてか、佐原が穏やかに言う。かすかに笑う気配に思わず目を向けると、佐原は口の端をわずかに上げてこちらを見ていた。

この流れで笑えるのかと、ふと羨ましくなる。要するに、それが東上と佐原の関係でもあるのだ。

「佐原さんて、東上さんとはつきあいが長いんですよね？」

「高校からだから、二十年近いな。あれでも一時よりは丸くなったんだが」

懐かしそうに言う佐原の目元は、さすが姉弟と言うのか由香理のそれとよく似ていた。連鎖的に脳裏に浮かんだのは由香理と比奈母子の仲のいい情景で、とたんにするりと言葉がこぼれていく。

「……つきあいが長いと、そんなふうに信用できるものですか？」

何を訊いたのかと、思ったあとで気がついた。病室にいた時に掠めて逃げていった、――摑み損ねて違和感だけを残した、引っかかり。

四か月前のあの時、義理の父親と妹に「それは違う」と言い返せなかった。家を出てからは、意図的に考えないよう努めていた。

昼間電話してきた「彼女」に、「あり得ない」と反論できなかった。その理由は、考えるまでもなくすべて同じだ。

「おれは、十八年ずっと一緒にいた人を疑いました。本人に確かめることもできないのに、おれが一番その人をよく知ってたはずなのに、いつの間にか他人から聞いた噂を鵜呑《うの》みにしてたんです」

今になって、気がついた。義父と妹を責めながら、そのくせ八尋自身もまた噂を否定しきれなくなっていたのだ。あるいはと、もしかしたらと、ほんのわずかであっても疑いを抱いてしまった。

……母親が町内会や近所のつきあいに積極的だったのは、後妻である母親自身と連れ子の八尋がうまく近所に溶け込むための努力だと、知っていたのに。

無意識に視線を逃がした八尋をどう思ってか、佐原は語調を変えることなく続ける。

「信じるってのは、言うほど簡単じゃないからな。何もかも疑うのはどうかと思うが、全面的に信じ込むと簡単に騙される上、間違いも見えなくなる。さじ加減も含めて、結局は自己責任だ。――俺と東上だってふつうに勘違いするし、誤解したあげく険悪になって、仕事に支障を来したこともある。けど、そんなもんよくあることだ」

「よくあること、ですむんですか？」

「すむ時もあればすまない時もある。だからまず、相手に確認をするんだ。言わなくてもわかるなんてのは怠慢だしな」

告げられた内容は、八尋にとって耳が痛いものだ。同時に、確認できない時は――母親のように逝ってしまった相手にはどうすればいいのかと思う。

「おれ。東上さんから、もう少し信用してほしいって言われました」

「あー、かなり気に入ってるからなあ……最初から扱いが違ったし」

「レトルトなし、ですか？」

「いや、その前から。そもそも俺を迎えにやってあのマンションに案内させた時点で、何かあるんだろうとは思ったんだ。いきなり掃除しろとか言い出した東上には呆れたが、言われた通り素直にやる八尋くんにも驚いた。今だから言うけどあれ、八尋くんの反応を見てたんだと思うぞ？　マンションに置くのも、財布の件が決定打だったらしいし」

表情はほとんど変わらないのに、佐原の視線に面白がるような色が混じる。それに苦笑して、八尋は言う。

「呆れたのはこっちの方です。東上さんが寝るって言うからてっきり佐原さんが見張りに残るんだと思ったのに、あっさりいなくなるし。驚いて起こしたら寝ぼけて財布押しつけてくるし。――正直、アレでテリトリー意識がどうこうって言われてもちょっと信じられないんですけど」

「起こしたのは聞いた。大したチャレンジャーだな。東上だけど、それ本気で寝ぼけてたらしいぞ」

「……はい？」

「夕方目を覚ましたらキッチンに置いてたはずの財布がベッドの傍にあったんで、ずいぶん驚いたらしい。そのあと八尋くんに渡したのを思い出したんだそうだ。それだけ律儀で真面目なら大丈夫だってことで、マンションに置くことにしたんだとさ。――一応言っとくが、あいつも俺もそれなりに八尋くんの人となりは観察してたしな」

「はあ……」

何とも言えない気分で、八尋は佐原を見返す。

「誰を信用するもしないも個人の自由だ。東上が言ったのは希望であって強要じゃないから、八尋くんは気にしなくていい」

「でも」

平然と言われた言葉に言い返しかけて、気づく。信じてないわけじゃないとは、今の八尋には言えない。

「さっきの話だが。相手に確かめられないなら、別の方法で真相を探ってみてもいいんじゃないか？　その上で、どうするか考えればいい」

「……そうですね。確かに、その通りだと思います」

言いながら、何となく笑えてくる。結局、「真相を確かめろ」という結論は変わらないわけだ。

「佐原さんて、やっぱり東上さんと似てますよね」

妙に実感したことを、しみじみと口にする。とたんに佐原が厭な顔になるのを知って破顔した。

マンションまで送っていくという申し出は、断った。

「ちょっと歩きたいんです。……考えたいこともありますから」

そうかと頷いて、佐原は近くの駅まで送ってくれた。

乗り込んだ電車の扉の前に立って、八尋は夜を映して鏡になった窓を眺めている。

――母親が本当に不倫していたのかどうかを、八尋は知らない。けれど、亡くなる前に半年後のクリスマスのことで悩んでいたのは知っている。

長月へのプレゼントの候補をあれこれと上げては八尋に相談し、決めたと思ったらまた別の候補を見つけて悩むというのを繰り返していた。さすがに食傷し、まだ時間はあるんだからゆっくり考えればと言ってみたら、むっとしたように唇を尖らせた。

(まだ先だと思ってる間に来ちゃうものなのよ。今年の誕生日は今年しかないんだもの、本当にいいものを選んであげたいじゃない)

だったら長月本人に欲しいものを訊いてみたらどうかと言ってみたら、今度は呆れた顔をされたのだ。

(どうせだったらびっくりしてほしいじゃない? それで喜んでくれたら最高でしょう)

そう言う母親の声も表情も恋する女の子そのもので、例年のこととはいえかなり当てられた。仲がいいのは結構だけれど、高校生の息子相手に惚気《のろけ》るのはどうなんだと思ってしまったほどだ。

……不倫中の妻が、あんなふうに夫のために一生懸命になるものだろうか。なれる人もいるかもしれないけれど、あの母親はそこまで器用な人だったか。

八尋が知る限り、答えは否だ。理屈ではない部分でそう思ったからこそ、長月と一緒に噂を聞いた瞬間に煮えくり返るほど腹が立った。

ああ、とふいに気付く。長月が、八尋のその怒りに同意してくれなかったことがショックだったのだ。息子の八尋には知りようのない母親の「女性」を知る人があの噂を否定してくれなかったことが、八尋の中の「母親」に罅《ひび》を入れたのかもしれない。

もちろんそこで「違う」と言えなかったのは八尋自身の問題であって、長月のせいにするつもりはない。それ以上に、八尋が強く否定をし続けなかったことが、長月や妹にも影響していた可能性だって大いにあるのだ。

ある意味、母親を一番よく知っているのは八尋だから。誰よりも母親と過ごした歳月が長いのだから。

胸の底に沈んでいた固まりが、するすると溶けていく。そんな錯覚を覚えながら、八尋はマンションの最寄り駅で電車を降りた。

二十一時前という時刻のせいか、各ホームと合流する通路は人で溢れている。その中に紛れて歩くうち、ようやく改札口近くまで辿りついた。

見覚えのある長身を見つけたのは、改札口を抜けた直後だ。思いがけなさに足を止めた八尋に気づいて、ひらひらと手を振ってくる。

東上だった。朝見た通りの格好で、太い柱に凭《もた》れている。

考える前に、傍に駆け寄っていた。

「お、つかれさまです。ええと、何でここ……もしかして、待ってくれてたんでしょうか」

「うん。佐原から、向こうの駅で八尋くん降ろしたって聞いてね」

「……ありがとうございます。えーと、……お帰りなさい？」

何か足りない気がして、思いついて付け加えてみる。眼鏡の奥で東上が目を丸くしたのを見たあとで何を言ったかを認識して、自分で自分を罵倒した。――八尋が出迎えた側ならともかく、待ってもらった立場で言う台詞ではない。

「うん。ただいま。――八尋くんも、お帰り」

「え、あの」

地面にめり込む気分で反省した直後に返った言葉に、八尋は狼狽《うろた》えて顔を上げる。ずっとこちらを見ていたらしい東上は満面の笑みを浮かべていて、その場で蒸発したくなってきた。頭を抱えて困っていると、上からからかうような声が落ちてくる。

「八尋くん、返事は？　お帰りって言われたら何て言うんだっけ？」

「……勘弁してくださいよ……その、すみません、本当に」

「謝らなくていいから返事。へーんーじー」

近くなった声に、顔を上げたらもっと悲惨なことになると予感した。東上の声はむやみに楽しそうで、そうなるとおそらく見逃してはくれまい。だったら、取る手はひとつだ。

「——ただいま、帰りました……」

「うん。じゃあ帰ろうか」

くすくす笑う声のあと、ぽんぽんと頭を撫でられる。情けなさと恥ずかしさで顔が上がらないまま、八尋は東上について駅を出た。

「東上さん、昼食と夕食、ちゃんと摂りました？」

「ちゃんと食べたよ。昼は蕎麦屋で、夜は和定食だったかなあ。レシート見せようか？」

すぐさま上着のポケットを探る様子に、慌てて「見せなくていいです」と制止する。そんな八尋を見下ろして、東上は楽しそうに笑った。

「せっかくそのつもりで取っておいたのになあ」

「それはいいって、今朝言ったじゃないですか……」

苦笑混じりに隣を見上げながら、もう十分じゃないかとすとんとそう思った。

一週間の期間限定だったのを、正式なバイトとして雇ってもらった。住む場所を提供してもらい、自分なりの頑張りをきちんと認めてもらえた。

対等に扱ってもらえないとしても、——恋愛という意味でまったく相手にされなくても。

どんな意味であれ気に入ったと言ってもらったのだ。東上が結婚するまでの期間限定であっても、傍にいることを許してもらえたのだ。これ以上、何を望むことがあるだろう。最初から、叶《かな》うはずのない気持ちだ。そもそも思い直してみれば、こうして隣を歩いていられること自体があり得ない幸運だった。

今度は、八尋が返す番だ。バイトを始めたばかりの身ではできることなどそうそうないだろうけれど、ほんのわずかでも東上の助けになりたい。そのためにも、自分の中に残る憂いをきちんと片づけておきたい。

そう思っていても、東上に調査を頼むのはやはり怖い。それなら、八尋がやるべきことはもう決まっている。

「……昨夜の、ことなんですけど」

思い切って、切り出した。隣を歩く東上が見下ろす気配を感じて、八尋はその場で足を止める。改めて、東上に向き直った。

「失礼な物言いをしてしまって、本当にすみませんでした。それから、気にかけていただいてありがとうございます」

「八尋くんは謝らなくていいよ。強引に首を突っ込んだ僕が悪かったんだから」

「いえ。あの、うまく言えないんですけど、東上さんの気持ちはすごく嬉しかったので」

頭を下げたまま、頬に血が上るのを自覚する。今顔を上げるのはまずいと、そのままの格好で続けた。

「それで、もう少し先のことになるかもしれないんですけど。おれから、調査を依頼させてもらっていいでしょうか」

自分の声が、思いのほか落ち着いて聞こえることに安堵した。ゆっくり顔を上げてみると、前に立って見下ろしていた東上とまともに目が合う。

外灯の明かりの真下にいたせいで、東上の表情が陰になってよく見えない。それでも、思案している様子なのは伝わってきた。

「もう少し先っていつ頃になりそう?」

「——明日、おれ、うちに帰ってこようと思うんです」

決心は、不思議なほど簡単に言葉になってくれた。今度こそ驚いたように目を瞠った東上に、続けて言う。

「自分で行って、決着つけてきます。その結果次第ですけど、そんなに先にはならないと思いますよ」

「……下調べもなしで?」

「結局のところはおれの処遇をどうするかって話なので、どうしても直接話さないと駄目だと思うんです。おれも、言うべきことをちゃんと言わずに逃げてきてますから」

苦笑混じりに言ったら、東上は難しい顔で黙った。促すように八尋の背中を押すと、隣に並んで歩き出す。

「八尋くんがひとりで行って、きちんと話ができる相手なのかな？」

「なる時はなると思いますし、ならない時は仕方ないです。結果がどうでも、おれ自身の気持ちの決着がつけばいいかなって」

ほんの数年であっても家族として暮らしてきた相手だから、信じてほしいと伝えたい。伝えたいことをすべて言ったあとで、その答えを妹と長月から直接聞きたい。

結果、ふたりが八尋をいらないと言うのなら、それはそれで仕方がない。けじめをつけるためにも、戸籍上の繋がりを解消しておきたい——。

覚悟を決めてしまったら、笑えるほど落ち着いた。まだ目を丸くしている東上を見上げて頬を緩めたとたんに、眼鏡の奥の目がふわりと柔らかくなった気がした。

「わかった。けど、絶対に携帯は持っていくこと。今日みたいに忘れないようにね」

「えー……でも、使うことないと思うんです、けど」

「せっかくあるのに使わなきゃもったいないと思うよ？　それと保険代わりにね。いざという時の連絡用とも言うけど」

きっぱり言い切られて、八尋は思わず首を捻る。それを楽しそうに眺めて、東上は続ける。

「それで、明日は何時頃に出かける予定？」

「六時台の新幹線に乗れば、昼過ぎには家に着くかな、と。休日ですから義父は仕事はないはずですし、妹も部活は昼までなので」

「そっか。じゃあ明日の朝は一緒に出ればいいね」

「……はい？」

予想外の言葉に、思わず足が止まっていた。

一歩先に行った東上が、振り返る。長身を屈めて八尋の顔を覗き込んできた。

「明日また出張なんだ。今日だけで終わらなくてねえ」

「何ですか、それ。代休って取れるんですか？　でないと休みなしになるじゃないですか」

「そのへん慣れてるから大丈夫。移動中に寝てるから」

「……っ、それじゃ足りないですし身が保ちませんってば！」

長い指に頬を摘まれて、八尋はぱっと後じさる。とても残念そうに「あ。逃げた」などとつぶやく東上を上目に睨んだ。

「だったらのんびり歩いてる場合じゃないでしょう。急いで帰って寝ないとっ」

「えー。せっかくいい雰囲気なのに？」

「雰囲気関係ないですから！」

わざとのように歩調を緩めた東上に呆れて、ぐいぐいと背中を押してみた。くすくす笑いながら歩き出す背中を見つめて、八尋はひどく安堵する。

この距離で、十分だ。胸の奥のかすかな痛みを自覚しながらも、八尋はそう思った。

12

「はい、お茶」

声とともにぽんとペットボトルを渡されて、八尋はとても困惑した。ペットボトルではなく今の状況に、だ。

「……本当に、出張なんですよね？」

「もちろんそうだけど。何か気になることでもある？」

新幹線の自由席、ふたつ並んだうちの通路側に腰を下ろして、東上は不思議そうに首を傾げる。その姿をまじまじと眺めて、何の脈絡もなくネクタイが似合いそうだなと思った。

東上が所長を務める八尋のバイト先スタッフの服装は、基本的にシャツにスラックスだ。ネクタイをし上着を羽織ればそれなりにフォーマルに見える、というのが基準らしい。曰《いわ》く、依頼人や周囲に嘗《な》められず、不審を抱かれないようにという配慮なのだそうだ。

——最初に「あれ」と思ったのは、ＪＲ駅のみどりの窓口で新幹線の切符を買う時だ。ガラス張りの室内に入ったのとほぼ同時にすべて塞がっていた窓口のうちのひとつが空いて、東上はそちらへ向かった。同じ窓口に並ぶよりはと別の窓口へ行こうとしたら、後ろに目があったのかと思うような素早さで肘を摑まれたのだ。

（まだ時間あるし、こっちに並べばいいよ）

当たり前のように言われて奇妙に思いはしたものの、逆らうまでもないかと素直に頷いたら、東上の声が駅員に行き先を告げるのが聞こえた。

思わず東上の上着の袖《そで》を摑んだのは、行き先が八尋とまったく同じだったからだ。

（で、八尋くんはどこまで行くんだっけ？）

にこやかな笑みを穴が空けとばかりに見つめたあとでぽそりと口にしたら、東上は「へぇ」と目を丸くした。

（偶然だなあ。じゃあついでに一緒に行こうか）

窓口の駅員に追加を告げる横顔がやけに楽しそうに見えたのは、気のせいだったのだろうか。唖然としている間に切符を押しつけられ、手を引かれて改札口を抜け、エレベーターに乗った。我に返った時には、すでにこの座席に座らされていた、という顚末《てんまつ》だ。

「……あるといいますか。ちょっと、ないとは言いづらいです、けど……まあ、いいことにしておきます」

「そう？　じゃあ朝ごはんにしようか」

にこやかに言う東上がやたら嬉しそうにバッグから取り出した包みは、今朝八尋が渡したものだ。美味《おい》しそうにおにぎりを口に運ぶ東上を見ていたら「まあいいか」と思えてきて、八尋も自分の弁当に手をつける。

考えてみれば、東上は八尋の自宅住所を知らないはずだ。例の手紙の、郵便番号も含めた宛名部分は、貼りつけられた「受取拒否」の紙で完全に隠れてしまっていた。

そういえば、あの手紙はどこにやっただろう。まだほの温かいおにぎりを齧《かじ》りながら、八尋はふとそう思う。

記憶を探ってみても、どうしたか思い出せない。少なくとも捨てた覚えはないから、適当に荷物の中に突っ込んでしまったのかもしれない。

どちらにしても、これから直接話しに行くのだ。今さら、手紙もないだろう。

「八尋くん、携帯持ってきてるよね？」

食べ終えたあとのゴミをまとめて始末していると、隣で何やらごそごそしていた東上に思い出したようにそう言われた。

「あ、はい。持ってきてます、けど」

「そ。じゃあ今、僕がそっちにかけるから」

東上の声とほぼ同時に、取り出したばかりの携帯電話が軽快な音を立てる。周囲を憚《はばか》った八尋が慌てて通話ボタンを押す前に、音はふつりと途切れた。直後、「ちょっと貸してね」との言葉とともに携帯電話が東上の手に渡る。

「僕のナンバーを登録しておいた。何かあったらかけておいで。すぐ助けに行くから」

「は、い？」

「同じ駅で降りるんだったら、物理的に可能だと思うんだよね」

さらりと言われた内容は予想通りでも意外でもあって、八尋は一拍返答に詰まる。ややあって、慎重に言った。

「……あの、おれ別に対決しに行くわけじゃないですよ？　無理な話し合いもする気はないですし」

「だろうねえ。けど、保険は必要だよ。何があっても対処できるようにしておかないとね」

「はあ……」

大仰すぎないかと思ったあとで、心強いかもと思い直す。それこそ気は心というやつだ。

おとなしく礼を言った時、車内にアナウンスが響く。次が、八尋たちが降りる予定の駅だ。

それぞれ降りる準備をすませて、席を立った。降車待ちの列に並んでホームに降りると、一歩先を行く東上についてエスカレーターに乗った。

「八尋くん、僕はここで駅を出るから」

「あ、はい。ええと……じゃあ、ここで」

複数の改札口への進路が表示された場所で、東上にそう言われる。頷いて返しながら、ほっとしたような物足りないような気分になった。

「あと、これ。念のため渡しておくから」

「はい？」

差し出されたそれを反射的に受け取って、八尋は思わず目を瞠った。

新幹線の切符だ。すみに「往路」の文字が見えている。

「往復、……買ってたんですか」

「うん。どうせ一緒に帰るんだから僕が持ってようかと思ったけど、失くしたら洒落《しゃれ》にならないから」

「一緒に帰る、んですか……?」

あっさり告げられた言葉が、ひどく胸に染みた。そっと見上げた先、いつもの笑顔で見下ろす東上と目が合ってどきりとする。

「もちろん。お互い、用がすんだら連絡しようね」

「……了解です。最初はメールの方がいいですよね?」

「うん。じゃあ、頑張っておいで。またあとでね」

声とともに、ふわりと頭を撫でられた。

八尋の頭から放した手を軽く振って、東上は早足に歩き出す。あっという間に遠く見えた改札口を抜けて見えなくなってしまった。

通路の端で立ち尽くしたまま、八尋は無意識に自分の頭に手を当てる。

(もちろん)

(頑張っておいで)

耳の奥に残る声に、軽く背を押された気がした。小さく頷いて、八尋は在来線へ繋がる改札口へと歩き出した。


約五か月振りに戻った長月の家は、留守だった。

日曜日の昼前だ。そういうこともあるかもしれないと思っていたから、さほど落胆はしなかった。

インターホンから手を離すと、八尋は改めて長月の家を見上げる。

再婚が決まって初めてここに来た時、立派で大きな家だということに驚いた。門扉のところにある表札に母親と八尋の名前が加わったのを目にして、ようやくここが自分の家になったと実感した――。

小さく苦笑して、八尋は表札に目を向ける。そうして、思いがけなさに目を瞠った。

表札に書かれた名前は記憶のままの四人分だったのだ。とうに一周忌が過ぎた母親はもちろん、八尋自身の名前もそのまま残されていた。

……母親の名前を消すのを最初に厭がったのは、妹だ。八尋が消極的に同意し、義父もそうしようと、無理に急いで消す必要はないと言ってくれた。

とはいえ、「彼女」にとっては八尋もその母親も邪魔者だ。同居話が進んでいるのなら、とうに名前は消されているだろうと思っていた。

それなのに。

ゆっくりと息を吐いて、八尋は気持ちを落ち着かせる。軽く周囲を見回してから、なるべく目につかないよう門扉の近くに腰を下ろし、妹か長月が帰宅するのを待つことにした。

「彼女」がいるかもしれない家に電話する気はなかったから、今日帰るとはいっさい知らせていない。長居するだけ近所の人の目につくだろうけれど、それに関しては割り切った。

吹き抜ける風の冷たさに上着の襟をかき寄せる。そこに、聞き覚えのある声がかかった。

「……八尋くん？　帰ってきたの？　いつ？　お父さんも雛子ちゃんも心配してたのに」

「どうも」

目を向けるなり、ざっと全身が緊張した。表情を穏やかに、八尋は馴染んだ優等生の皮を被る。

「急にいなくなるからみんな心配して探したのよ。いったいどうしたの。何があったの？」

「はあ。いろいろありましたので」

「いろいろって何？　ひとりで悩んでたの？　お父さんは相談に乗ってくれなかったの？」

そう言いながら、相手——近所の住人の表情に溢《あふ》れているのは好奇心だ。過去にたびたび目にして、何度となく不快さを覚えた。その一番最近のものが、例の母親の噂だ。

「もしかして、お父さんに何か言われたの。邪魔にされたとかじゃないわよねえ？　いくら生さぬ仲でも、ねえ。そりゃ、お母さんのことで不愉快な思いはしただろうけど……このところ、前の奥さんの妹さんだかがよく出入りしてるみたいだし。お父さんもやっぱり若い子の方がいいのかも……」

「――そうやって、母の噂も広めたんですか？」

笑顔のままで言ってみたら、相手は虚を衝《つ》かれたように黙った。あり得ないものを見たような顔で見つめられて、八尋はさらに笑みを深くする。

「おばさん、夏前に坂の公園で母の噂をしてましたよね。誘惑したとか、不倫とか。おれ、実は聞いてたんですけど」

町内でも有名な、スピーカー的存在の人だ。情報通なのが自慢らしく、八尋の高校受験の時も大学受験の時にもやたらしつこく志望校を追及された。もっと前の再婚して間もない頃には、遠回しに母親の男遍歴や実の父親のことまで、手を変え品を変え猫なで声で訊いてきた。のちに耳にした噂で母親はすっかり元水商売の尻軽女にされていて、いったい何の恨みがあるのかと中学生ながらに愕然としたのを覚えている。

「ところでその噂って誰から聞きました？　近所の人ですよね？」

笑顔のままで追及する八尋に何か感じたのか、相手の顔から笑みが引く。警戒したように視線を尖らせて言う。

「そんなこと、聞いてどうするの」

「根も葉もない噂で母を侮辱されるのは真っ平なので、言い出しっぺに直接確認しようと思いまして」

「何言ってるの。そんなの無理に決まってるでしょう」

「無理ですかねえ。やりようによってはどうにかなると思うんですけど。――専門家に調査してもらう、とか。人から聞いた話ですけど、知ってる人から辿ればある程度噂の元は絞り込めるらしいですよ?」

さらりと言ってみたら、相手の顔色が面白いように変わった。早口に言う。

「わ、たしは知らないわよ。そんなの覚えてないし」

「そうですか。じゃあ、他の人に訊いてみますね。あの時、一緒に話してらした人たちなら、誰か覚えてるでしょうし」

「今さらそんなことしてどうするの。お母さんはもういないんだし、意味がないでしょう」

喘《あえ》ぐような声音に、懇願に近い響きを感じた。知った上で、八尋は笑顔を崩さず反論する。

「意味があるかないかはおれが決めます。母を侮辱されたまま、黙っている気はもうないので。幸いなことに、専門家に伝手《つて》もできましたし。――後日そちらにもお話を伺いに行きますから、その時はお願いしますね」

「無駄よ。そんなことしたって、誰も何も言いっこないし」

「そうかなあ。おれとしては、噂を撒《ま》いた張本人さえわかるなら、それ以外の人をどうこうする気はないんですけど」

　青くなって絶句した相手が「八尋くん、あなた、変よ。人が違ったみたいっ」と叫んで逃げるように離れていくのを見送りながら、今の物言いが東上に似ていたような気がした。同時に、優等生をやめるとずいぶん楽だと、今さらなことを思う。

　人影がなくなった道の先から、空へと視線を移す。わずかに薄い雲がたなびいているだけの冬に近い空は色が薄く、そのせいかやけに高く見えた。

　車の音が聞こえてきたのは、それからさほども経たないうちだ。反射的に目を向けこちらに向かってくる音源を認めて、八尋は思わずため息をつく。――さっきといい今といい、どうにもこうにもタイミングが悪すぎる。

　車を運転してきた相手も、似たような心境だったようだ。近づいてくるフロントガラス越しにも、露骨に厭そうな顔になっているのがわかった。

「……そんなところにいられると、邪魔なんだけど」

　慣れた様子でガレージに乗り入れた車から降りてきた「彼女」――児島江美は、八尋を一《いち》瞥《べつ》するなり強い声で言った。

　ここまで敵意全開の声や表情を見せられたのは初めてだ。他人事《ひとごと》のようにそう思ったあとで、つまりこれまでは意図して見せなかったのだろうと納得した。

「通行の邪魔はしませんよ。雛とお義父さんの帰りを待ってるだけです」

「昨日電話で言ったはずよ。もうここはあなたの家じゃないの。迷惑だから帰ってくれない？」

「あんたにそんなこと言われる筋合いはないです。そっちこそ、ここに何しに来たんです？」

「雛ちゃんと隆道さんから留守番を頼まれたの。合い鍵、貰ってるしね」

つんと顎《あご》を上げた江美に手の中のキーホルダーを見せびらかされて、本音を言えば落胆した。それでも、八尋は平然としたふうを装う。

「そうですか。じゃあ中にどうぞ。おれはここにいますんで」

「……っ、だから帰りなさいって言ってるでしょう！　迷惑だって何度言えば」

「大声出さないでくれませんか。さっき近所の人と出くわしたばっかりなんで、たぶんどっかから見られてると思いますよ？　それこそ雛やお義父さんにいい迷惑でしょう」

声を鋭く咎《とが》めると、どうやら心当たりがあるらしく彼女は表情を歪《ゆが》めた。それへ、駄目押しのように続けて言う。

「おれは、雛とお義父さんに会うためにここに来たんです。ふたりが帰ってくるまで動く気はないです」

「だから言ったでしょう！　ふたりともあなたには会いたくないって」

「ですから、それもふたりから直接聞きます。あんたに教えてもらう筋合いはありません」

ごく事務的に返した八尋に、彼女が悔しげに唇を噛む。数秒思案していたかと思うと、仕方なさそうに言う。

「わかったわ。連絡してあげるから、とりあえず中に入って。——その代わり、返事次第では出ていってもらうからそのつもりでね」

通されたリビングは、五か月前と同じようで明らかに違っていた。

ドアから数歩進んだ場所で足を止めて、八尋は室内を見回す。

どこが違うかは、すぐにわかった。キッチンの出入り口にかかった暖簾《のれん》やソファセットのカバー、それにテレビ横の小さな置物など、八尋の母親の好みで選んでいた品がすべて別のものに変えられているのだ。なのに、サイドボードの上の花瓶《かびん》や固定電話の下に敷いた布のような、妹が選んだものは変わりなくそこにある。

明確すぎる意図に、少々気分が悪くなった。同時に、家の中がこの状態なら覚悟しておいた方がいいかもしれないとも思う。

先に中に入った彼女が、自宅のように慣れた様子で脱いだ上着をソファにかける。それを横目に、八尋は南に面した掃き出し窓を大きく引き開けた。ついでとばかりに、廊下に続くドアも全開にしておく。

「……何やってるのよ。今何月だと思ってるの？」

「五か月前の二の舞は真っ平なんで。おれに半径二メートル以上、近寄らないでくださいね」

住宅街の、真《ま》ん真ん中だ。南に面した庭はブロックの柱に鉄製の黒い柵《さく》を渡したデザインで、八尋がいる場所は道路から丸見えになる。それを確かめて淡々と返すと、彼女は厭そうに顔を背けた。八尋から最も遠い一人用のソファに腰を下ろすと、携帯電話を操作する。通話にしては長いと訝《いぶか》った時、ようやくそれを耳に当てた。

「雛ちゃん？　わたしだけど。あのね、八尋くんが帰ってきてるのよ。雛ちゃんと、雛ちゃんのお父さんに会いたいって言ってるの。……え？　ええ、そうなんだけど——そうなの？　わかったわ、伝えて出て行ってもらうから。大丈夫よ、安心してね」

最初ははきはきしていた彼女の物言いが、途中から相手の声を聞くように途切れる。言葉を遮られたように半端に黙ったあげく、最後に口にした言葉がそれだ。耳から離した携帯電話を膝《ひざ》に置く時には、いかにも「やっぱり」という顔をしていた。

「ふたりとも会う気はないし、会いたくもないそうよ。今夜は親類の家に泊まって帰らないことにするって。——無駄足だったってことで、帰ってくれるわよね？」

「まさか。言ったじゃないですか、直接聞かない限り居座るって」

即答した八尋に、彼女は露骨に眉根を寄せた。

「……いい加減にしてくれないかしら。本当に迷惑だって、何度言えばわかってくれるの？　言ったでしょう、あなたはもうこの家ではいらないのよ。諦めて、今面倒見てくれてる人に媚《こび》売った方がいいんじゃないの？」

「おれのことはどう言おうが勝手です。けど、東上さんのことをろくに知りもしないでどう言うのはやめてくれませんかね」

嫌みのように言われて、凪《な》いでいたはずの気持ちがざわりと波立つ。気がついた時には、尖った声でそう言い返していた。

「トウジョウさん、ね。そうやって庇うくらいよくしてくれる人をすぐ捕まえられるのって、やっぱりお母さん譲りなんでしょうねえ……まあ、そのトウジョウさんひとりとは限らないのがあなたなんでしょうけど」

「……下衆《げす》の勘ぐりって奴ですね。その調子でうちの母のことも、好き勝手言ってたわけですか。もしかして、雛にあの噂教えたのってあんたじゃないんですか?」

意図的に外して突っ込むと、彼女はふいと顔を背けた。その様子に、どうやら図星だと察しをつける。

「亡くなった母が自分で釈明できないのをわかってて、根も葉もない噂を吹き込んだわけですか。出るとこ出たら名誉毀損《きそん》ですよね」

「根も葉もあるじゃない。男の人と同乗した車で亡くなってるんだから、無理心中と変わらないでしょう」

「町内会の買い物のために同乗した車が、偶然事故に遭っただけです。そんなもん、根拠になるわけないでしょう。せめてまともな証拠を見せてから言ってほしいですね」

きっぱり反論した八尋に、彼女は妙なものを見たような顔をした。

「あなた、性格歪んだわよね。前はもっと素直だったもの」

「素直だったせいでいいように陥れられましたから、もう懲りました。で、証拠か根拠はあるんですか？　ないんだったら口は慎んだ方がいいですよ。調査して出所を確かめることも考えてますから」

自分の声の皮肉っぽい響きに、確かにと苦笑する。

彼女にとってそうであるように、妹や長月にとっても八尋は「優等生」のはずだ。今の様子を見れば、ふたりとも呆れて失望するかもしれない。

――そうなったとしても仕方がない。投げやりにではなく諦めでもなく、素直に思う。

母親に厭な思いをさせたくなくて始めた「優等生」だ。それが噂への反論を許さない枷《かせ》になるのなら、そんなもの八尋には必要ない。

「――っ、調査でも何でもそっちの好きにすればいいわ。わたしには関係ないし、どうだっていいわ。そんなことより、とっとと出てってよ。警察呼ぶわよ⁉」

「どうぞお好きに。それでお義父さんが帰ってくるなら望むところです」

「いい加減にしてよ！　わけのわからないこと言って居座らないで。ここにはもうあなたの居場所なんかないんだから――」

「……もう、やめて」

ふっと割って入った声は、今にも泣き出しそうに細い。それが誰のものかはすぐにわかった、八尋はびくりと肩を揺らす。慌てて見回した視界の中、キッチンの出入り口にかかった暖簾の隙間から顔を出した妹——雛子を認めて目を瞠った。

「何で、そんな嘘ばっかり……どうしておにいちゃんにひどいこと言ってるの？　ねぇエミちゃん、何でっ……」

「ひな、ちゃ——」

動けない八尋をよそに、雛子は彼女を見つめる。どうしてあんなところから出てきたのか、留守にしているのではなかったのか。そう思った直後、妹の背後で暖簾をかき分けて出てくる長身の人物が目に入った。窓辺に立つ八尋にまっすぐに視線を向け、緊張した顔をほっとしたように緩めた彼は、五か月振りに会う長月——義父だ。

呆気《あっけ》に取られて言葉もないまま、八尋はようやく思い出す。そういえば、この家のキッチンは動線配慮とかで洗濯機の置かれた洗面所からその先のウォークインクローゼット、そして玄関横にある両親の部屋までまっすぐ行ける間取りになっていたのだ。

「どう、して？　雛ちゃん、いつから……今日は親類の家に泊まるって、言っ——」

「じゃあ、何でエミちゃんは今夜は帰らない方がいいなんてメールしてきたの。さっき、雛に電話かけるフリしてたのは、どうして？」

「そ、れは」

やっとのことで発したらしい彼女の声は、ひどく狼狽えたらしく短く途切れた。そんな彼女をまっすぐに見つめて、雛子は自分のスカートを握り込んでいた手を放す。慌てたのか、おぼつかない手つきでポケットから白い封筒を引き出した。その表面でひらりと翻った紙を目にして、八尋は思いがけなさに目を見開く。

「これ、エミちゃんの字だよね。……雛宛の手紙なのに、何でこんなことしたの？　おにいちゃんから手紙が来てたなんて、全然聞いてないよ？」

「ち、が——違うわよ、雛ちゃん。そんなの来てたなんて、わたしも知らなかったもの。きっと、誰かが郵便受けに悪戯《いたずら》でもして」

「でも、さっき言ってたよね。ふたりとも会う気はないし会いたくないって言ってるって。迷惑とか、この家ではいらないとか。——ねえ、どうしてエミちゃんがそんなことするの……？」

妹の声が、消え入りそうな響きを帯びる。必死な様子で彼女を見つめて訴えた。

「おにいちゃんは全然悪くなかったって、あれは誤解だったんだってエミちゃん言ったじゃないっ。おにいちゃんが帰ってきたら一緒に謝ろうって、探すの手伝ってくれるって言ったの、あれ嘘だったんだ？」

「ま、待ってよ雛ちゃん、嘘なんてそんな」

「だったらどうしておにいちゃんに出ていけなんて言うの!?　雛とお父さんが一生懸命おに

いちゃんのこと探してるの、エミちゃん知ってたじゃない、なのに何でっ」

　妹の剣幕に押されてか、彼女が不自然に黙る。泣き出しそうな顔でそれを見つめて大きく肩で息をついた妹は、ぎこちない動きで今度は八尋を見た。目が合うなり顔をくしゃくしゃにし、ぼろぼろと涙をこぼす。嗚咽《おえつ》を堪え、しゃくりあげながら言う。

「ご、めんなさ……ごめん、なさい。おにいちゃん、悪くなかったのに、何もしてなかったのに、ちゃんと話聞かなくてごめんなさい、ごめ、……っ」

　そのあとは、押し潰《つぶ》したような声で泣き出してしまった。小学生の頃と泣き方が同じだと頭のすみで思いながらふと違和感を覚えて瞬《しばたた》いた八尋は、すぐにその理由を悟った。

　部活の大事な試合で負けた時も失恋した時も、──八尋の母親が亡くなった時も、妹は八尋にしがみついて泣いた。離れた場所にいる時は八尋に会うまで必死で涙を堪えて、顔を見るなり抱きついてきて泣きじゃくる。それが、いつの間にか当たり前になっていた。

　なのに、今の雛子は一歩も八尋に近寄ろうとしない。十歩も歩けば届く距離を近づこうともせず、誰かに戒められたように立ち竦んで、声を殺して泣いている。

　しようがないなと、思った時にはもう足が前に出ていた。かっきり十歩の距離を詰めて目の前に立ってみても、妹は相変わらず俯いたまま声を嚙んでいる。

　叱られるのを待っているような風情に、呆れたような愛《いと》おしいような気持ちが溢れた。

「……泣きたいんだったら泣いていい。ほら、無理に我慢しなくていいって」

声をかけながら、そっと腕の中に抱き込んだ。それでも固まったままの背中をそっと撫で、思い付いて頭をぽんぽんと撫でてみる。

「雛。いいからちゃんと泣けって」

「う、ぇ……っ」

駄目押しのように言って、いつもより強く抱きしめてみる。とたんにしがみつく腕が強くなった。つられたように泣き声が崩れて、そのまま妹は号泣した。滲んだ声で八尋を呼び、またしても謝りながらぎゅうぎゅうに縋《すが》ってくる。

「あー、もう……そこまで泣かなくていいって。こっちこそ、ごめんな？　ちゃんと話もせずに消えちゃってさ」

胸元に顔を埋《うず》めたまま、雛子はぐりぐりと首を横に振った。その頭をそっと撫でながら、東上が八尋の頭を撫でる時の気持ちが何となくわかったような気がしてくる。

「――……八尋」

近くからかかった声に顔を上げるなり目の前にいた長月と目が合って、すぐには言葉が出なかった。その代わり、向けられた視線を怯《ひる》むことなく受け止める。

「すまなかった。あとでと言わず、その場で話を聞くべきだった。――本当に、悪かった」

短く言った長月が、その場で八尋に頭を下げる。

予想外の展開に呆然とその様子を眺めて、八尋はどうにか問いを口にした。

「……どういうことか、訊いていい？」

一拍、黙った長月がちらりとリビングのすみに目を向ける。そこでは彼女がフローリングにうずくまったまま、啜り泣くような声を上げていた。

「江美ちゃんとの件は誤解だったと、二日あとにわかった。――江美ちゃんが八尋の腕を摑んで脚立から落とすのを見たと、雛子に教えてくれた人がいたんだ」

「………………！」

「江美ちゃんはずっとストーカーに悩まされていて、神経過敏になっていたらしい。パニックになって、勘違いをしたと」

淡々と説明する長月の表情は、けれどとても微妙なものだ。それは八尋ではなく、今も床にうずくまる彼女に向けられたものだ。

「な、んで？　どうして？」

いきなり、かん高い声がした。信じられないと言いたげな、悲愴《ひそう》な響きを帯びて続く。

「雛ちゃん、わたしのこと大好きだって言ってくれたじゃない。頼りになるって、お母さんみたいって……ずっと仲良くしてきたじゃない。隆道さんだって、わたしのこと頼りにしてくれてたのに――いつも喜んでくれたのに、何でこんなことになってるの？　そんな子、邪魔なばっかりなのに、どうして……っ」

訴えるようだった声が、途中から湿り気を帯びる。最後の一言は完全に滲んで、辛うじて聞き取れるだけだ。「何で」「どうして」と泣き崩れる彼女を視界の端で認めながら、八尋は複雑な気分になる。

腕の中で泣いていた妹が、そちらに顔を向けている。八尋のシャツを掴む指はそのままに、抱き留めた背中が先ほどまでとは違う緊張を帯びているのがわかった。

――彼女が、妹と長月のために一生懸命だったことは事実だ。

妻を失くした頃の長月は仕事が忙しくなったばかりで、雛子はまだ幼稚園に通う年頃だったという。突然母親を失ったせいか当時の雛子はひどく精神的に不安定になっていて、目が離せる状態ではなかったと聞いている。

長月の両親が当時すでに亡かったため、雛子は生母の実家に預けられていた。その面倒を積極的に見ていたのが、彼女だったらしい。

八尋が知っているのは、そこまでだ。とはいえ、雛子の懐きようや長月の様子を見れば、ふたりが彼女に恩義を感じているのは明らかだ。

彼女の側に、ふたりに対して特別な思い入れがあるだろうということも。

ひどく、重い気分になった。視界のすみで動く影に気づいたのはその直後で、八尋は思いがけなさに大きく目を瞠る。

キッチンの暖簾をかき分けて顔を覗かせていたのは、東上だった。八尋と目が合うなりいつもの笑顔になったかと思うと、立てた人差し指を唇に当ててみせる。それを見た瞬間に、妹が「受取拒否」で戻ってきたあの手紙を持っていた理由がわかった気がした。

すうっと、思考がクリアになる。同時に、つまり先ほどからのあれこれもまとめて東上に聞かれてしまったのだと悟って、何とも言えない気分になる。

思わず顔を顰めたら、東上は申し訳なさそうな顔で暖簾の向こうにひょいと隠れた。腰から下が丸見えでは無意味だろうと呆れたものの、仕方ないかと苦笑する。——結局、八尋は彼に助けられてしまったらしい。

それならそれで、自分が決めたことをやるだけだ。頭を切り替えて、八尋は改めて義理の父親と妹を見た。

「もう、言う必要はないみたいだけど。五か月前、おれは何もやってないから」

すぐさまこちらを向いてくれたふたりの表情には、等しく罪悪感が滲んでいる。それを承知で、八尋は話を先に進めた。

「あと、母さんの噂のことだけど、不倫とか浮気はあり得ないとおれは信じてるから。第一、母さんて亡くなる直前までお義父さんのことすごく好きだったし」

「お兄ちゃん、……」

「八尋。それは」

「亡くなる前に、半年も先のクリスマスにお義父さんに何あげようかって、さんざん悩んでた。すごく嬉しそうな、幸せそうな顔で、どんなのが似合うか何なら喜ぶかってすごく真剣

に考えて、まだ早いのに買っちゃってさ。自分とこのクローゼットだとお義父さんに見つかるかもしれないから屋根裏に隠したって言ってたよ。——喜んでくれたら嬉しいし、自分も幸せだって惚気られた。そういうの、お義父さんも雛も知ってるよね」

八尋の言葉に、長月も雛子も何かを思い出すような顔になった。それへ、八尋はあえて問いを突きつける。

「お義父さんと雛は、それでも噂を信じる？　それとも、噂が正しいと思う根拠がある？」

「——……」

「責めようと思ってるわけじゃないよ。おれも、あり得ないと思ってたはずなのに、ちゃんと否定できなかったし。……ただ、落ち着いて考えてみたら、おれには噂を信じる根拠も理由もないことに気がついただけだから」

だから、長月たちにも考えてほしい。言下の言葉に気づいたのかどうか、長月と妹は戸惑ったように八尋を見返してきた。

「言いたいことはそれだけだから、今日はこれで帰る。また連絡——してもいいよね？」

「……かえるって、どこに？　どうして？　うちに帰ってきてくれたんじゃあ、ないの？」

八尋のシャツを摑む指に力を込めて、妹が言う。それを追うように、長月も口を開いた。

「待ちなさい。せっかく帰ってきたのにどこに——いや、きちんと話がしたいんだ。せめて今夜はうちに」

「今日は無理。彼女がいるし」

「八尋」

必死な様子で言う長月に苦笑して、八尋は未だに床で泣いている彼女に目を向けた。

「あの状態を、放っておくわけにはいかないよね。でも、おれはその人とは二度と関わり合いになりたくないから、お義父さんと雛に任せた。——それにおれ、明日から仕事があるんだ。任せてもらってることもあるから、勝手に放り出すわけにはいかないし」

「おにい、ちゃ……帰ってきて、くれない、の？」

「もちろん、また話に来るよ。けど、今日は言いたいことを伝えるつもりで来たから」

泣き腫《は》らした顔の妹が、懇願するように見上げてくる。長月も、微妙に顔を顰めている。

それはある意味、八尋がここにいるのを当然と思ってくれているからだ。知った上で、けれど流されるつもりはなかった。

「わかった。——それなら、せめて携帯を持って行きなさい。すぐ取ってこよう」

しばらくのお見合い状態のあと、ため息混じりに長月が折れた。泣き出しそうに顔を歪めた雛子が見上げてきたけれど、それは頭を撫でて受け流した。

思い付いて顔を向けると、いつの間にか暖簾をくぐって壁際にいた東上と目が合う。声もなく口の動きだけで「お疲れさま」と言われて、今度こそほっとした。

13

「東上さんの仕事って、さっきのあれですか」

発車間際に乗り込んだ新幹線の中、ふたつ並びで取った指定席に腰を下ろしたあとで、思い切ってそう訊いてみた。

どう考えても、東上が他の仕事をすませる時間はないのだ。タイミングや状況を思えば妹と長月は八尋たちが家の中に入った時にはもう待機していたはずで、だったら東上も同じだろう。

行きと同じく通路側の座席に腰を下ろした東上は、八尋の問いにあっさり頷く。

「そんなとこだね。結果の見届けと、別口で気になることがあったから立ち会っただけ」

「気になること、ですか？」

長月の家を出るまでいっさいの口出しをしなかったことを思い出せば、「見届け」というのは納得できる。だとしたら「気になること」とは何なのか。怪訝に思ったそのあとで、「そういえば」と別方向に思考が飛んだ。

「あの手紙って、いつのまに――」

「一昨日《おととい》の夜、リビングに落ちてるのを拾ったんだ。それで、持ち主に返そうと思ってね。……この場合、持ち主は宛名の相手だったってことで」

悪びれたふうもなくさらりと言われて、苦笑する。おそらく本当に「返す」だけで、それ以上のことをする気はなかったのだろう。素直にそう思えたせいか、腹は立たなかった。

「妹さん、ずいぶん驚いてたよ。八尋くんから手紙が来てたこと自体を知らなかったしね。だから、あとは僕抜きで十分かと思ったんだけど」

いったん言葉を切って、東上は苦笑した。

「まさか、一昨日の昨日で八尋くんが直接会いに行くって言い出すとは思わなかったんだよねえ。そうなると気になることもあったし、手紙読んだ妹さんとお父さんからいいタイミングで電話も入ったんで、少しばかり仕掛けさせてもらったんだ」

怪訝に東上を見上げながら、八尋は引っかかった箇所を何度か頭の中でリピートする。そうして、ようやく今の言葉が含む違和感に気づく。

「いいタイミングで電話って、……あの。東上さん、いつ雛に手紙を渡したんですか？」

「昨日の午後、直接会った時にね。もう一度投函《とうかん》するかどうか迷ったんだけど、それだとまた受取拒否されそうだったし。エミさんだっけ、妹さんやお父さんにかなり信用されてるっぽかったから、介入する余地がない方がいいかと思ってさ」

「でしょうね。江美さんて、雛には——妹にとっては、生まれた時からずっと可愛がってくれてた人ですから」

無条件に信じていたからこそ、それをひっくり返すのは難しい。要するにそういうことだ。

ある意味では最初から、八尋の敵う相手ではなかった。

「八尋くんのことも、間違いなく大好きなんだと思ったけどねえ。手紙読んでも泣いてたし、八尋くんの画像や動画見せてもやっぱり泣かれたしなあ」

「……え、何ですか、その画像とか動画とか」

「ん？　こっちの立場というか、身分証明みたいなもんだけど。八尋くんが手紙に書いてた差出人住所と苗字と僕の免許証照らしてもらって、こっそり撮ってた八尋くんの事務所での画像とか動画見せて、誘拐でも監禁でもなくうちで下宿しながらバイトしてますって話したんだ。でないと僕、ただの怪しい人でしょう」

いつのまにそんなもの撮ったんだと思う反面、それもそうかと納得——しかけたら、東上はけろりと続けた。

「そのうちわかるだろうから先に言うけど、長月さんたち、私立探偵に八尋くん探しを依頼してたよ。こっちが頼んだ事務所と知り合いだったこともあって、今回同行してくれたからあまり警戒されずにすんだけど」

すらすらと続く言葉のそこかしこに、やはり多大な引っかかりを覚えた。思わず眉を寄せた八尋に気づいているのかいないのか、東上は穏やかに続ける。

「妹さんだけど、どっちも好きで信じてるから、マイナスの事情を聞かされてもなかなか飲み込めなかったんじゃないかな。……例の誤解に関しては、さすがに思うところがあったみたいだけど」

「……はあ」

東上が軽く補足してくれたところによると、例の現場を見ていた人は彼女のアパートと並列した棟に住んでいて、彼女の部屋をたびたび訪れる妹やそれを迎えに来る八尋を見かけていたらしい。八尋がいなくなった翌々日、彼女の元を訪れた妹に声をかけてきたのだそうだ。

――お兄さん、電球替えてるとこ無理に引きずり落とされてたけど大丈夫だった？ と。

あれは引っ張る方が悪い、下手をすれば怪我をする。そう彼女を非難したあとで、だからといってベランダから外に出た八尋もよくない、と注意されたのだそうだ。

驚いた妹から問いただされた時、彼女は向こうの見間違いだと答えたらしい。見ていた方も主張を曲げず言い合いになった結果、最終的に江美の側が「自分の勘違いだった」「八尋は何もしていない」と認めた。その時の説明に一貫性がないのは、誰が聞いても明らかだったそうだ。

「まさか、八尋くんに電話してデタラメまで吹き込んでるとはねえ。その電話って、プリペイドにかかってきたんだ？」

「あ、……そうです。昨日の、昼過ぎに」

「そうなると、一昨日の電話のメッセージを途中で切ったのも彼女だね。履歴とメッセージ消されたら、そりゃ妹さんも長月さんも電話があったとは気づかないよなあ」

「気づいてなかった、んですか？」

思わず訊いてみたら、東上はあっさり「そう」と頷いた。

「そもそも彼女が留守中に家に入ってたことも知らなかったらしいよ。合い鍵も渡したわけじゃなくて、いつの間にか彼女が持ってたみたいだし」

前妻の実家に預けていた合い鍵は、再婚が決まってすぐに返してもらっていた。どうやら彼女はそれ以前に、合い鍵を作って持っていたらしいのだ。そのあたりも、今日彼女に留守番を頼む際に長月がわざと会話を誘導して聞き出したという。

「留守番、頼むって……それ、わざとですか。何でそんなことを？」

「僕がそうしてもらったんだ。長月さんや妹さんには、直接聞いてもらった方がいいと思ったから。八尋くんがひとりの時限定なら、何かやらかしそうだったし」

「え」

予想外の言葉に、思考が固まってしまった。見返すだけの八尋に苦笑して、東上は言う。

「受取拒否と電話の件だけでも悪意ははっきりしてたし、例の勘違いとかは相当だからね。なのに長月さんも妹さんもそのへんがよくわかってない気がしたんだ。そのまま八尋くんと引き合わせたら、なし崩しで曖昧にされそうでねえ」

親類関係が絡むと、もっとろくでもないことがあってもなあなあで流されることが多い、と東上は言う。

「人間って、親しい相手が加害者だと甘くなる傾向があるんだよね。自分で見聞きしてなければなおさらだから、ひとまず舞台設定を整えてみた。もっとも、あそこまで見事に自爆してくれるとは思わなかったけど」

「………」

唖然と口を開けたまま、八尋は「確かに」と納得する。

東上は、最初から最後まで一言も口を挟まなかった。だからこそ、長月や妹も彼女の正体を受け入れたのだろう。

「──ひとつ、いいですか。東上さん、いつからおれのこと調べてたんです？　一昨日からじゃないですよね」

東上があの手紙を見たのは、一昨日の夕方だ。住所氏名が知れれば情報を集めるのは楽だとしても、早朝に出て夜に帰宅するというスケジュールの中で、彼女の違和感に気づいた上に長月たちとの対面に至るとは考えにくい。おまけに先ほどからの東上の物言いには、もっと前から調べていたようなニュアンスがあった。

じいっと見つめて答えを待つ八尋に、東上は困った顔をした。ややあって、降参とでも言うように両手を挙げる。

「八尋くんが、うちの事務所に来るようになってすぐ、くらいかなあ」

「必要がないことはしないんじゃなかったでしたっけ。それとも依頼人がいたとかですか？」

答えの見えた問いをあえて口にすると、東上は開き直ったように首を竦める。

「自分で自分に依頼ってことで、自主研修扱いかな。事務所の連中は、いっさい巻き込んでないよ」

「でも、東上さんにそんなことをする暇はなかったですよね？」

八尋が事務所でバイトを始めた当初、東上はたまに外出する程度で連日事務所に詰めていた。先週一週間は外出が多かったとはいえ、大抵スタッフ連れで行動していたはずだ。

「よく覚えてるねえ……僕が直接調査に入ったのは昨日だよ。それまでは知り合いの事務所に依頼して、結果報告だけ貰ってたんだ」

「何ですか、それ！　余所《よそ》に依頼とか、お金かかるんじゃあ」

声を上げた直後にここが新幹線の中だったと思い出して、慌てて口を塞いで周囲を見回した。夕方と呼ぶには早い時刻だからか車両の乗客は少なく、そのことにほっとする。

東上は、八尋のその様子を眺めて何だか楽しそうに笑った。

「そりゃ、八尋くんのことなら気になるし。あんな顔見せられて放置はできないよね」

あんな顔と言われても、八尋にはまったく心当たりがない。途方に暮れて見上げていると、東上の指に頬を撫でられた。直後、真顔で見据えられて無意識に背すじが伸びる。

「今さらだけど、断りもなく勝手なことしてごめん」

真正面から深く頭を下げられて、八尋は当惑する。

「あの、とうじょうさ、」

「八尋くんが、本気で調査を厭がっていたのはわかってた。それを承知で、黙って勝手に長月さんたちに会いに行って、独断で手紙まで渡した。――そこまででも十分余計なことだっただろうに、今日また勝手に口出しをして八尋くんと彼女をぶつけるような真似をした」

「東上さん、それは」

「第三者として聞いてるだけでも、十分気分が悪かったんだ。厭な思いをさせて、本当に申し訳なかった」

「――……」

下げた頭を上げようとしない様子に、何とも言えない気分になった。

東上が言ったことは、確かに事実だ。けれど、謝ってもらうのは違う気がした。

「余計なことじゃなかったです。おかげですっきりできたので、むしろお礼を言わせてください」

そう言って、八尋は東上に負けないよう頭を下げる。我慢比べの気分でじっと待っていると、上から「すっきりしたんだ?」という不思議そうな声が落ちてきた。

「彼女との件があった時に、おれ、何も言えなかったんです。自分のこともですけど、亡くなった母親が不倫してたようなこと言われて、あり得ないと思ったのに否定できなくて」

ゆっくり顔を上げてみたら、真顔の東上がこちらを見ていた。眼鏡の奥の目の色に先を促されて、八尋は考えながら言葉を繋ぐ。

「けど、東上さんに拾ってもらってバイトしていろいろ考えてるうちに、結局おれが噂に惑わされてただけだって気がついたんです。気持ちは定まったし、義父や妹にはちゃんと言えたと思いますけど、彼女に関しては今回のことがなければ曖昧に終わってた気がするんです」

だから、と八尋は苦笑した。

「あそこでぶつけてもらって助かりました。おかげで義父や妹の前で堂々と言い返せたし、自分の中でも決着がついたと思います。あと、東上さんがいてくれたおかげでいろいろ踏ん切りもつきましたし」

「踏ん切りっていうのは?」

「おれ。子どもの頃から、意識して優等生やってたんです。子どもなりの処世術、みたいなものだったんですけど」

訥々《とつとつ》と続けながら、ふと思う。誰とでも話す柔和な優等生でいることで、確かに攻撃されること自体は減っていった。けれど、常にどこかで構えている部分があって、そのせいか特別に親しい友人はできなかった。本音を隠し言いたいことを飲み込んで、結果言うべき時に言うべきことを言えなくなった。本音をこぼせるのは今は亡い母親の前でだけで、長月や妹に対しても八尋は無意識に「優等生」であり続けた。

だからこそ、噂を知ったあの時に長月に反論できなかったのだ。どうして信じてくれないのかと詰め寄ることも、落ち着いてもう一度話すこともできず、結果的に小さな引っかかりがどうしようもなく深い溝へと変わっていった。彼女が仕掛けたあの罠《わな》は、それがあったからこそ成立してしまった。

「へえ。そんなに違うの？」

「彼女と、あと近所の人には別人みたいだって言われましたね。義父も妹も、今日のおれには違和感があったみたいです。……今までだったら言われるまんま、あの家に残ってたと思うし」

「そうなんだ。ちなみに今の八尋くんて、どっち？」

首を傾げた東上に、興味津々に覗き込まれた。近すぎる距離に怯んで身を退きながら、少し慌て気味に言う。

「えーと、東上さんが相手の時に優等生だったことはないです。三谷さんからも東上さんに対してだけ態度が違うって、言わ――」

（八尋くんて、しょちょーの何。もしかして、恋人だったりする……？）

不意打ちで耳の奥によみがえった声に、今さらに顔が熱くなった。泡を食って、八尋は必死に言葉を連ねていく。

「そもそも東上さんに拾ってもらえなかったら、おれ今でもその日限りのバイトしながらカプセルホテル暮らしだったと思うし！　手紙も電話も一昨日の時点で諦めてたし、でもそういう時もずっと東上さんが傍で見ててくれたおかげでちゃんと考えたり、冷静になれたんだと思うんで！　とにかくすごく感謝してます、ありがとうございますっ」

まったく返事になっていないと知っていながら、勢いのままがばりと頭を下げた。

火照った顔が早く戻るよう俯いたままひたすら願っていると、上からため息のようなものが聞こえてきた。

やはりまずかったかと反省した、そのタイミングでぽすんと頭上が重くなる。馴染んだ重みにほっとしたのを見極めたようにゆるゆると撫でられて、知らず頬が緩んでしまっていた。いつのまにかこの距離に慣れていたことを実感するとともに、ふっと胸が冷たくなってくる。

もう終わりなんだと、唐突に思い知ったせいだ。

話し合いの必要はあるにしても、長月や妹は八尋が帰るのを望んでくれている。八尋が家を出たのも東上が八尋を拾ってくれたのも、つまりは八尋に居場所がなかったからだ。もちろん八尋の仕事振りはそれなりに認めてくれているにせよ、自宅に置いてくれた理由の何割かは八尋への同情も混じっているはずだ。

（大学は、休学届けを出してあるから）

別れ際の、長月の言葉を思い出す。来年度からもう一度やり直せばいいと、当然のように告げられた言葉を喜べない自分に呆れてしまう。

……長月と妹に、「会いに行く」。当初から無意識に口にしていた言葉の意味に気づいたのは、妹や長月と話していた時だ。ふたりが当然のように「帰る」と言うのに、八尋は「話しに来る」と返してしまう。そのくせ、東上のマンションに「帰る」と、躊躇いなく言ってしまうのだ。いつのまにか、あの和室は八尋にとって大事な居場所になっていた。

ずっと、いられるわけがないのに。——問題が解決したなら、居場所がないから置いてもらっているだけの居候は長月に「戻る」のが当たり前なのに。

「お礼はいいから顔上げてくれないかな」

「はい。……えーと、すみません……」

言われて顔を上げてみて、気づく。いつのまにか周囲に乗客が増えていて、何人かが興味深げにちらちらとこちらを眺めていた。怪訝に思った直後に自分が頭を下げ続けていたせいだと気がついて、首を竦めて謝ってしまう。

「謝らなきゃいけないのはこっちの方なんだけどねえ。……うん、じゃあここはお互い様ってことにしようか」

「え、それでいいんですか?」

「いいんです。僕は十分おなかいっぱい」

さらりと言って、東上はシートに凭れかかった。それへ、八尋は声を落として言う。

「それだと釣り合わないっていうか、納得できないので何かお礼させてください。えーと、よそに頼んだ調査費と病院代はもちろん返しますけど、それ以外でおれにできることがあったら」

「気持ちだけで十分っていうか、それ別れの挨拶に聞こえるんだけど。気のせいかなあ？」

さりげなく言ったつもりで、かなり露骨な言い方になっていた。自覚した時にはもう東上が微妙な顔でこちらを見ていて、返す声が何となく尻すぼみになる。

「でも、問題は解決しましたし。おれ、向こうに行かないとまずいですよ、ね？」

「何でそうなるかなあ。勝手に決められるととっても困るんだけど」

思い切り心外そうな顔で、即答されてしまった。予想外の反応に目を瞠っているうちに、車内アナウンスが今朝乗ってきた駅の名前を告げる。

「まあ、そのへんは帰ってゆっくり話そうか。――八尋くん、忘れ物しないようにね」

「は、い」

ぎくしゃくと頷いて、八尋は上着のポケットを確かめる。指先に触れる携帯電話はふたつあって、東上から貰ったプリペイドと約五か月前まで八尋が使っていたスマートフォンだ。連絡用に持って行くようにと充電器と一緒に長月から渡された。

八尋くん、と名前を呼ばれて顔を上げる。直後、東上に手首を摑まれ引き起こされた。

「逃亡阻止ってことで、諦めてね」

不意打ちの言葉に目を丸くしている間に通路を歩かされ、降り立ったホームからエスカレーターへ向かう。その間にも、摑まれた手首は放してもらえなかった。

14

玄関の中に足を踏み入れた瞬間に八尋が感じたのは、安堵だった。

今朝出てきたばかりのこの部屋に八尋が住むようになってから、まだ一か月にも満たない。それなのに、作り付けのシューズボックスや地模様のあるアイボリーの壁紙や天井の明かりをひどく懐かしく感じた。

素直に、「帰ってきた」と思えてしまうのだ。つい先ほど、新幹線の中で気づいたことをまざまざと証明されたような気分になった。

小さく息を吐いた背後から入る光が、ふと陰る。直後に玄関ドアが閉まる音を耳にして、ざあっと背中が緊張した。

（何でそうなるかなあ。勝手に決められるととっても困るんだけど）

新幹線を降りる直前に言われた言葉の意味を、八尋はまだ聞いていない。手首を掴まれたまま駅構内を歩く時も、通りをマンションに向かっている時にも東上は奇妙なくらい静かで、ふだんからはありえないほど口数も少なかった。

どういうことなんだろうと思った時、すぐ傍で「八尋くん？」と呼ばれた。

ぎょっとして飛び退《の》いたはずの足が、変にもつれてたたらを踏む。傍の壁に縋ろうとしたら、横から肘を摑まれ引っ張られた。とん、と背中が何かに当たるのを知ってわたわたと手を振り回していると、今度は耳元で笑う声がする。

「危ないなあ。やっぱり手を繫いでおいた方がいいみたいだね」

「……だから、おれとひなちゃんを同列にしないでくださいって」

反射的に、いつも通りの返事が出ていた。

すぐに返ると思った軽口は、けれど聞こえて来なかった。違和感を覚えて顔を上げるなりほぼ真上から見下ろしてくる東上と目が合って、八尋は思わず息を飲む。

東上は、いつになく真剣な顔をしていた。胡散臭いまでににこやかなのがデフォルトだと思っていたせいか、そういう表情をすると別人のように見えて、妙に緊張してしまう。

「何度も言ってるはずだけど。僕は、八尋くんとひなを同列に扱ったつもりはないよ」

「え、……でも」

「そもそも人と不用意に接触するのは好きじゃないんだ。スキンシップが好きな人間とか、まったく気が知れないと思ってる」

「そ、ん――だって、東上、さ……」

真顔で言葉を連ねながら、東上の腕は真逆の動きを見せている。気がついた時には八尋はすっかり背中から、東上の腕に抱き込まれてしまっていた。

先ほどの言葉が耳元で聞こえたことを思えば、左肩にある重みはおそらく東上の顎だ。その証拠に、時折首に髪の毛が触れるのがわかる。

そこまでは、理解した。理解できないのは、どうしてこんな状況になっているのかということだけだ。

「話が戻るけど、八尋くんにはここにいてもらわないと困るよ」

「……え、あの。何で、でしょうか」

耳元を掠める吐息に背中を竦ませながら、思い付いたのは事務所の倉庫だ。それで、何となくほっとした。

「事務所の倉庫だったらちゃんと片づけますよ。一度引き受けたんだから、最後まで終わらせます。雛にも、今やってる仕事が目処《めど》つくまでって言ってあるし」

「倉庫が片づいたら辞めるんだ？　あいにくこっちはその気はないんだけどなあ。っていうか、どうして辞める話になるのか、訊いていいかな」

不思議そうに問う声が、耳元から遠ざかる。安堵したような物足りないような複雑な気分を振り払って。八尋は笑ってみせる。

「だってその、おれの家はあっちですし。もう、戻れない理由もなくなったし、……大学のこともあるし」

「駄目だなあ。理由になってない」

「え、何ですか、それ」

思わず八尋は背後を振り仰ぐ。やはり真顔で見下ろす東上と目が合って、近すぎる距離に目眩がした。

「今言ったのって、全部口実だよね。八尋くんの希望には聞こえない」

問う言葉は柔らかいのに、指摘は直球のど真ん中だ。まともに言い当てられては返す言葉もなく、八尋は返事に詰まって黙り込む。頭上に落ちてきた馴染んだ重みに、鼻の奥がつんと痛くなった。

そうして、どのくらい無言でいただろうか。小さく息を吐く音とともに再び左肩に重みが落ちて、すぐ傍で囁《ささや》く声がする。

「……たぶんそうじゃないかとは思ってたんだけど。どうもというか、やっぱり全然わかってなさそうだよね」

「な、んの話、ですか……？」

耳元で話されるのは、結構きつい。たまにかかる吐息とか首に触れる髪も問題だけれど、近すぎる声はもっとやばいと初めて知った。——何しろ聞いているだけで、身体のあっちこっちがぞくぞくしてくる。

「八尋くん、今のこの状況について言いたいことはない？　厭だとか、気持ち悪いとか」

「は、い……？」

意味がわからずきょとんとしていると、首すじにまともに吐息がかかった。とたんにざわりと肌がざわめくのがわかって、八尋は慌てて声を上げる。

「お、もうところは沢山あります、けど！　放してくれないのは東上さんの方でっ」

「でも、ふつうもっと暴れるとかもがくとか、抵抗して逃げようとするよね？　なのにどうして八尋くんはおとなしくされるがままでいるのかな」

「………っ」

指摘は図星そのもので、言い訳のしようもない。そのことにようやく気づいて、八尋は無意識に身を竦めてしまう。――きっと、今の自分は全身赤いに違いない。

くすりと、すぐ傍で笑う気配がした。

「八尋くん、真っ赤っかになってるよ」

「そ、……わ、ざわざそんなの――か、らかわないでください、って」

今さらと知りつつ身を捩《よじ》って、東上から離れようと試みる。とたんにきつく腰を抱かれ、ぐいと大きく引っ張られた。気がついた時には目の前の、あまりに近すぎる距離から、東上に覗き込まれている。

あと三センチ近づいたら、絶対にどこかぶつかる。確信するのとほぼ同時に、東上が八尋の顔の横に肘をついた。それで、自分が玄関先の壁を背に立たされていたことを知る。

「――逃げないってことは、厭じゃないんだよね？」

どうしてこんな真似をするのかと、泣きたいような気持ちになった。スキンシップは好きじゃないと言った口で、居候させている年下のアルバイトにこんな思わせぶりなことをして、いったい何が面白いのか。

もっと腹が立つのは、遊ばれているのが明らかなこの状況に、それでも喜んでいる自分自身だ。やっぱり好きだと、そう思ってしまう事実だった。

「ひ、とで遊ぶのはほどほどにしてくれませんか。あんまりいい趣味じゃないですよ」

「遊んでないよ。本気」

「だったらなおさらよくないです。響子さんに叱られても、おれはいっさい関知しませんからそのつもりでいてくださいね」

早口に言いながら、思い出したのは以前この玄関先に広がっていた響子の香りだ。

——仕事だと言いながら、滅多に他人を入れないという自宅に招いた。そうする理由など、言われなくても察しはつく。

「響子さんが、何？」

なのに、東上はきょとんと首を傾げた。いかにも怪訝そうなその様子に、あの時と同じ胸を絞られるような痛みを覚えてしまう。それでも、辛うじて平静を装った。

「香りが移るような、仲なんでしょう？　ここにも入ってもらってたみたいだし。……あの、言ってもらったらおれ、いつでも外出とか外泊するんで、遠慮とかしないで——、ちょ、とうじょうさ……」

長い指に頬をふにふにと摘まれて、八尋は思わず眉を寄せる。その様子を、東上はやはり真顔でじっと見下ろしていた。

「それ、八尋くんがレイトショーに行った日のことだよね。もしかして、もしかしなくても妬《や》いてくれてたんだ？」

「……何ですか、それ」

あっけらかんと言われて、今度ばかりはむっとした。取り繕うことも忘れて上目に睨んでいると、東上はふと表情を緩める。

「うん？　そうだったら嬉しいなあっていう願望かな」

「あ、のですね。いくら何でも、ふざけるのは――」

「変に誤解されてるみたいだけど、僕がここに入れるのは佐原とひなと八尋くんだけだよ。響子さんなんか論外だ」

「ろ、んがいって」

すっきりきっぱりと言い切る口調に毒気を抜かれた。それでも、八尋はぼそぼそと言う。

「でも、あの夜に帰ったらここで響子さんの匂いがしてましたし。次の日に東上さんが帰った時も、やっぱり」

「するだろうねえ。あれだけぶちまければね」

「……はい？」

辟易したように言われて、八尋は改めて東上を見上げる。相変わらず近すぎる距離で八尋を見つめたまま、東上は器用に右の眉だけを上げてみせた。

「あの夜は響子さんからの依頼の関係で、ちょっと人を待ち伏せることになっててね。帰りの便を考えて僕の車を出したんだけど、途中で拾って予定の場所に行く途中で、響子さんがアトマイザーだっけ？　携帯用の香水入れを落っことしてくれたんだよね」

間が悪く、助手席と運転席の間に置いていた東上の上着に、もろに染みたのだそうだ。響子がクリーニングをと言ってくれたので頼むとして、ひとまず替えの上着が必要だとマンションに立ち寄った。

駐車場の車中に響子を残して自宅に戻り、新しい上着を羽織って仕事に行った。終わったあとで響子を送り届け、事務所に電話連絡を受けて協力者に会いに行き、そこで香水の匂いがすると指摘された。

「鼻が慣れてて気づかなかっただけで、上着を動かした時にシャツにも香水がついてたらしいんだ。ほかに心当たりはないからね」

じっと見つめたままの八尋に苦笑して、東上は首を竦める。

「嘘か本当か、気になるなら響子さん本人に訊いてみて。間違いなく、僕みたいのは真っ平だって言い切るはずだから」

「真っ平って、……でも親しくされてます、よね？」

「一応知人混じりの友人だからねえ。ただ、似た者同士っていうか思考回路が似すぎてるせいで、一緒にいるとうんざりするかぞっとするかなんだよね。アレが恋人とか、論外っていうか絶対厭だな。そのへんの認識は向こうも同じみたいだけど。——そのへんは佐原がよく知ってるから、聞いてみるといいよ」

似すぎている、というフレーズに既視感を覚えて、思い出す。そういえば、似たようなことを三谷か小山から聞いたような覚えがあった。

「っていうか、そもそも恋人なんかいないから八尋くんを家に入れたんだけど。下心満載で構ってたのも、やっぱり全然通じてない、かあ」

「……したごころ、ですか」

「かなり本気で口説いてたんだけど、今初めて知ったよね？　そういう顔してるもんね」

ふわりと向けられた笑みは標準装備の胡散臭いにこやかなものではなく、時折見せてくれる素直なものだ。そして、八尋は東上のこの表情に弱い。さらに言うなら「口説く」と言われて動揺しないほど鉄壁にもできていない。

頬に血が上るのを意識して、八尋はできるだけ平然を装った。

「でも、おれ男ですよ。それに、東上さんよりずっと年下です」

「知ってるよ。けど、好きになったら仕方がないよね？　あと、これも断っておくけど。好きな子の一大事だから昨日今日も動いたんであって、そうでなければあそこまでつきあわないからね」

告げられた内容に、この二日間の——それ以前に余所の事務所に依頼したという調査を思い出す。時間と労力とお金を使ってもらったことは事実だし、その理由も今説明された。なのに、どうにもうまく胸に落ちてくれない。

「と、いうわけなんで。八尋くんも、少し考えてみてくれないかな」

「かんがえる、ですか」

「そう。どうやら妬いてくれたみたいだし、だったら少なくとも嫌われてはいないと思うんだけど、実際のところ八尋くんは僕のことをどう思ってる?」

「ど、うって……」

「気長に待つつもりはあるんだけど、可能性はあるかなっていう話」

竦んだように瞬きをする八尋の様子を見てか、東上は近い距離で苦笑する。前後して頬を撫でた少し冷たい指の感触に、意図せずびくんと肩が揺れた。

「どうかな。返事、聞かせてほしいんだけど」

「………」

間違いなく真っ赤になっているだろう頬の火照りを、他人事のように感じた。

嘘だろうと、思った。こんなことが起きるはずがないと、固まった頭の中身がぐらぐらと煮えているのがわかる。

「本当は八尋くんのペースに合わせて、もうしばらく黙っていようと思ったんだけどね。黙ったままでいて逃げられたら、立ち直れそうにないから」

声とともに、頬に触れていた指が顎のラインを辿るように動く。その感触をひりつくように感じて、すでに知っていたはずのことを今になって思い知った。

東上が、こんなふうに触れる相手は八尋と比奈だけだ。三谷や小山とはいっさいそんなことはしないし、佐原とではもっと荒っぽいどつきあいになる。

だからこそ、子ども扱いだと思った。二桁も年下の未成年だから、初対面から身の程知らずに突っかかっていたから、生意気なガキ扱いなんだろうと解釈していた。

けれど、東上の比奈への接触は頭を撫でるか手を繋ぐかのどちらかのみだ。八尋にするように頭を撫でたついでに頬に触れたりはしないし、背中に触れてエスコートじみたことをすることもない。

それから、いつかの買い物の時に交わした言葉も。

(これからも八尋くんがごはん作ってくれるんだったら買うのやめてもいいなあ)

(八尋くんだってそうだよね?)

耳に残る言葉を思い出していると、急に唇を摘まれた。ぎょっとして目を向けると、相変わらず近すぎる距離で覗き込んだまま、東上が首を傾げている。

「そろそろ返事、聞かせてもらっていい?」

「え、……あ」

何の返事だったかすぐに思い出せず、慌てて思考をフル回転させる。すぐに思い出したものの、今度は気持ちが怯んで口ごもった。

こういうことで、嘘を言う人じゃない。確かにそうだとは思うけれど、何もかもがいきなり過ぎて、考えがうまくついていきてくれない。口説いていたと言われても、八尋がそれと認識したのは今の今なのだ。

「返事しないんだったらキスするけど、いい？」

「……っえ、あ、ちょっ――」

「どうしても厭なら殴るか蹴《け》るかして逃げて。後追いはしないから」

そう言う声が、もう唇に触れていた。逃げられないと悟った時には深く呼吸が奪われていて、八尋は反射的に息を詰める。――これでは、逃げようがない。

「――、ん、っ……」

正真正銘初めてのキスは、嵐の中に放り込まれたように混乱するばかりで、唇の感触すらおぼろだった。うまく息が継げず喘いだタイミングでするりと離れて、息を吸ったのを待ち構えたように再び重ねられる。

最初は軽く押し当てるだけだった感触が次第に強くなり、角度を変えた拍子に湿った体温にするりと撫でられた。驚いてぐらついた背中がかすかな音を立てて壁に当たったかと思う

と、強い腕が支えるように腰に回る。しっかりと、けれど強引でなく支えられる感覚に、飽和した思考の中で辛うじて、今の自分が身体のどこも――それこそ顎ですらも拘束されていないことを知った。

小さく音を立てて離れていった唇が、吐息のような声で囁きを落とす。曖昧に濁った思考は深く意味を考えることなく従ってしまい、素直に開いた唇の間に濡《ぬ》れた体温を割り込ませてしまった。

「ん、……っぅ、――」

知らない体温に歯列をなぞられて、ぞくぞくとした感覚が背骨を伝う。さらに奥を探る動きまで許した結果、唇の奥をぐるりと大きく辿られた。

「……ン、……っふ、――」

唇を撫でる体温が動くたび、思考が白く染まっていく気がした。かすかになった頭のすみで辛うじて認識したのは、自分の指が必死になって、何かに縋りついていることだけだ。

「逃げるなら今のうちだよ？　よく考えて」

唇から離れた吐息が、今度は耳元で低く囁く。それを聞いた瞬間に、かくんと大きく膝が崩れた。

転ぶという意識もなくひやりとしたその時、腰に回っていた腕に強く引きつけられる。瞬間的に上がった心拍はまだ激しいまま、それでももう大丈夫だとほっとした。

「……八尋くん」

こつ、と何かが額に触れる。痛み一歩寸前の衝撃に瞬いたあとで、ピントが合わないほど近くで東上が見ていることを知った。

いつでもキスできそうな距離で、額をぶつけられたのだ。悟ったとたんに、かあっと全身が熱を帯びた。

「あのねえ……だから、そういう顔は反則なんだって」

困ったように言う東上は、いつのまに外したのか眼鏡がない。初めてこのマンションに来た時目にしたきりの顔は確かに東上なのにどうにも違和感があって、ついまじまじと見つめてしまっていた。

「ごめん、ちょっと、つい暴走した……動けるかな?」

「……あ、——」

答えようとした舌がもつれてしまい、八尋はひとつ息を飲み込む。急いで頷くと、長い指にそわりと頬を撫でられた。じっと見ている東上の顔はどこかしら物言いたげで、八尋はただ瞬いてしまう。

気をつけて、との声とともに、腰に回っていた腕がそっと離れる。ぐらつく身体を壁に縋って支えていたら、東上が手を貸してくれた。まだ履いたままだった靴を脱ぐよう言われてその通りにすると、馴染んだ玄関横の自室まで支えられて歩いた。

「まだ平気だと思ったんだけどなあ……修行不足か、可愛いからまずいのか」

八尋を畳の上に座らせながら、東上がぼそりと言う。どこかに入れていたらしい眼鏡をかけるのをじっと見上げながら、八尋は何かを忘れているような心地になった。

「少し休んだ方がいいね。疲れただろうし」

「は、い。そうですね、その方がいいかも」

新幹線を降りたのが午後六時頃だったから、おそらく今は七時前くらいだ。とはいえ朝が早かった上に、久しぶりに長月たちに会うから緊張もしていた。

「じゃあ、僕はちょっと出てくるね。少し遅くなるけど夕飯は外に食べに行くから、支度は気にせずに休んでて」

「え、……」

思わず見上げた八尋の頭をぽんぽんと撫でると、東上は大股《おおまた》に和室を出ていってしまった。そのまま、どうやら玄関先で靴を履いているようだ。

——返事をしていないと、気がついたのはその時だ。あんなに聞きたがっていた東上が、どうしてか追及もしなかった。

また失敗したのかと、思った。言いたいことや言うべきことを口に出せないまま、ひとりで後悔するのだろうか、と。

もがくように動いて、腰を上げた。小走りに向かった玄関先ではちょうど東上が出ていくところで、間に合わないという思考に焦りが生まれる。気がついた時には、背中にぶつかるようにしてしがみついていた。

「いっ」

かすかに聞こえた声で、風船が割れたように我に返る。瞬いて見れば八尋は東上の背中にがっちりと抱きついていて、自分のその行動に唖然とした。同時に、上着越しに伝わってくる体温と匂いを認識して、いきなり動悸《どうき》が激しくなる。

「八尋くん？　どうかした？」

玄関の中に戻った東上が、ドアを閉めておもむろに振り返る。それを目にして、間に合ったと安堵した。それでもまともに顔を見ることはできず、八尋は東上の腰に腕を回したまま目の前の背中を見つめてしまう。

「あ、のっ……」

言いたいことは沢山あるのに、うまく言葉にならなかった。何度も息を飲み唇を噛んで、八尋は精一杯に声を絞る。

「へんじ、します。あの、……おれもすきです」

喉《のど》に絡んだ声に、東上の返事はない。

重い沈黙に自分の言葉が浮いたように思えて、必死で言葉を繋いだ。

「響子さんのことがあって、気がつきました。けど、おれ男だし東上さんから見たら子どもみたいなもんだし、絶対相手にされないと思ってたんです。だからうまく諦めて、邪魔にならない間だけでも近くにいたいと思っ……」

東上の腰に回していた右手に、急に手を重ねられる。びくりとしたのに気づかないはずないのに、東上は黙ったまま今度は左手も同じように手首を握ってきた。半端になった告白を続けられないまま、八尋は摑まれた左右の手首に伝わる体温を感じている。

「あ、の……？」

両方の手首をそれぞれ引かれて、しがみついていた腰から離される。それがひどく心許なくて、小さく息を飲んでいた。

東上の顔が見たいのに、見るのが怖い。それで思わず俯いていると、八尋の両手をひとまとめにした東上がゆっくり振り返るのが靴の動きでわかった。

「八尋くん」と、もう一度名を呼ばれる。それでも俯いたままでいると、大きな手のひらに左右の頬をくるまれた。上げさせられた視界の中、やっぱり真顔の東上と目が合う。

「もう一回、言ってくれる？」

囁くように言われて、勘弁してと言いたくなった。それでもどうにか自分を鼓舞して、八尋は口を開く。

「好きです」という四文字を発する間も頬や耳朶《みみたぶ》を擽《くすぐ》られて、本当に通じたんだろうかと不安になった。——何となく、犬猫扱いされている気がしたのだ。

その不安は、けれど二秒後に東上があっさり壊してくれた。

「じゃあ、もう一度キスしてもいいかな」

真正面から目を合わせたままで言われて、その場でかちんと固まった。さっきはいきなりだったのにどうして今回は許可を取るのかと少々恨みに思いながら、八尋はぎくしゃくと頷いてみせる。

頬を撫でていた指がくるりと動いて、こめかみから目尻をなぞっていく。その感覚に気を取られた隙に、もう呼吸を塞がれていた。

頬をくるむ手のひらの感触と唇に触れる体温を、先ほど以上にリアルに感じた。半端に冷静になったせいか、かすかな吐息や身じろぎの音や、時折響く水気を帯びた音がやけに大きく耳につく。角度を変えて長く続いたキスはじきに歯列を割った深いものに変わって、くらりとした目眩に襲われた。ようやく唇が離れた時には、八尋はすっかり息を切らして東上の腕に凭れかかっている。

「うーん……やっぱりまずいかも」

耳に届いたその声に、八尋は思わず顔を上げる。見下ろしていた東上と目が合うなり顔じゅう火がついたように熱くなってしまい、慌てて離れようとしたら腰を強く引かれて抱き込まれた。くすくす笑いで身を屈めた東上に額にキスされて、ちゃんと通じたようだとほっとする。その直後、急にひょいと抱え上げられた。

器用に靴を脱いだ東上が向かった先は、突き当たりのリビングダイニングだ。すでに定位置になった肘掛け椅子ではなく、東上がよく仮眠しているソファの上に下ろされて、八尋はきょとんと東上を見た。

「八尋くんはここで休憩ね。すぐ戻るからいい子にしてて」

翳りつくようなキスをして離れかけた東上の袖を、反射的に摑んでいた。

「どこ、行くんですか。何で？」

正直言って、むっとした。

先ほどは返事をしていなかったから自業自得としても、やっとの思いで告白した今になっても出かけるとはどういうことなのか。袖を摑む指に力を込め、眉根を寄せてじいっと見上げていると、東上はわかりやすく困った顔をした。

「いや、ちょっと頭を冷やしにね」

「実はさっきおれに言ったこと全部嘘でからかってただけで、だから不本意で困ってるとか、そういうことでしょうか」

平坦な声を連ねながら、気持ちがすうっと萎《しぼ》んでいくのがわかった。それこそ子どもみたいだと思いながら、摑んだ袖を離せなくなる。

東上が、短く息を吐くのが聞こえた。八尋に向き直ると、ソファの真ん前に膝をついて手を伸ばしてくる。頬を撫でながら、淡々と言った。

「八尋くん、あんまり恋愛慣れしてないよね」

「……慣れないというか、完璧初心者ですけど。だから駄目だとか言います？」

そういえば、高校時代のクラスメイトがそっちの話をしている時に「初心者は面倒」だと言っていた。思い出して顔を顰めたら、東上は「いや個人的には大歓迎だけど」とぽそりと言う。じっと見返す八尋と目線を合わせたかと思うと、やけに長いため息をついた。

「だからねえ八尋くん、その顔は反則っていうか、駄目だって」

声がしたのとほとんど同時に、ぐるりと視界が大きく回る。え、と思った時には真上に東上の顔があって、何を言う間もなく唇を奪われた。

状況はまったく読めなかったけれど、東上が行かずにいてくれることにはほっとした。おかげで、自分がソファの上に転がされていることにも、その上に東上がのしかかっていることにもしばらく気づかなかった。

あれ、と思ったのは、唇から離れて耳元を探っていたキスが顎から喉に落ちていった時だ。肌の表面がざわめくような、ぞくぞくした感覚を覚えて瞬いているうち、肩や背中を撫でていた手のひらが腰へと落ちてくる。慣れない刺激に無意識に捩った腰をゆっくりした動きで辿られて、そこかしこでざわりと鳥肌が立った。

もしかして、とその時になってようやく思う。けれど、男女の間ならともかく東上と八尋は男同士だ。いくら何でもそれはない——と思いかけて、そういえば男同士でもありだと聞いたようなと気づく。タイミングよくと言うべきか、東上の手のひらが八尋の足の間を掠めて、かすかな接触にじわりと滲んだ感覚に息を飲む羽目になる。

反射的に、上になった東上を押し返していた。

間近で苦笑した東上が、呆気なく身を起こす。ソファから降りると、まだ転がったままの八尋の鼻をついと摘んで言った。

「やっぱり、今日の今日だと無理だよねえ」

含みのない声だったのに、それを聞くなり全身が熱くなった。要するに、頭を冷やすというのはそういう意味だったのだ。

「そういうわけで、すぐ戻るからおとなしく待ってて」

するりと頬を撫でて離れかけた手を、辛うじて捕まえた。首を傾げた東上を見ながら、八尋はのろのろと身を起こす。

「あ、の。行かないで、ここにいて、ここにいてくれませんか」

――ずっと、ここにいられるとは限らない。帰りの新幹線の中で気づいたその事実に、背中を押されたような気がした。

バイトは続けてほしいと、東上は言う。けれど、今の八尋はあまりにも宙ぶらりんだ。必死で勉強して合格した大学を休学したのも、今東上の事務所でバイトをしていることすらも成り行きでしかない。

大学のことも、長月のことも妹のことも、——自分のこれからも。もう一度、きちんと考え直すことになるのだ。ただ東上が好きだから、ここにいたいから。それだけの理由で寄りかかるわけにはいかないし、甘えるだけで終わる自分になりたくないとも思う。

好きになって、好きだと言ってもらって、それですべて終わるわけではない。だからこそ、あとで後悔はしたくなかった。

「……八尋くんねえ。意味わかって言ってるのかな」

八尋の頬を親指で揉《も》むように撫でて、東上は言う。それへ、八尋は唇を尖らせてみせた。

「さっきから、初心者だって言ってるじゃないですか」

「うん。だから、何も急ぐ必要はないと思うんだけど」

「でも、ここにいてほしいです。今は、余所に行かないでください。……あと、先にシャワーだけでも浴びたいです」

目を合わせて言えたのは最初の一言だけで、あとはあちこちに視線がうろついた。これでは言い方が可愛くない上に、喧嘩腰に聞こえそうだ。それが気になってちらりと目を上げたら、不意打ちで寄ってきたキスに唇を齧られた。

「心意気は、買っておくけどね。——風呂の支度してくるからここにいて」

苦笑混じりに言って、東上が腰を上げる。思わずその腕を摑むと、呆れ顔で鼻を摘まれた。

「どこにも行かないよ。心配しなくていい」

急ぐ必要はないと、東上は何度もそう言った。

大丈夫だと答えたのは八尋だ。平気だから、心構えはするから、今は離れたくないから。そんなふうに言い張って、ほとんど強引に押し切った。

即物的すぎるのは承知の上で、きちんと確かめたかったのだ。言葉だけでなく、これまでのスキンシップの延長のような触れ合いではなく、交わしたばかりの告白の証拠になるものが欲しかった。

だから、入れ換わりに浴室に向かった東上に言われるまま戻った玄関横の和室に、ふだんは自分で延べる床が準備してあるのを見た時にはまだ、落ち着いていられた。そのまま寝てしまって構わないという東上の言葉に対抗するように布団の横に腰を下ろして、東上がやってくるのを待った。

じきに姿を見せた東上は湯上がりらしく髪の毛が湿っていて、眼鏡がないせいか別人のように見えた。布団の横で膝を抱えて座る八尋と目が合うなり、今日何度目かの少し困ったような顔をしたのだ。

（疲れた顔してるなあ……やっぱり休んだ方がいいんじゃないかな？）

思わずむっと顔を顰めたら、目の前で膝をついた東上の手で左右の頬をぷすりと潰された。

（どうしてそんなに焦るかな。らしくないよ？）

困った声と表情で言われた上に、小さくため息まで落とされて、自分が聞き分けなく駄々を捏《こ》ねているような気がしてきた。

改めて考えるまでもなく、東上は八尋よりずっと年上だ。こういうやり方は子どもっぽいと思われたのかもしれないし、いかに好きだと思っていても今の八尋相手では物足りないのかもしれない。だからこそ「無理だ」と言ったのだとしたら——。

（……東上さんが厭だったら、無理にはいいです……）

ふいと顔を背け、両手と両膝をついて布団に入った。畳の上に膝をつく東上に背を向けながら耳だけを澄ませて、今にも出ていってしまうだろう気配を感覚だけで追いかける。

予想外のことが起きたのは、その時だ。背後で衣擦れの音がしたかと思うと、布団をまくられ背中から長い腕に抱き込まれた。びくりと振り返った顎を取られ呼吸を塞がれて、無意識に伸ばした指で東上のシャツを握り込んでいた。

（厭だったらこんなに困らないんだけどね）

ため息のようなその言葉は、布団の上に転がされてから聞いた。どういう意味か聞こうとした唇を舌先が絡むキスで封じられて、結局その問いを発することはなかった。

あっという間に、どろどろに溶けてしまったからだ。角度を変えて長く続いたキスだけで息が上がり、上気《のぼ》せたように何も考えられなくなった。舌の根が痺《しび》れるほどのキスがいつ終わったのかも意識になく、上になった人の肩にしがみついて、見慣れたはずの天井の木目をぼうっと見つめていた。

「――、ふっ、ぁ……」

いつの間にかまくりあげられた寝間着代わりのスウェットが、脇の部分で溜まって喉に届く。つい先ほどまで首すじから耳朶《じだ》をなぶっていたキスが胸元に下りて、そこだけ色を変えた箇所を狙ったように啄《ついば》んでいく。

胸元の反対側を大きな手のひらと長い指で探られても当初はむず痒《がゆ》さを覚えただけで、膨らんでもいないし意味がないんじゃないかとぼんやりした頭で思う。何だか申し訳ない気持ちになって背中にしがみつく指に力を込めたら、胸元を齧ったキスにもう一度呼吸を塞がれた。首の後ろにもぐり込んだ腕に頬から顎へ、喉へのラインを撫でられて、喉の奥が猫のような音を立てる。

「ン、……ぅ、んっ――」

再び胸元に落ちたキスが、嘗めるだけでなく吸いついては歯を立てるようなものに代わる。強めに引っ張られるたび、当初は擽ったいだけだったはずのそこに、知らない感覚が滲んで混じるのがわかった。何で、と思った直後にこぼれた声はぎょっとするような露骨な色を帯びていて、それが自分のものだと思うだけで全身が熱くなっていく。――この声を、東上にも聞かれているのだ。

「う、……ン、ぐ、……」

耐えられないと、思った時にはもう右の親指の付け根に嚙みついていた。緩めたとたんに声が溢れそうで、だからわざときつく歯を立てる。痛ければ声が出ないと思うとかえって安心した。

「こーら。そういうのは駄目だって……ああ、歯型なんかつけちゃってどうするの」

なのに、気づいた東上の手で強引に右手を引き剝がされた。眉根を寄せた顔で見られたかと思うと、おもむろに口元に持って行かれる。何が、と思う間もなく、今の今まで嚙みついていた箇所にぬるりとした感触が這《は》った。

手に残った歯の痕《あと》を、東上に嘗められているのだ。見開いた視界に映るその光景は八尋の目にはひどく淫靡《いんび》に見えて、思い切り頭を殴られた気分になった。

「や、……っ」

「厭はなし。齧ったあとは手当しないとね」

反射的に引っ込めようとしたのに、東上の手も唇も離れてくれない。当初は嚙み痕を舌でなぞっていただけだったのが、いつの間にか親指そのものを口に入れ、くまなく舐《ねぶ》られている。続いて指の股から人差し指へと移った唇はそれこそ飴《あめ》でも嘗めているようにねっとりと丁寧で容赦がなく、最後に小指の爪《つめ》に歯を立てられた時には囚《とら》われた手全体が小さく震えてしまっていた。

「自分の手を翳るのは禁止。またやったら同じ目に遭うからそのつもりでね？」

声とともに目尻を拭《ぬぐ》われて、初めて涙がこぼれていたのを知った。そのまま瞼《まぶた》にキスをされ、耳元から喉へ、そして胸元へとキスが戻る。そこだけ色を変えた箇所は尖ったままで、軽く啄まれるだけで喉の奥から声が出た。

無意識に動きかけた手で、辛うじてシーツを摑む。笑うような声で「いい子だね」と言われたけれど、それを子ども扱いだと思う余裕など八尋の中には残っていなかった。

胸元から鳩尾《みぞおち》へ落ちたキスが、脇腹を啄んで臍《へそ》を抉る。それと同時に下がっていった手のひらが、スウェットのズボン越しに膝の裏側を撫でて大腿《だいたい》の内側を這うように動いた。そんなふうに誰かに触れられるのは初めてで、それが東上の手だと知っていてもびくびくと肌が跳ねてしまう。

「や、……っ、ぁ――」

するりと動いた手のひらに、脚の間を覆うように探られる。とたんに襲った感覚は違《たが》えようのない悦楽で、その箇所が後戻りのきかない熱を帯びていたことを思い知らされた。

「八尋くん、気持ちいいんだ？」

ふと顔を寄せられる気配に、反射的にぎゅっと目を閉じる。どうしようもない羞恥《しゅうち》に頷くことも返事をすることもできずにいると、耳元で小さく笑う声がした。

「こっちは安心したんだけどな。……目を、開けてくれない？」

「……っ、――」

辛うじて、首を横に振った。苦笑混じりの声が「残念」とつぶやくのを聞いた直後、語尾ごと押し込むように呼吸を奪われる。これが何度目ともしれないキスは、あっという間に舌先が絡む深いものに変わった。

押し込まれたままの舌先に翻弄《ほんろう》されて、呼吸が喘ぐように短くなる。息苦しさに顎を反らそうとしたら、首の後ろに滑り込んだ手のひらに強く摑まれた。それと前後して、再び脚の間を手のひらで包まれる。

「ン、……っ」

喉の奥でくぐもった声がこぼれたのは、東上の手のひらを直接肌に感じたからだ。ぎょっとして意識を向ければいつの間にかスウェットは下着ごと膝のあたりまで引き下ろされ、躊躇いなど欠片もない指に過敏になった箇所を握り込まれている。緩やかに、強弱をつけた刺激を与えられて、これまで知らなかった粘るような悦楽の底に落とされた。

キスで塞がれたままの唇から、押しつぶした悲鳴のような声がこぼれている。無意識に閉じた膝では脚の付け根をまさぐる手を押しのけることはできず、辛うじて伸ばした手は東上の肩や脇を押すのが精一杯だ。

東上は、手慣れていた。手のひらで緩く刺激したかと思うと、指先でやんわりと輪郭を撫でては弱い箇所をまさぐってくる。

触れられるたび、何もかもを暴かれていくような気がした。強すぎる悦楽と未知への恐怖が相俟《あいま》って、熱を帯びる身体とは裏腹に気持ちは勝手に竦んでいく。

「や、……と、うじょう、さ――っ」

「ん？　大丈夫、心配ないよ。そのまんまでいい」

「待っ、――や、だ、見な、で……っ」

きっと、今の自分はとんでもなくみっともない顔をしている。だからそう訴えて顔を背けたのに、東上は八尋の顎を摑んで引き戻した。額がくっつくような距離から見つめる顔は胡散臭いにこやかさとも帰宅後に何度も見せた真剣なものとも違う強い色を帯びていて、文字通り頭から食われてしまいそうな予感に襲われる。

思わず怯んだのが、顔に出たのかもしれない。目が合ったままの東上が唇の端を上げる笑みを見せたかと思うと、またしても深く呼吸を奪われた。歯列をなぞって絡んでくる体温に上気せたように唇の奥を明け渡して間もなく、腰に溜まっていた熱がギリギリの際まで押し上げられていく。

自覚はなかったけれど、耳に残る反響を思うと声を上げたのだと思う。啄むようなキスに目尻のラインを辿られて、瞬いたとたんに東上と目が合った。

喉の奥が凝固したように、声が出なくなった。あっという間に熱くなった頰で、真っ赤になっているだろうと予想がつく。

「……大丈夫かな。まだどこか苦しい？」

視線を外すこともできずただ見返していると、やけに落ち着いた声にそう訊かれた。緩く首を振ったら頬を撫でられて、鼻の頭に齧るようなキスをされる。

今の今まであったはずの熱が嘘だったような、優しいばかりのキスだ。まだ落ち着かない呼吸を繰り返す八尋は急な変化に戸惑うばかりで、だからといって東上の顔をまともに見るには恥ずかしすぎた。

──反応が遅れたのは、そのせいだ。下肢に残るぬめりをそっと拭われる感覚で我に返った時にはもう、東上の手で下着とスウェットを元通りに直されていた。

「…………？」

状況が飲み込めずきょとんとしている間に、ゆるりと背中から抱き込まれる。布越しに伝わってくる体温につい先ほどまでの接触を思い出して、知らず全身がびくりと揺れた。とたん、苦笑するような声が耳に届く。

「今日はもう何もしないよ。いいから少し休もう？」

ね、と宥めるように言って、頭を撫でられる。その手が離れていくのを、呆然と感じていた。

疎い八尋にも、わかる。自分はともかく、東上はまだ終わっていないはずだ。

気になってもぞりと身動《みじろ》いだら、背中から回っていた腕が緩んでくれた。寝返ってみると真正面に東上がいて、身の置き所のなさにわずかに狼狽える。それに気づいたのだろう、小さな笑みとともに伸びてきた指に髪を梳《す》かれ、目尻に軽いキスをされた。

「あの。とうじょう、さ……？」

「ん？　おなかでも減った？　それなら何か買ってこようか」

「ちが、そうじゃなくてっ」

あっさり起き上がろうとした肩を押さえてその場に座り込むと、珍しいことに八尋の方が見下ろす側になった。こういう角度で東上を見たのは初めてで、おまけに眼鏡なしだから余計に不思議な気がする。そう思ったあとで、上半身をつるりと剝《む》かれてしまった八尋とは違い、東上がまったく着衣を乱していないことに――服装もカットソーにチノパンという普段着で、つまり最後までする気は最初からなかったのだということに気がついた。

「眠れそうにないかな。だったら起きてリビングに行く？」

当然のように向けられた問いに、頭を殴られたような気がした。結局相手にはしてくれないのかと、そんな思いが溢れて止まらなくなる。

東上が躊躇《ちゅうちょ》していたのも、こちらを気遣ってくれていたのもわかっている。男同士どころか女性との経験もない八尋が余計なことか興醒《きょうざ》めな真似をした可能性も、十分にあるとは思う。けれど、こんなふうに誤魔化《ごまか》されるとは思ってもみなかったのだ。

気がついた時には、首を横に振っていた。怪訝そうに見下ろす東上に手を伸ばして、長袖のカットソーの裾《すそ》をまくりあげてみる。とたんに苦笑した彼に「こら」と頬を抓《つね》られて、泣きたいような気持ちになった。

「……しないん、ですか？」

やっとのことで絞った声は、自分の耳にもひどく掠れて聞こえた。

自分の腕を枕に仰向《あおむ》けに転がっていた東上が、大きく目を瞠る。またしても困った顔をされて、それでも今度は強く見返した。

「あのね、八尋くん――」

「おれが、ちゃんとできなかったからですか？　だったら、どうすればいいのか教えてもらえませんか。今度は、ちゃんとします、から」

「いや、八尋くんがどうこうじゃなくて……真面目な話、あれ以上やると歯止めが利かなくなると思うんだよね。何度も言うようだけど、焦って無理をする必要はないんだ。また今度にしておいた方がいい」

「そんなの、厭です」

間髪を容れずに返事をして、なのに語尾が不自然に途切れる。身を乗り出し東上を見下ろして、必死で言葉を声にした。

「今みたいな中途半端なのって、まるで――」

困った顔のままの東上に屈みこんで、初めて自分からキスをした。無理かもしれないし、無駄かもしれない。ともすれば後ろ向きになりそうな気持ちを無理にも押して、角度を変えては困ったように動かない唇に齧りつく。

東上が動くまで、どのくらい間が空いただろうか。するりと首の後ろを掴んだ指は優しいのに強く、ほとんど同時にやや強引なやり方で腰を抱かれ引き寄せられていた。気がついた時は八尋は足の先まで東上の上に乗っていて、さらには仕掛けたはずのキスの主導権も奪われてしまっていた。

「ン、……っ」

東上の今度のキスは、先ほどまでのものとはまるで違っていた。食らいつくように深く合わせられたせいで唇は大きく開かされ、その隙間から口の中を探られて、水っぽい音がやけに大きく耳につく。酸欠になりそうなほど長くて深いキスが終わったあとは、喘ぐように息を吐く唇にわざとのように歯を立てられた。

「自分で言ってて情けないけど、たぶん泣かれても喚《わめ》かれてもやめられないよ。それでもいい？」

唇に触れる距離で告げられた言葉に、ほっとするのと同時に怖くなる。それでも、やめようとは思わなかった。うまく声を出すことができず、それでも必死で頷いて意思表示する。

「本っ当にもう、可愛いったら……負けるなあ」

唸《うな》るような声とともに上唇に齧りつかれ、ほとんど同時に視界が反転する。それが、再開の合図になった。

——初心者イコール怖いもの知らず、という、高校の頃の教師の口癖を思い出したのは、それからしばらく経った頃だ。

与えられる深くて執拗《しつよう》なキスに溺《おぼ》れている間に、いったん直されていたはずの衣類をはだけられる。素肌に触れる東上のカットソーやチノパンはシーツとは違いざらついていて、その感覚にすらじわりと何かが滲む気がした。びくつく肌を持て余しながらまた脱いでくれないのかという疑念が湧いて、八尋は無意識にシーツを摑んでいた指で東上の背中のカットソーを摑む。耳朶から首へ、鎖骨から胸へと落ちていたキスにびくついてはこぼれそうになる声を嚙み殺しながら、精一杯に引っ張った。

脱いで、と吐息で訴えると、喉にキスしていた唇が笑うのがわかる。少しずつ上がってくる熱に浮かされながら、まだ残っていた意識でむっとした。

摑みにくいカットソーの代わりに目の前にあった東上の頭を——髪の毛を摑んで引っ張ったのは、ちょっとした意趣返しだ。

「いて、ちょっと八尋くん、そこ引っ張らないでって。あのねえ、あんまり煽らない方が身のためだと思うんだけど？」

額がぶつかる距離で覗き込まれ、親指の先で唇を撫でられる。囁く声はいつもと同じようでいて明らかな熱を孕《はら》んでいて、確かに気づいたそれをうっかり意識の外にこぼしていた。

くすくす笑う東上にまたしてもむうっとして、唇の上にあった指にぱくりと食いついてしまったのだ。

一瞬、目を丸くした東上が喉の奥で笑う。その顔を目にして、本能的にまずいと思った。すぐさま口を開け顔を背けようとしたのを別の指で引き戻されて、今度は東上の指の方がぐっと口の奥へと押し込まれる。舌先を捏ねるようにかき回され、上顎や歯列をぞろりとなぞられて、それをしているのは指なのに、今までのキス以上に恥ずかしいことをされているような気がしてきた。

「ン、っ……ぅ」

「ちょっと覚悟してもらおうかなあ。自己責任って言葉もあるしね？」

反論は、聞いてもらえなかった。というより、まともな言葉を発するだけの余地など、そのあとの八尋には欠片もなくなった。どうして東上があそこでやめたのかを、身をもって思い知らされることになったからだ。

「……っ、ん、ん――あ、……っ」

さっきはあれほど恥ずかしいと思っていた自分の上げる声を、やけに遠く聞いていた。

熱に浮かされたような意識はどこか霞《かす》んでいて、自分の状況すらも夢の中のことのように間遠に感じさせる。見上げた天井の木目の輪郭は大きく滲み揺らいで、ここがどこで自分がどうなっているのかすら曖昧に思わせた。

ひっきりなしに上がる声が、長く尾を引いて掠れて消える。大きく振った頭の周りで、髪の毛が擦《こす》れる音がやけに大きく耳につく。その合間に喘ぐように短い呼吸音と、――聞いているだけで蒸発したくなるような、粘い水音が響いている。

無意識に握りしめた指の間で、八尋のそれより少し堅い髪がするりと逃げる。どうにか捕まえようと込めたはずの力は、自分でもわかるほど弱い。その証拠に、制止したくて引っ張っても東上はまったく意に介した様子がない。

「や、……あ、っ――」

粘着質な音が響くたび、身体の中で最も過敏な箇所に熱が灯る。同時に、腰の奥のあり得ない場所を長い指で深く抉られていた。じりじりと炙《あぶ》るような熱と慣れない圧迫感から逃れようと身を捩ってみても、そのたび膝を摑む腕に強引に引き戻される。辛うじて肩を起こして目を向けた先にあったのはだいぶ前に見たのと同じ光景で、頭の中が焼き切れそうな心地になった。

剝き出しになった両膝の間に、東上がいるのだ。ずいぶん前に膝を割ってその間に顔を埋めた彼は、その時点でもう八尋の訴えを聞いてくれなくなっていた。

過敏な箇所を唇でなぶられるだけでいっぱいいっぱいだったのに、同時にもう体温を覚えたあの指で、腰の奥まで探られた。自分でも触れない場所への刺激にぎょっとして訴えた制止はあえなくいなされて、どんなに泣いても喚いても聞いてくれなくなった。

痛くないか、苦しくないかと何度も確かめてくれるのに、痛みを訴えた時はすぐに手を緩めてくれるのに――苦しいと、熱いとどんなに告げても、もう少しだと、大丈夫だといなされる。その繰り返しで、当初は摑まれていた脚を東上の肩に乗せられた時も、こんな格好は厭だと言ったのに聞いてもらえなかった。

力の入らない指で、もう一度東上の髪を握る。とたんに小さく動き出すリズムは八尋の熱を煽る動きと連動していて、そう認識しただけで目眩がした。濡れた体温に輪郭を辿るようにまさぐられ、強弱をつけて吸いつかれて、どろりとした悦楽にずぶずぶと沈んでいく。嵩《かさ》を増した悦楽はもう八尋の顎まで届いているようで、このままでは溺れて窒息すると思う。

必死で呼んだ名前は吐息どころか喘ぎにしかならず、東上まで届かない。そう思ったのに、今の今まで八尋の膝を撫でていた手にシーツを摑んでいた手を取られ、しっかりと握り込まれた。そのことにひどくほっとして、八尋はもう馴染んだその手に縋りつく。

「……うじょ、さ――」

やっとのことで半分音になった声を聞き取ってくれたのか、手を握る力が強くなる。たったそれだけのことでひどく安堵して、そんな自分がおかしいと思う。逃げたいのに逃げたくない、怖いのにこうしていたい。相反した感情に引きずられて、結果八尋はただ東上の名前を呼んでいるしかなくなる。

ごく浅い海で、溺れているようだ。逃げようにもうまく逃げられず、ただ意味のない声を上げている。ほんの少し数センチ上に水面があるのに、どうしてもそこに届かない。そうやって、逃げ場のないところでギリギリまで追い詰められている――。

「……あ、……っ」

目の前で風船が割れたような錯覚に、八尋は肩で息をつく。そのあとで、何が起きたのかを思い知った。また自分だけなのかと泣きたい気持ちで唇を噛んでいると、額をぶつけるように覗き込んできた人に指先で間を探られ阻止される。

「傷になるから駄目だって。――何で泣いてるの。やっぱり厭になった？」

苦笑混じりの声とともに、眦《まなじり》にキスを落とされる。そのままこめかみまで辿ったのは、涙の痕《あと》を拭ってくれたのかもしれない。

辛うじて、首を振った。予想外のことが多かったけれど、恥ずかしくて消えたくなったけれど、厭だとは思わない。それを伝えたくて、まだかすかに滲んだ視界を凝らす。

「とうじょうさ、……は？」

「んー……八尋くんがきついならここまでにするのもありかな、と」

「うそ、つき。や、められないって、言っ……」

この期《ご》に及んでまだ言うかと、悲しくなってきた。必死で伸ばした腕を東上の首に回して、力いっぱいに引き寄せる。

当初はびくともしなかったのが急にあっさり動いてくれたのは、間違いなく東上が八尋の意を汲《く》んでくれたからだ。全部が全部そうして八尋を気遣ってくれているのだと知っていて、なのに先をねだる自分が強欲なんだろうと思う。

それでも、自分だけは厭だったのだ。初めて好きになった人だから、ようやく手が届いた相手だから、長くは一緒にいられないかもしれないから。そう思ったら、どうしても今だけの証拠が欲しかった。

下りてきた東上の唇に、八尋の方からキスをする。下手なのも慣れないのも仕方がないし、うまく誘惑ができるとも思わない。それでも、気持ちだけは伝えたかった。

「うーん……やっぱり、やめられそうにないなあ。八尋くん、先に謝っておくね。本当にごめん」

「ン、……ぅ？」

キスの合間に、そんなつぶやきが耳に入る。え、と思った時には顎を掬《すく》われ、深く呼吸を奪われていた。不意打ちに驚いた唇を嘗められ、強引に舌先を搦《から》め捕《と》られる。そうなると、八尋は拙《つたな》いなりに応えるだけで精一杯だ。

唇から離れていったキスに喉元を吸われ、うなじをなぞられる。大きな手のひらに背中や腰を撫でられて、先ほど終わったはずの箇所がじわりと熱を帯びていく。

するりと動いた手のひらに、膝を掴まれる。何が起きるのかすぐには飲み込めず無意識に目の前の髪を引っ張っていた。顔を上げた東上はわずかに苦笑した顔を寄せてきて、再びキ

スで呼吸を塞がれてしまう。

優しいキスに溺れているうちに、腰の奥に何かが触れたのがわかった。思わず瞬いた八尋に気づいたのかどうか、深く歯列の奥を抉るキスと同時に、身体の奥のその場所を強い力で穿《うが》たれる。ひどい圧迫感と痛みに逃げようとした腰は、けれどきつく抱かれて身動きもできず、知らず喉の奥から悲鳴がこぼれていた。

「……う、あ、……っ」

「八尋。大丈夫だから、落ち着いて。ゆっくり息して」

キスをやめた唇に耳元で囁かれて、初めて自分が息を止めていたことを知った。辛うじて浅い呼吸を継いでみてもひどい圧迫感は薄れることなく、かえって深く食い込んでいくのがわかる。互いの身体の間にあった過敏な箇所を少し冷たい手でくるむように握り込まれたのがその時で、ざわめくような甘い感覚が波紋のように広がっていくのがわかった。

「……っあ、とう、じょうさ――っ」

「うん。大丈夫、ここにいるから。ね?」

聞き慣れた声で言われ、額からこめかみを撫でられる。どうにか頷いたら、ご褒美とでも言うように啄むようなキスをされた。唇の端を齧ったキスはじきに歯列を割って、吐息を共有するようなものに代わっていく。

「いいかな。そろそろ動くよ?」

吐息が触れる距離での囁きはこれまで以上に濃い粘度を含んでいて、耳にしただけで背すじをぞわりとするものが走る。思わず震わせた背をそっと撫でられて、目尻に落ちたキスが笑っているのがわかった。

「ン、……っ、あ、——」

捩《ね》じ込むように顎の付け根に食いついたキスが、耳朶から喉までを何度も行き来する。膝の間で形を変えた箇所が指先で煽られ、とたんに肌の底で何かがざわめくのが伝わってきた。身構える前に揺らされて息を飲んだところを、続けざまの波に押し引きされる。身体の奥で逆巻いていたものが、肌を食い破って溢れてくるような錯覚に襲われる。寄せ返すたびに高く濃くなっていく悦楽に、とうとう目を開けていられなくなった。

自分が、東上の肩に爪を立てていることも意識になかった。荒れ狂う波に呑まれて、八尋の意識は深く沈んでいった。

15

早起きは、昔から得意な方だ。

目覚まし時計を使うまでもなく午前六時に必ず目が覚めるのは、間違いなく習慣だろう。

実父が亡くなってから夜の仕事をしていた母親は当然ながら朝に弱く、それでもきちんと起きて八尋の朝食や学校の支度を見ようとしてくれたから、少しでも助けたい気持ちで先に起きるようになったのが始まりだった。

おかげで母親が再婚したあとも、家を飛び出してからもとても助かった。散らかし癖のある現在の恋人に拾われ期間限定でマンションに置いてもらうようになってからも同様で、当初の予定だった一週間と経たないうちに生活のリズムは整った。――はず、なのだけれども。

「……うー……」

その朝、目を覚ました時、八尋は自室になる玄関横の和室ではなく、見るからに混沌《こんとん》とした洋室のベッドの上にいた。

短く唸って顔を振り向けても、この部屋の主の姿はない。昨夜もとい真夜中に突然帰宅し、インターホンで八尋を起こしたあげく問答無用でここに連れ込んだ人物――八尋の恋人であり家主でもある東上は、どうやら先に起き出しているらしい。

ベッドの中でしばらくもぞもぞごそと身動いだあとで、ようやく林立する本の間に隠れていた置き時計を見つけた。表示された時刻が午前九時半を回ろうとしているのを知って、ぎょっと飛び起きる。

「う、そだろ……」

有無を言わさず連れ込まれたとはいえ、昨夜は少々いじられたあと抱き枕にされて終わったため、さほどの負担はなかったはずだ。今日に決まった予定を八尋と同じくらいかそれ以上に気にかけているらしい東上は、八尋の意志以外の理由で状況が曲がることのないよう配慮してくれている。

そのあたりは本音で感謝しているのだ。とはいえ、まったく困らないとも言い切れない。

「悪気がなく天然でってことになると、対処法がなあ……」

東上のベッドで目を覚ますこと自体はずいぶん慣れてきてはいるものの、そこに至るまでの経緯の約八割がこちらが寝ぼけている時を狙っての拉致《らち》というのはいかがなものか。

――強引ではあっても無理やりではない時点で、東上ひとりのせいにできないのは明白なのだけれども。

脱がされたのは覚えていても着た覚えはまるでない寝間着をきちんと身につけているのを幸いに布団の上に座り込んだ時、こつんとドアを叩く音がした。顔を上げてみれば、ちょうど開いたドアの隙間から覗いてきた人――東上と目が合う。

「おはよう。そろそろ起きられそうかな?」

「……おはよーございます。すみません、思い切り寝坊しました。東上さんは、起きてて大丈夫ですか?」

「八尋くんに触って全快したからね。寝坊は連帯責任ってことで気にしなくていい。それより、着替えて出かけようか。朝食はいつもの店ですませるからね」

「りょーかいです。すぐ支度します」

微妙に気になる発言がありはするけれど、下手に逆らったところで返り討ちに遭うのがオチだ。なので無難に返事をし、もそもそとベッドから降りた。

ベッド横の床に見えるフローリングは小さな水たまり程度で、それ以外はすべて本や書類で埋もれている。どこにどうすっ飛ばしたのか、眺めた限りスリッパは見あたらない。

早々に諦めて、できるだけ物を踏まないよう注意しながら東上の部屋を出た。素足で廊下を歩いてはす向かいの戻った自室の真ん中にある布団は、昨夜八尋が抜け出た形で膨らんだままだ。

枕元に揃《そろ》えておいた衣類を手に取ったところで視線に気づいて、八尋はすぐに振り返る。

「手伝いだったらいりませんよ？」

「そっかー。もしかしたらと思って控えてみたんだけど」

にこやかな笑顔で言う東上は、和室入り口の引き戸に寄りかかってじっとこちらを見つめていた。

見て見ぬふりをしたら間違いなく、着替えを見学された上に聞くに耐えない感想を垂れ流される。かといって馬鹿正直に「着替えるから出ていってください」などと口にした日には、「自分の責任だから手伝う」と中まで入って手を出されるに決まっている。ちなみにどちらも憶測ではなく、実際の体験だ。そうなると、打つ手はひとつしかない。

「えーと、ですね。手伝いはいりませんけど、ちょっとこっち来てください。で、軽く屈んでいただけると助かります」

「そう？　じゃあお邪魔します」

夜中にやってくる時は無言なくせに、昼間にきちんと断るのは何なのか。浮かんだ疑問はひとまず保留して、頼んだ通りに目の前に立って屈んでくれた恋人の肩に手をかけた。

すでに眼鏡を外しているあたり、さすがと言うべきかそれとも突っ込むべきなのだろうか。微妙な気分で顔を寄せ、待ちかまえていた唇にわざと音を立ててキスをした。

よしとばかりに離れようとしたとたんに首の後ろを摑み寄せられ、角度を変えたキスをされる。喉の奥で上げた抗議の声はきれいに無視され、噛みしめたはずの歯列の奥に割り込まれた。肩を叩き胸を押しても腰に回った腕や首を摑む指が緩む気配はなく、搦め捕られた舌先が痺れてくるまで翻弄される。

途中で諦めてされるに任せたのは、こういう時に逆らっても無駄だと知っているからだ。ついでに間違っても東上本人には言えないけれど、実は八尋も嬉しかったりするのだからどうしようもない。

「……着替えたらすぐ行きますんで、東上さんも支度してくださいね」

朝するのに相応《ふさわ》しいとは言えない長くて深かったキスの余韻でか、いつも通り口にしたはずの言葉が妙に舌足らずに聞こえている。気恥ずかしさに少々ぶっきらぼうに肩を押した八尋を何だか微笑《ほほえ》ましそうに眺めてから、東上はあっさり頷いた。

「リビングで待ってるから」

言い置いて、ひょろ長い背中が廊下に出ていく。その足音が廊下の突き当たりのドアの開閉音と前後して消えるのを待って、八尋はおもむろに寝間着を脱いだ。

約一か月前に居候先の家主から年上の恋人になった東上は、とてもわかりやすく八尋を構いたがるようになった。そのこと自体は嬉しいけれど、方向性に疑問を感じてしまうのは如何《いかが》なものか。

基本的に、人への構い方がちょっと斜めになる人なのだ。あっという間に八尋と東上の関係の変化に気づいてしまった佐原が言うに、恋人になった瞬間にこれまではそれなりに押さえていた箍《たが》が外れて直球勝負になっているらしいとのことだけれど、できれば取り扱い説明書が欲しいと思ってしまう。

ちなみに同じく仕事先になる事務所にいる時は、意外なほど上手に抑えて以前と同じ態度に留めてくれている。速攻で佐原にバレた時には肝を冷やしたものの、事務所スタッフの三谷や小山には気づかれていないようなので、それはそれで良しとした。プライベートでの構い方がかなり濃密になるのはそのせいもあるようだけれど、今後もバイト先になる場所で「真相」がダダ漏れになるよりはずっとマシだ。

「まあ、いっか。毎日ってわけじゃなし、忙しい時は本当に顔見るだけだったし。……無理して昨夜帰ってきてくれたん、だし」

ここ半月というもの仕事が立て込んでいて、東上の日帰り及び泊まり出張が増えていたため、ふたりでゆっくり話すのは約一週間振りだ。実は昨夜も出張先で泊まる予定だったのだから、ギリギリで帰ってきてくれたのは素直に嬉しい。その結果ああして連れ込まれたのだと思えば、咎めようとは思えなくなった。

「それでなし崩しになってる気がしないではないけど、さ」

苦笑混じりにタートルネックのカットソーを被って顔を出す。ブラックジーンズに脚を入れ靴下を履いて、スマートフォンと財布をポケットにねじ込んだ。

今日は、事務所で長月と会う約束になっているのだ。遅れるわけにはいかないと、八尋は急いでリビングダイニングへ向かった。

八尋と長月たちが再び会って話したのは、約五か月振りの再会から一週間後だった。

週末を狙って、今度は長月と雛子がこちらに足を運んでくれたのだ。その時は駅まで迎えに行き、休日のためスタッフがいない東上調査事務所で話をした。

長月は、当たり前のことのように「帰ってきなさい」と言ってくれた。

留年は避けられないが、大学そのものは来年度からやり直すことができるから、今まで通りに長月の家から通えばいい。同じ大学に戻る気がしないなら別の大学でも専門学校でも再受験すればいいし、就職したいならそれでも構わない。いずれにしても、できる限りのバックアップをする――と。

（親として当たり前のことだから、八尋は遠慮しなくていい。自分がどうしたいかを、一番に考えなさい）

長月の、落ち着いた声音の底に滲む苦さの意味が、何となくわかった気がした。

おおもとだった誤解はきれいに解けた。半年近い月日をかけて互いに頭が冷えてもいたし、電話とはいえそれぞれ言いたいことは言い合った。

それでも、すべてのわだかまりが消えたとは言えないのだ。八尋の長月への感謝はどうしたところで消えないし、義父として尊敬してもいる。もちろん雛子は可愛いと思うし、大事にしてやりたい気持ちも変わらない。けれど、だからといって何事もなかったようにとはいかなかった。言葉にできないほどかすかに残ったしこりは、けれど簡単に無視できるほど軽くはなく、今になっても完全に消えてはいない。

おそらくは、長月の方も。――むしろ、別の意味では長月の方こそが。

八尋自身が、変わってしまったからだ。長月を出て自棄《やけ》になった結果とはいえ優等生だった自分を捨てるほど荒れたあげく、素のままでいられる場所と恋人を見つけてしまった。そうなってみれば、優等生だった頃の自分が選んだ「長月の意を汲むために都合のいい大学」への興味は失《う》せて、復学する気はきれいに失せた。加えて言えば、無意味に母親を貶《おとし》める者が近所にいるあの家に帰りたいとも思えなくなった。

けれど、それは八尋の我が儘だ。優等生を演じたのは八尋の都合であって、長月たちには関係ない。そんなふうに自問自答しては悩んでいた時に、東上から言われたのだ。

（義務とか口実みたいな面倒なものは全部棚上げして、八尋くんが本当はどうしたいかを考えてみたらどうかな。八尋くんの年齢なら独り立ちしててもおかしくないんだし、向こうがごねても僕の方である程度は対処できるから安心してていいよ）

口だけでなく、東上は実際手回しがよく手際もいい。八尋が一言「ここにいたい」と口にすればあっさり長月を説き伏せた上、事務所の正社員にしてくれそうな気がする。けれど、さすがにそれはまずいだろう。

だから、長月に頼んで一か月ほど考える時間を貰った。これから自分がどうしたいのか、どんなふうに生きていくのか。東上の紹介でいろんな職種の人と会って話をし、現場を見せてもらうという貴重な機会を得て、高校時代に受験大学を決めた時とは比較にならないほど真剣に考えた。

ようやく出たその結論を、今日、長月に伝えることになっているのだ。

食べ終えたモーニングプレートを前にコーヒーカップを手に取って、八尋は真向かいに座る恋人——東上に目を向ける。

一足先にコーヒーも飲み終えてしまった彼は、スマートフォンを見つめて操作中だ。これ幸いとばかりにその顔を観察していると、不意打ちで視線を向けられる。まともに目が合って思わず身を引いた八尋の様子に、東上は面白そうに笑った。

「昨夜から、ずいぶん緊張してるよね」

「そりゃ、しますよ。おれ、お義父さんに逆らったことってほとんどないですし。何しろ優等生でしたから」

ばれているのは予想済みだったので、素直に認めておいた。そんな八尋を眺めて、東上は笑う。

「優等生は卒業するって決めたんじゃなかったっけ？」

「決めましたけど、長年の習い性というか。できれば嫌われたくはないですよ」

「思い通りにいかないって理由で子どもを嫌う親なら、無理に好かれてもろくなことはないと思うけどなあ」

さらりと言って、東上はテーブルの上の伝票を掴む。八尋がコーヒーの最後の一口を飲み込むのを見届けて腰を上げた。そのあとを追って、八尋は喫茶店を出る。

車で数分の距離にある東上の事務所は休日のため、出てきているのは東上と八尋だけだ。長月との話には隣を使うことになっているので八尋はまずそちらに出向き、いつもの手順で簡単に掃除をすませておく。仕上がりに満足して事務所に引き返すと、東上は難しい顔でパソコンに向かっていた。

出張中の報告書を作っているのだ。邪魔をしないよう極力音を立てずにあちこちを片づけ、頃合いを見てコーヒーの支度をする。今日は、長月が好きなブルーマウンテンだ。

コーヒーメーカーがいい音を立て始めた頃に、事務所のドアをノックする音がした。すぐさま応対に出るとそこには長月がいて、八尋を見るなり表情を柔らかくする。

「えーと、お疲れさま。せっかくの休みなのに、遠いとこ来させてごめん……」

「そこはごめんじゃなくありがとう、の方が嬉しいね」

苦笑した長月に、肩を叩かれる。つられて頬を緩めたら、何だかほっとしたような顔をされてしまった。

「じゃあ、っていうとあれだけど、わざわざありがとう。隣、案内するから」

先ほどのノックに無反応だったあたり、東上は集中してしまっているはずだ。それならと、事務所を出て隣の鍵を開ける。来るのが二度目だからか長月に戸惑う様子はなく、すんなり中に入ってくれた。

「雛は来なかったんだね」

「部活があったのと、私が止めた。あれがいては不都合がある気がしてね」

「不都合って、別に」

「八尋じゃなく、私にとって不都合なんだよ。雛子がいると、八尋は我慢して飲み込んでしまいそうでね」

穏やかな声音でやんわりと言われて、返事に詰まった。そんな八尋をじっと見つめて、長月は言う。

「この一か月考えて、やっと気がついた。素直でしっかりした子だと思っていたが、そのせいで八尋に我慢を強いていたんじゃないかとね。私も、亡くなったお母さんも」

「……お義父さん」

「我が儘を言わず面倒も起こさず、聞き分けがいい。成績がよく周囲からも穏やかで優しいお兄ちゃんだと言われる。——もちろんそれも八尋だが、それ以外の部分もあったはずだ。それを、無理に飲み込んでいたんじゃないか。だったら、今度こそ我慢はさせたくないと思った。けど、雛子がいるとそうもいかないだろう?」

「——」

長月の顔は、見慣れた静かで優しいものだ。声を失った八尋を見つめて、淡々と続ける。

「屋根裏から、クリスマスプレゼントが見つかったよ。直筆のカードもつけてあった。……ずいぶん早くカードまで準備するものだと思ったら、何度か書き換えていたようだ」

「あー、……うん。母さんの癖なんだ。プレゼントを買った時の気持ちの勢いで書くのはいいけど、落ち着いたらまた書き直すんだよね。再婚前のおれの誕生日なんか、プレゼントは一個なのにカードだけ五枚ついてて驚いたこともあったくらいで」

懐かしくなって苦笑いで言うと、長月は「そうか」と頷く。短く息を吐いて言った。

「どうして疑ったのか、自分でもよくわからなくなったよ。再婚同士、お互い過去にいろいろあったことは承知の上で、それでも望んで一緒になったんだ。葬儀のあとで初めて噂を聞いた時には、とんでもなく腹が立って相手を問いつめて否定したはずだった」

「………」

「八尋のあの件でも、まずあり得ないと思ったはずだ。なのに、江美ちゃんの様子を見たら放っておけなくなった。……結果的に、八尋を信用していなかったと言われたら否定のしようがない。本当に、すまなかったと思っている」

「お義父さん。それは、もう」

「自宅の鍵を、新しいものに変えたよ。先方のご両親にも事情を説明して、今後二度と私は先方には出向かないし江美ちゃんにも会わないとも伝えた。……ただ、雛子はあちらの祖父母に懐いているから、行くなとは言えないが」

八尋と目を合わせたまま、長月が上着の内ポケットから何かを取り出す。硬い音を立ててテーブルに置かれたのは、銀色の鍵だった。

「新しい合い鍵を、渡しておく。八尋が今後どうするにしても、あの家は八尋の家だと忘れないでいてほしい。……それだけは、先に言っておきたかった」

まっすぐな言葉に、八尋は返事に迷った。手を伸ばし、テーブルに置かれた鍵を手に取る。

「ありがとう。すごく、嬉しい。——あと、ひとつだけ訂正していい？　おれ、無理に我慢してたわけじゃないよ。意識して優等生やってたのは本当だし、最初はその方が面倒がないからいいって考えてただけだったけど、途中からは変わってたんだ」

「変わってた？」

「面倒がどうこうじゃなくて、お義父さんと雛に嫌われたくなかったんだ。お義父さんのことが好きになってたし、雛のことも本当に可愛かったから。無理に我慢したとはちっとも思ってないよ」

いったん言葉を切って、八尋は続ける。

「だから、お義父さんや雛に疑われたのがショックだった。好きじゃなかったらきっと、あそこで家出したりしなかった。もっとうまく立ち回れたと思う。……おれ、お義父さんが思ってるよりずっと計算高いからね」

「そうか」と返った長月の声は、ひどく深かった。

するりと伸びてきた手のひらに、頭を撫でられる。もうすっかり慣れているはずのその感覚を、けれどひどく懐かしく感じた。

……長月からそうされるのは小学生の時以来だったのだと、あとになって気がついた。

長月との話し合いは、小一時間もかからずに終わった。

東上立ち会いのもとで八尋が告げた希望の中で長月が異を差し挟んだのは、今後の生活費と学費に関わる部分だけだ。曰く、きちんと就職するまでは保護者として長月が負担する、という。

「進路の変更くらい、誰にでもある。そこで負い目を持つ必要はないよ。八尋が自分のしたいことを見つけたなら、そのまま進めばいい。私は親としてそれを助けるだけだ」

そこだけは退かない構えに押し負けて、月に一定の生活費とこれからの受験料、そして入学金を含めて学校に必要な費用は長月に甘えさせてもらうことになった。

「何かあればいつでも連絡しておいで。それと、いつでも帰って来なさい」

「うん。ありがとう、お義父さん」

見送りに出た新幹線のホームと乗り込んだ車両出入り口でそんな言葉を交わしてまもなく、目の前でゆっくりとドアが閉まった。遠ざかっていくガラス越しの姿はすぐに見えなくなってしまい、八尋はほっと息を吐く。

結局のところ、八尋の希望はすんなり通ってしまったのだ。長月には帰らず、東上の事務所でのバイトを続けながら通える大学を受験し直す、という。ちなみに将来的な希望は、在学中にできる限りの資格を取って総務関係のエキスパートになりたい、というものだ。

何が自分に向いているのかを考えた時、それが一番性に合っていると感じたのだ。何より、東上の知人から聞かされた組織の仕組みや労務関係の話に興味を引かれたのが大きかった。

（わかった。八尋がそう思うなら、好きにしなさい）

話し合いの最後、一言そう言ってくれた長月を思い出す。同時に、今夜かかってくるだろう妹からの電話を予想して、どう話そうかと悩む。

そうしながらも、足はきちんと改札口に向かっていたらしい。入場券を入れて改札口の外に出ると、そこにはベンチに座った東上が待っていた。

「ああ、よかった。戻ってきてくれた」

「……何ですか、それ。おれ、こっちに残るって言ったじゃないですか。少しは信じてください よ」

露骨にほっとした様子で言われて、少々むっとした。傍まで行って見下ろすと、東上は軽く首を竦めてみせる。

「信じてはいるよ。けど、個人的にはいろいろねえ。……ま、とりあえず帰ろうか」

「はあ……」

誤魔化される気はないけれど、不特定多数の人が行き交う新幹線駅構内で言い合う根性はさすがにない。

東上のあとをついて駅近くの駐車場へ戻り、そのまま車で買い物に出た。以前東上が提案した週に一度のまとめ買いはすっかり恒例になっているため、購入リストは作成済みだ。袋ではまとまらないからと段ボール箱に詰め込み、帰宅したマンションの駐車場からはふたりがかりで運び上げる。

「そういえば東上さん、仕事しなくていいんですか？　報告書とか、途中なんじゃあ」

「んー、あとでいいよ。ほとんどまとまってるから、あとは書くだけだし」

「……なるほど」

東上の記憶力がやたらいいのは知っていたけれど、どうやら脳味噌《のうみそ》の作りそのものが八尋とは少々違っているらしい。感心しながら買ってきたものを所定の場所に片づけ、肉や野菜を簡単に処理しておく。その間も、東上はカウンター向こうに腰を下ろしてじっと八尋の手元を眺めていた。

どうやらこの人は、八尋が作業しているのを眺めるのを好むようだ。実際、平日でも時間さえあればカウンター向こうに張り付いている。以前は呆れていたその状況を、今は擽ったく思っているあたり、自分もかなり現金だと思う。

「そういえば、個人的にいろいろってどういう意味だったんです？」

思いついて訊いてみたら、東上は頬杖《ほおづえ》をついたままで「ああ」と頷いた。

「八尋くんて、長月さんのことがすごく好きだよね」

「好きですよ。母の再婚相手があの人でよかったって、今でも思ってますし」

「そういうの、八尋くん見てるとよくわかるんだよね。……結局のところ、わかりすぎるから楽しくないってことなんだけど」

「……はい?」

ついでにサラダを作ってしまおうと、キャベツを刻んでいた手が止まる。顔を上げてみれば東上はカウンターの上に重ねた腕に顎を乗せ、見慣れない上目遣いで八尋を見つめていた。

「自分が寛大だとは、ゆめゆめ思ってもいなかったんだけどねえ。猫の額ってよく言うけど、鼠《ねずみ》の額より狭い気がして仕方がないんだよね」

「……えーとですね。何が狭いのか、具体的に訊いてもいいでしょうか」

「僕の心の話だよ」

さっくり返った返事に、思わず首を傾げていた。

「東上さんて、心狭いですか? あんまりそういうイメージはないですけど」

「そう? 佐原とかは思いっきり同意してくれるけどなあ」

「……あー……」

確かに言いそうだと納得し、思わず自分でも首を傾げる。そこで納得するあたり、自分はいったいどういう認識をしているのか。そこに、東上が問いを投げてきた。

「ちなみに八尋くんは僕にどういうイメージ持ってるの。海みたいに広いとか砂漠みたいに乾いてるとか?」

「どっちも外れです。何かこう、リアス式海岸みたいに入り組んでて、複雑すぎて境界線が掴めない感じじっていうか」

考え考えつっかえながら言ってみて、自分で「なるほど」と納得した。連鎖的に、長月での家族旅行で四国の室戸岬《むろとみさき》に行った時のことをも思い出した。

あの時はひたすら海岸線を走った結果、行けども行けども辿りつかずだったのだ。進行方向で目に入る海にせり出した突端がそうだと思ったのに、近づいてみたらまだ先だったというアレだ。摑めるようで摑めないあたり、よく似ている気がする。

二重の意味で納得しひとりで頷いていると、前方から絞り出すような声がした。

「……何だろう、褒め言葉に聞こえづらいなあ……」

「え、どこがですか。ちゃんと褒めてるじゃないですか」

「そう？　……まあ、八尋くんがそう思うんだったらいいんだけどね」

にっこり笑顔で頷いて見せながら、眼鏡の奥の目の色はちっともよくなさそうな色を帯びている。それを承知で、八尋はにっこりと笑ってみせた。

あとがき

おつきあいくださり、ありがとうございます。左手に続いて右手もヤバくなってきた気が、先日からとてもしている椎崎夕です。


今回は、やさぐれ気味の大学生（？）と結構困った社会人の話になりました。

主人公が予想外に疲れていたり、困った社会人は当初部屋が片づかない人……だったはずが、いつの間にかあえて片づけない人になっていたりと書いていてあれこれ変動があった話ですが、仕上がってみたら結構好きな雰囲気になっていたように思います。

ちなみに、書いても書いても甘くならない事態に「いや恋愛にしないとまずいだろう」と焦りつつそのまま突っ走ってしまったにもかかわらず、いただいたイラストラフを拝見して「いやすごい甘く見えるんですが」と再び焦りました。なのですが、併せていただいたラフ指定を確認したら思い切り指定通りだったので、そのこと自体に微妙に驚愕したような記憶があったりします。

もしかして、もしかするとこの話は甘いんだろうか。見直し中も校正中もそんな疑問を抱きつつ、結局今となっても自分では判断できないでいたらくです。同時に、自分が判定する「甘い」が正しかったことはあまりないという客観的事実があるもので、自己判断しても意味がなさそうだという気もとてもします。

……それはそれでどうなんだ自分。ということで、現在進行形にて反省中の昨今です。

まずは、挿し絵をくださったサマミヤアカザ様に。多大なご迷惑をおかけしてしまい、本当に申し訳ありませんでした。にもかかわらず、見とれるようなカバーと挿し絵をいただき、喜ぶとともに恐縮しております。本当に、ありがとうございました。

そして、担当さまにも本当に申し訳ありませんでした。次こそはと毎回言っておきながらのていたらくに、心底反省中の昨今です。助けていただき、本当にありがとうございました。

そして、この本を手に取ってくださった方々に。

ありがとうございました。少しでも楽しんでいただければ幸いです。

椎崎夕

✦初出　手の届く距離で……………書き下ろし

椎崎夕先生、サマミヤアカザ先生へのお便り、本作品に関するご意見、ご感想などは
〒151-0051 東京都渋谷区千駄ヶ谷 4-9-7
幻冬舎コミックス　ルチル文庫「手の届く距離で」係まで。

幻冬舎ルチル文庫

手の届く距離で

2015年1月20日　第1刷発行

✦著者	椎崎夕　しいざき ゆう
✦発行人	伊藤嘉彦
✦発行元	株式会社 幻冬舎コミックス 〒151-0051 東京都渋谷区千駄ヶ谷 4-9-7 電話 03(5411)6431［編集］
✦発売元	株式会社 幻冬舎 〒151-0051 東京都渋谷区千駄ヶ谷 4-9-7 電話 03(5411)6222［営業］ 振替 00120-8-767643
✦印刷・製本所	中央精版印刷株式会社

✦検印廃止

ISBN978-4-344-83313-5　C0193　Printed in Japan